Gröls Verlage

„Bücher sind wie Fallschirme. Sie nützen uns nichts, wenn wir sie nicht öffnen."

Gröls Verlag

Redaktionelle Hinweise und Impressum

Das vorliegende Werk wurde zugunsten der Authentizität sehr zurückhaltend bearbeitet. So wurden etwa ursprüngliche Rechtschreibfehler regelmäßig *nicht* behoben, denn kleine Unvollkommenheiten machen das Buch – wie im Übrigen den Menschen – erst authentisch. Mitunter wurden jedoch zum Beispiel Absätze behutsam neu getrennt, um den Lesefluss zu erleichtern.

Um die Texte zu rekonstruieren, werden antiquarische Bücher von Lesegeräten gescannt und dann durch eine Software lesbar gemacht. Der so entstandene Text wird von Menschen gegengelesen und korrigiert – hierbei treten auch Fehler auf. Wenn Sie ebenfalls antiquarische Texte einreichen möchten, finden Sie weitere Informationen auf www.groels.de

Viel Freude bei der Lektüre wünscht Ihnen das Team des Gröls-Verlags.

Adressen

Verleger: Hermann-Josef Gröls,

Im Borngrund 26, 61440 Oberursel

Externer Dienstleister für Distribution & Herstellung:

BoD, In de Tarpen 42, 22848 Norderstedt

Unsere „Edition | Werke der Weltliteratur" hat den Anspruch, eine der größten und vollständigsten Sammlungen klassischer Literatur in deutscher Sprache zu werden. Nach und nach versammeln wir hier nicht nur die „üblichen Verdächtigen" von Goethe bis Schiller, sondern auch Kleinode der vergangenen Jahrhunderte, die – zu Unrecht – drohen, in Vergessenheit zu geraten. Wir kultivieren und kuratieren damit einen der wertvollsten Bereiche der abendländischen Kultur. Kleine Auswahl:

Francis Bacon • Neues Organon • **Balzac** • Glanz und Elend der Kurtisanen • **Joachim H. Campe** • Robinson der Jüngere • **Dante Alighieri** • Die Göttliche Komödie • **Daniel Defoe** • Robinson Crusoe • **Charles Dickens** • Oliver Twist • **Denis Diderot** • Jacques der Fatalist • **Fjodor Dostojewski** • Schuld und Sühne • **Arthur Conan Doyle** • Der Hund von Baskerville • **Marie von Ebner-Eschenbach** • Das Gemeindekind • **Elisabeth von Österreich** • Das Poetische Tagebuch • **Friedrich Engels** • Die Lage der arbeitenden Klasse • **Ludwig Feuerbach** • Das Wesen des Christentums • **Johann G. Fichte** • Reden an die deutsche Nation • **Fitzgerald** • Zärtlich ist die Nacht • **Flaubert** • Madame Bovary • **Gorch Fock** • Seefahrt ist not! • **Theodor Fontane** • Effi Briest • **Robert Musil** • Über die Dummheit • **Edgar Wallace** • Der Frosch mit der Maske • **Jakob Wassermann** • Der Fall Maurizius • **Oscar Wilde** • Das Bildnis des Dorian Grey • **Émile Zola** • Germinal • **Stefan Zweig** • Schachnovelle • **Hugo von Hofmannsthal** • Der Tor und der Tod • **Anton Tschechow** • Ein Heiratsantrag • **Arthur Schnitzler** • Reigen • **Friedrich Schiller** • Kabale und Liebe • **Nicolo Machiavelli** • Der Fürst • **Gotthold E. Lessing** • Nathan der Weise • **Augustinus** • Die Bekenntnisse des heiligen Augustinus • **Marcus Aurelius** • Selbstbetrachtungen • **Charles Baudelaire** • Die Blumen des Bösen • **Harriett Stowe** • Onkel Toms Hütte • **Walter Benjamin** • Deutsche Menschen • **Hugo Bettauer** • Die Stadt ohne Juden • **Lewis Caroll** • *und viele mehr….*

Inhalt

Das Paradies der Diebe

Gilbert Keith Chesterton

Eine Pater-Brown-Geschichte

Der große Muscari, der originellste aller toskanischen Dichter, betrat schnellen Schrittes sein Lieblingsrestaurant, das eine herrliche Aussicht auf das Mittelländische Meer bot, mit einer Sonnenplache überdeckt und von kleinen Zitronen- und Orangenbäumen umsäumt war. Kellner in weißen Schürzen legten bereits auf weißgedeckten Tischen die Insignien eines frühzeitigen und eleganten Lunchs zurecht; und dies schien bei Muscari ein Gefühl der Befriedigung noch zu verstärken, das schon beinahe an Prahlerei grenzte. Muscari hatte eine Adlernase wie Dante, Haare und Krawatte waren schwarz und flatternd; er trug einen schwarzen Mantel und hätte beinahe eine schwarze Maske tragen können, so sehr umgab ihn die Atmosphäre eines venezianischen Melodramas. Er benahm sich, als nähme ein Troubadour immer noch eine so bestimmte soziale Stellung ein wie ein Bischof. Er ging, soweit es sein Jahrhundert zuließ, buchstäblich wie Don Juan mit Rapier und Gitarre durch die Welt.

Denn er reiste niemals ohne sein Etui mit den Degen, mittels deren er viele glänzende Duelle ausgefochten hatte, und niemals ohne sein zweites Etui mit der Mandoline, auf der er Fräulein Ethel Harrogate, der ungemein konventionellen Tochter eines Bankiers aus Yorkshire, auf einer Ferienreise wirklich und wahrhaftig Serenaden dargebracht hatte. Und doch war er weder ein Scharlatan noch ein Kind; sondern ein heißblütiger, logisch denkender Lateiner, der eine Sache liebte und für sie einstand. Seine Gedichte waren so einfach und klar wie anderer Leute Prosa. Er verlangte nach Ruhm oder Wein oder Frauenschönheit mit einer so brennenden Unmittelbarkeit, wie sie für die nebelhaften Ideale oder nebelhaften Kompromisse des Nordens beinahe unverständlich ist; für Rassen mit verschwommenerem Empfinden roch die

Intensität seines Verlangens nach Gefahr, ja nach Verbrechen. Wie das Feuer oder das Meer, war er zu einfach und ursprünglich, als daß man ihm vertrauen konnte.

Der Bankier und seine schöne Tochter wohnten in dem Hotel, zu dem Muscaris Restaurant gehörte; darum war es sein Lieblingsrestaurant. Nach einem flüchtig umhergeworfenen Blick erkannte er jedoch sofort, daß die englische Gesellschaft noch nicht heruntergekommen war. Das Restaurant funkelte und glitzerte, war aber noch verhältnismäßig leer. Zwei Priester sprachen miteinander an einem Tisch in einer Ecke, doch Muscari achtete ihrer nicht mehr als eines Paares Krähen. Aber von einem noch weiter entfernten Platz, der durch ein Zwergbäumchen voll goldener Orangen halb verdeckt war, erhob sich eine Gestalt, deren Kleidung in auffallendstem Gegensatz zu der des anderen stand, und näherte sich dem Dichter.

Diese Gestalt trug einen buntkarierten Anzug, eine rosafarbene Krawatte, einen steifen Kragen mit spitzen Ecken und leuchtend gelbe Schuhe. Der Mann brachte es zuwege, auffallend und gewöhnlich zugleich auszusehen. Doch als diese Londoner Erscheinung näher kam, mußte Muscari mit Staunen bemerken, daß der Kopf sich vom Körper gar sehr unterschied. Es war ein italienischer Kopf, dunkelfarbig, kraushaarig und ungemein lebhaft, der sich plötzlich aus dem wie Pappendeckel emporstehenden Kragen und der komischen rosafarbenen Krawatte erhob. Es war tatsächlich ein Kopf, den er kannte. Er erkannte ihn, trotz der schrecklichen Aufmachung eines englischen Ferienreisenden; es war das Gesicht eines alten, doch vergessenen Freundes namens Ezza. Dieser Jüngling war auf der Schule ein Wunder gewesen; man hatte ihm, als er fünfzehn war, den Ruhm ganz Europas vorausgesagt; doch als er in der Welt erschien, versagte er erst öffentlich als Dramatiker und Demagoge und dann privat in allen darauffolgenden Jahren als Schauspieler, Reisender, Agent und Journalist. Muscari hatte ihn zuletzt hinter den Rampenlichtern gesehen; Ezza war nur zu gut vertraut mit den Reizmitteln dieses Berufes, und man glaubte, daß ihn irgendein moralisches Unheil befallen habe.

„Ezza!“ rief der Dichter, stand auf und schüttelte ihm in angenehmer Überraschung die Hände. „Nun, ich habe dich in vielen Kostümen gesehen, aber ich hätte nie erwartet, dich als Engländer verkleidet zu sehen.“

„Dies“, antwortete Ezza ernst, „ist nicht das Kostüm eines Engländers, sondern das des Italieners der Zukunft.“

„In diesem Falle“, bemerkte Muscari, „muß ich gestehen, daß ich den Italiener der Vergangenheit vorziehe.“

„Das ist dein alter Fehler, Muscari“, sagte kopfschüttelnd der Mann im karierten Anzug. „Und der Fehler Italiens. Im sechzehnten Jahrhundert waren wir Toskaner der aufgehende Morgen: wir hatten den neuesten Stahl, die neuesten Schnitzereien, die neuesten Chemikalien. Warum sollten wir jetzt nicht die neuesten Fabriken haben, die neuesten Motoren, die neuesten Finanzen – und die neuesten Kleider?“

„Weil es nicht lohnt, sie zu haben“, antwortete Muscari. „Du kannst Italien nicht zu einem wirklich fortschrittlichen Land machen; die Leute sind zu klug dazu. Menschen, welche die Abkürzungswege zu einem guten Leben kennen, werden niemals jene neuen, mühevollen Straßen wandern.“

„Nun, für mich ist Marconi und nicht d'Annunzio der Stern Italiens“, sagte der andere. „Darum bin ich Futurist geworden – und Reiseführer.“

„Reiseführer!“ rief Muscari lachend aus. „Ist das der letzte Beruf auf deiner Liste? Und wen führst du?“

„Oh, einen Menschen namens Harrogate mit seiner Familie, glaube ich.“

„Doch nicht etwa den Bankier, der hier im Hotel wohnt?“ fragte der Dichter mit einigem Eifer.

„Ja, das ist mein Mann“, antwortete der Reiseführer.

„Ist das ein einträgliches Geschäft?“ fragte der Troubadour unschuldig.

„Ich werde auf meine Kosten kommen“, rief Ezza mit sehr rätselhaftem Lächeln. „Aber ich bin ein etwas merkwürdiger Reiseführer.“ Dann, als wollte er das Thema wechseln, sagte er ziemlich unvermittelt: „Er hat eine Tochter – und einen Sohn.“

„Die Tochter ist göttlich“, bestätigte Muscari, „Vater und Sohn sind, glaub' ich, nur menschlich. Aber, seinen harmlosen Charakter zugegeben, fällt es dir nicht auf, daß dieser Bankier ein wunderbares Beispiel für meine Behauptung ist? Harrogate hat Millionen in seinen Safes, und ich habe – ein Loch in meiner Tasche. Aber du wirst nicht sagen wollen – du kannst nicht sagen –, daß er klüger ist als ich, oder kühner oder auch nur rühriger. Er ist nicht klug; er hat Augen, die wie blaue Knöpfe aussehen; er ist nicht rührig, er bewegt sich von einem Stuhl zum anderen wie ein Paralytiker. Er ist ein gewissenhafter, freundlicher alter Dummkopf; aber er hat Geld erworben, einfach weil er Geld sammelt, wie ein Knabe Marken sammelt. Du bist zu geistreich, um Geschäfte zu machen, Ezza. Du würdest nicht vorwärtskommen. Um klug genug zu sein, all das Geld zusammenzukriegen, muß man dumm genug sein, es zu wünschen."

„Dazu bin ich dumm genug", sagte Ezza düster. „Aber ich würde vorschlagen, deine Kritik des Bankiers aufzuschieben, denn da kommt er eben."

Herr Harrogate, der große Finanzmann, trat wirklich ein, doch niemand sah ihn an. Er war ein kräftig gebauter, ältlicher Herr mit verwaschenen blauen Augen und verblichenem, sandgrauem Schnurrbart; doch seinen schweren Schritten nach hätte er ein Oberst sein können. Er trug einige ungeöffnete Briefe in der Hand. Sein Sohn, Frank, war ein wirklich hübscher Bursche, mit lockigem Haar, sonnverbrannt und sehnig; aber auch ihn sah niemand an. Alle Augen waren, wie gewöhnlich, zumindest für den Augenblick, auf Ethel Harrogate gerichtet, deren goldener griechischer Kopf absichtlich wie die Farbe der Morgendämmerung gegen den Hintergrund der saphirfarbenen See gestellt zu sein schien, gleich dem Haupt einer Göttin. Der Dichter Muscari holte tief Atem, als tränke er etwas mit vollen Zügen, was er auch eigentlich tat. Ezza betrachtete sie mit ebenso gierigen und weit verwirrenderen Blicken.

Fräulein Harrogate war bei dieser Gelegenheit besonders strahlend und zu einer Unterhaltung bereit; auch hatte sich ihre Familie den einfacheren Gebräuchen des Kontinents angepaßt, die dem Fremdling Muscari und sogar dem Reiseführer Ezza gestatteten, an ihrem Tisch Platz zu nehmen und sich an ihrem Gespräch zu beteiligen. In Ethel Harrogate fand der Konventionalismus in einer seltenen Vollkommenheit und einem ganz eigenartigen Reiz seine Krönung. Stolz auf ihres Vaters Erfolge und voll Freude an fashionablen Vergnügungen, eine liebevolle Tochter und durchtriebene kleine Kokette, war sie alles dies zugleich, und zwar mit einer Art goldener Gutmütigkeit, die sogar ihren Stolz liebreizend und ihre weltliche Respektabilität frisch und herzlich erscheinen ließen.

Die Harrogates befanden sich in großer Aufregung wegen einer angeblichen Gefährdung des Bergpfades, den sie in derselben Woche noch zu benutzen hätten. Die Gefahr rührte nicht von Felsen und Lawinen her, sondern von etwas noch Romantischerem. Man hatte Ethel ernstlich versichert, daß Räuber, wahrhaftige Halsabschneider wie in noch heute lebendigen alten Sagen, diesen Bergrücken immer noch heimsuchten und diesen Apenninenpaß besetzt hielten.

„Man sagt“, rief sie mit der vollständigen Hingabe eines Schulmädels, „daß dieses ganze Land nicht vom König von Italien beherrscht werde, sondern von dem König der Räuber. Wer ist der König der Räuber?“

„Ein großer Mann“, erwiderte Muscari, „einer, der wert ist, mit Ihrem Robin Hood in eine Reihe gestellt zu werden, Signorina. Von Montano, dem König der Räuber, hörte man zum erstenmal vor etwa zehn Jahren in den Bergen, als die Leute sagten, daß die Räuber ausgerottet worden seien. Doch seine wilde Autorität verbreitete sich mit der Schnelligkeit einer heimlichen Revolution. Die Leute fanden seine grimmen Proklamationen in allen Bergdörfern angenagelt; seine Schildwachen, Gewehr in Hand, in jeder Bergschlucht. Sechsmal hat die italienische Regierung versucht, ihn zu vertreiben, und sie wurde in sechs richtigen Schlachten, wie von Napoleon, geschlagen.“

„Nun, so etwas“, bemerkte der Bankier mit Nachdruck, „würde in England niemals erlaubt werden; vielleicht sollten wir doch eine andere Route wählen. Doch unser Reiseführer dachte, sie wäre vollkommen sicher.“

„Sie ist vollkommen sicher“, sagte der Reiseführer verächtlich. „Ich habe sie zwanzigmal passiert. Es mag sich dort irgendein alter Zuchthäusler herumgetrieben haben zur Zeit unserer Großmütter, aber der gehört der Geschichte an, wenn nicht dem Reich der Fabel. Die Straßenräuberei ist vollkommen ausgerottet.“

„Sie kann niemals vollständig ausgerottet werden“, antwortete Muscari, „weil die gewalttätige Revolte eine dem Südländer natürliche Reaktion ist. Unsere Bauern sind wie die Berge, reich an Anmut und grüner Heiterkeit, doch brennt das Feuer in ihnen. Es gibt einen Punkt menschlicher Verzweiflung, auf dem die Armen des Nordens sich dem Trunk ergeben – und unsere Armen nach dem Degen greifen.“

„Ein Dichter hat das Privileg, solche Ansichten zu äußern“, sagte Ezza grinsend. „Wäre Signor Muscari ein Engländer, so würde er in Wandworth immer noch nach Straßenräubern ausschauen. Glauben Sie mir, es besteht in Italien nicht mehr Gefahr gefangengenommen zu werden, als in Boston skalpiert zu werden.“

„Dann schlagen Sie also vor, es zu wagen?“ fragte Herr Harrogate stirnrunzelnd.

„Oh, das klingt ja beinahe gruselig", rief das Mädchen und richtete ihre strahlenden Augen auf Muscari. „Glauben Sie wirklich, daß der Paß gefährlich sei?"

Muscari warf seine schwarze Mähne zurück. „Ich weiß, daß er gefährlich ist", sagte er. „Ich überschreite ihn morgen."

Der junge Harrogate blieb einen Augenblick lang allein zurück, während er sein Glas Weißwein leerte und eine Zigarette anzündete; die Schöne mit dem Bankier, der Reiseführer und der Dichter hatten sich erhoben und zogen sich zurück. In diesem Augenblick standen die beiden Priester in der Ecke auf, und der größere von den beiden, ein weißhaariger Italiener, verabschiedete sich. Der kleinere Priester wendete sich um und schritt auf den Sohn des Bankiers zu; dieser war erstaunt zu sehen, daß der Mann, obwohl römisch-katholischer Priester, ein Engländer war. Er erinnerte sich dunkel, ihm bei sozialen Versammlungen einiger katholischer Freunde begegnet zu sein. Aber der Mann sprach, ehe Harrogate sein Gedächtnis vollkommen sammeln konnte.

„Herr Frank Harrogate, glaube ich", sagte der Priester. „Ich hatte schon einmal das Vergnügen, aber ich will mich nicht darauf berufen. Das Merkwürdige, was ich Ihnen zu sagen habe, kommt wahrscheinlich besser von einem Fremden. Herr Harrogate, ich sage nur ein Wort und will dann gehen: Geben Sie auf Ihre Schwester acht, ihr droht ein schwerer Kummer."

Sogar für Franks wahrhaft brüderliche Gleichgültigkeit schien die strahlende und ausgelassene Heiterkeit seiner Schwester etwas Klingendes, Funkensprühendes an sich zu haben; er konnte ihr Lachen noch aus dem Hotelgarten herüberhören; und voll Verwirrung starrte er seinen düsteren Ratgeber an.

„Meinen Sie die Räuber?" fragte er, und dann, sich eines undeutlichen Angstgefühls erinnernd, das er selbst empfunden hatte, „oder denken Sie vielleicht an Muscari?"

„Man denkt nie an die wahre Ursache eines Kummers", sagte der seltsame Priester. „Man kann nur gütig sein, wenn er sich zeigt."

Und er verließ schnell den Raum, in dem er den anderen beinahe mit offenem Mund zurückließ.

+++

Ein oder zwei Tage später kroch ein Wagen, der die Gesellschaft führte, wirklich empor und arbeitete sich in den Furchen der drohenden Bergkette hinauf. Zwischen Ezzas fröhlicher Leugnung aller Gefahren und Muscaris prahlerischer Herausforderung derselben blieb die Familie des Finanzmannes fest in ihrem ursprünglichen Entschluß, und Muscari machte die Gebirgsreise mit ihnen zusammen. Einen überraschenderen Anblick bildete an der Station der Küstenstadt das Erscheinen des kleinen Priesters aus dem Restaurant; er brachte nur vor, daß Geschäftsangelegenheiten ihn auch nach Überschreitung der Berge in das Innere des Landes führten. Doch der junge Harrogate konnte seine Gegenwart nur mit der geheimnisvollen Angst und Warnung des vergangenen Tages in Zusammenhang bringen.

Der Wagen war eine Art bequemer kleiner Waggon, ersonnen von dem modernisierenden Talent des Reiseführers, dessen wissenschaftlicher Tätigkeitsdrang und behender Geist die Expedition leitete. Die Theorie einer von Räubern drohenden Gefahr war aus den Reden und Gedanken aller verbannt, obwohl man sich der Form halber herbeigelassen hatte, einige leichte Vorsichtsmaßregeln anzuwenden. Der Reiseführer und der junge Bankier trugen geladene Revolver, und Muscari hatte, mit viel knabenhafter Freude, eine Art Hirschfänger unter seinem schwarzen Mantel umgeschnallt.

Er hatte es verstanden, seine Person in sprungbereiter Nähe der lieblichen Engländerin zu halten; an ihrer anderen Seite saß der Priester, der Brown hieß und glücklicherweise ein stiller Mensch war; der Reiseführer, der Vater und der Sohn saßen auf dem Rücksitz. Muscari befand sich in gehobener Stimmung, denn er glaubte ernstlich an die Gefahr, und dem Gespräch nach, das er mit Ethel führte, hätte sie leicht auf den Gedanken kommen können, er leide an Manie. Aber in diesem waghalsigen und überwältigenden Aufstieg zwischen felsigen Gipfeln, an deren Hängen sich Wälder von Obstbäumen hinzogen, lag etwas, das den Geist des Mädchens mit dem des Dichters in den Purpur übernatürlicher Himmelsregionen von kreisenden Sonnen emporhob. Die weiße Straße kletterte wie eine weiße Katze hinauf; sie überbrückte düstere Abgründe wie ein gespanntes Seil; sie lag über weite Landstrecken geworfen wie ein Lasso.

Und wie hoch sie auch kamen, überall blühte das verlassene Land wie eine Rose. Die Felder waren von Wind und Sonne gebräunt und Hunderte von Blumen leuchteten in den prächtigen Farben wie Eisvögel, Papageien und Kolibris. Es gibt keine lieblicheren Wiesen und Wälder als die englischen; keine erhabeneren Hänge und Abgründe als Snowdon und Glencoe. Doch Ethel

Harrogate hatte nie zuvor die südlichen Gärten zu Füßen der zerklüfteten Bergspitzen des Nordens, die Schluchten Glencoes mit den Früchten Kents beladen gesehen. Es war hier nichts von der Öde und Verlassenheit, die man in Britannien mit dem Gedanken hoher und wilder Szenerie verbindet. Es war eher wie ein vom Erdbeben zertrümmertes Mosaikschloß; oder wie ein holländischer Tulpengarten, mit Dynamit bis zu den Sternen gesprengt.

„Es ist wie Kew Gardens auf Beachy Head", sagte Ethel.

„Es ist unser Geheimnis", antwortete Muscari, „das Geheimnis des Vulkans; das ist auch das Geheimnis der Revolution – daß etwas gewalttätig und doch fruchtbar sein kann."

„Sie sind selbst ein bißchen gewalttätig", und sie lächelte ihm zu.

„Und doch ein wenig unfruchtbar", gab er zu; „wenn ich heute nacht sterbe, so sterbe ich unverheiratet und als Narr."

„Es ist nicht meine Schuld, daß Sie mitgekommen sind", sagte sie nach einem peinlichen Schweigen.

„Es ist niemals Eure Schuld", antwortete Muscari; „es war nicht Eure Schuld, daß Troja fiel."

Während er sprach, fuhren sie unter überhängenden Felswänden vorbei, die sich beinahe wie Flügel über eine besonders gefahrvolle Wegbiegung breiteten. Stutzig gemacht von dem großen Schatten auf der schmalen, simsartig vorspringenden Straße, scheuten die Pferde ängstlich zurück. Der Kutscher sprang ab, um sie bei den Zügeln zu fassen, doch er verlor die Gewalt über sie. Eines der Pferde bäumte sich in seiner vollen Größe auf – zu der titanischen und erschreckenden Größe eines Pferdes, wenn es zu einem Zweifüßler wird. Es war eben genug, um das Gleichgewicht zu stören; der ganze Wagen kippte Hals über Kopf um wie ein Boot und fiel krachend durch das Buschwerk am Rande der Felswand. Muscari schlang seinen Arm um Ethel, die sich an ihn klammerte und laut aufschrie. Um solcher Augenblicke willen lebte er!

In diesem Augenblick, als die ungeheuerlichen Bergwände sich um den Kopf des Dichters wie Windmühlenflügel drehten, geschah etwas, das zumindest noch erstaunlicher war. Der ältliche und lethargische Bankier sprang aufrecht im Wagen in die Höhe und in den Abgrund, ehe das umgekippte Vehikel ihn dahin bringen konnte. Im ersten Augenblick sah es wie wilder Selbstmord aus; aber im zweiten erwies es sich als so klug wie eine sichere Kapitalsanlage. Der

Mann aus Yorkshire verfügte augenscheinlich über mehr Schlauheit und schnelle Entschlußfähigkeit, als Muscari ihm zugetraut hätte. Denn er landete auf einem Fleckchen, das absichtlich mit weichem Gras und Klee ausgepolstert worden zu sein schien, um ihn zu empfangen. Es geschah tatsächlich so, daß die ganze Gesellschaft ebenso glücklich, wenn auch äußerlich nicht ganz so würdevoll, dort abgesetzt wurde. Unmittelbar unterhalb dieser plötzlichen Straßenbiegung befand sich eine gras- und blumenbewachsene Mulde, einer versunkenen Wiese gleich, eine Art grüner Samttasche in dem langen, grünen Schleppgewand der Hügel. Da hinein wurden sie alle mit geringem Schaden ausgeleert oder umgekippt, nur ihr kleines Gepäck und sogar der Inhalt ihrer Taschen lagen rings im Gras verstreut. Der zerbrochene Wagen hing noch oben im dichten Gebüsch, während die Pferde mühsam den Abhang heruntterglitten. Der kleine Priester war der erste, der sich wieder aufsetzte und sich mit einem närrisch erstaunten Gesicht den Kopf kratzte; Frank Harrogate hörte, wie er zu sich selbst sagte: „Jetzt möchte ich wissen, wieso wir ausgerechnet hierher gefallen sind!"

Er sah sich rings unter den verstreuten Dingen um und entdeckte seinen ungewöhnlich plumpen Schirm. Dahinter lag der breitkrempige Hut Muscaris und daneben ein versiegelter Geschäftsbrief, den er nach einem flüchtig darauf geworfenen Blick dem älteren Harrogate überreichte. Auf der andern Seite lag Fräulein Ethels Sonnenhut, halb vom Gras verdeckt, und unmittelbar daneben ein merkwürdiges kleines Glasfläschchen, kaum zwei Zoll lang. Der Priester hob es auf, öffnete den Stöpsel mit einer schnellen, unauffälligen Bewegung und schnüffelte daran; sein ausdrucksloses Gesicht wurde aschfahl.

„Gott steh uns bei!" murmelte er, „es kann doch wohl nicht ihr gehören?" Er ließ das Fläschchen in seine Westentasche gleiten. „Ich glaube dazu berechtigt zu sein", sagte er zu sich, „bis ich ein wenig mehr erfahren habe."

Er guckte verstohlen mit schmerzvollen Blicken nach dem Mädchen, das in diesem Augenblick von Muscari aus den Blumen gehoben wurde, und zwar mit den Worten: „Wir sind in den Himmel gefallen; es ist ein Zeichen. Sterbliche klettern aufwärts und fallen abwärts; nur Göttern und Göttinnen ist es vergönnt, aufwärts zu fallen."

Und wirklich erhob sie sich aus diesem Meer von Farben so schön und glücklich – eine Vision, die des Priesters Verdacht aus seinem Kopf vertreiben und vertilgen zu wollen schien. „Schließlich gehört das Gift vielleicht doch nicht ihr", dachte er; „vielleicht ist es nur einer von Muscaris melodramatischen Tricks."

Muscari stellte die Dame leicht auf die Beine, machte eine närrisch-theatralische Verbeugung vor ihr und hackte dann sofort mit dem gezogenen Hirschfänger aus aller Kraft auf die verwickelten Geschirre der Pferde los, bis sie auf die Beine kriechen konnten und zitternd auf der Wiese standen. Nachdem Muscari dies getan hatte, geschah etwas sehr Merkwürdiges. Ein sehr stiller Mann, sehr ärmlich gekleidet und ungemein sonnverbrannt, trat aus dem Gebüsch und faßte die Pferde an den Zügeln. Er trug ein seltsam geformtes, sehr breites, gebogenes Messer am Gürtel. Sonst war nichts Merkwürdiges an ihm, nur eben dieses plötzliche und stille Auftreten. Der Dichter fragte ihn, wer er sei, und er antwortete nicht.

Als sich Muscari rings unter den verwirrten und erstaunten Leuten in der Mulde umsah, bemerkte er, daß ein zweiter gebräunter und zerlumpter Mann, mit einem Karabiner unterm Arm, die Ellbogen aufs Gras gestützt, vom unteren Rande der Wiese aus zu ihnen heraufsah. Dann blickte Muscari zur Straße hinauf, von der sie heruntergefallen waren, und sah die Mündungen von vier weiteren Karabinern und vier weitere braune Gesichter mit weit offenen, aber vollkommen unbeweglichen Augen auf sich herabblicken.

„Die Räuber!" schrie Muscari mit einem gewissen ungeheuerlichen Frohlocken. „Das war eine Falle. Ezza, wenn du die Freundlichkeit haben wolltest, zuerst den Kutscher zu erschießen, so können wir noch durchkommen. Sie sind ihrer nur sechs."

„Der Kutscher", sagte Ezza, der grimmig, die Hände in den Taschen, dastand, „ist zufällig ein Diener des Herrn Harrogate."

„Dann erschieß ihn um so mehr", rief der Dichter ungeduldig; „er ist bestochen worden, seinen Herrn umzuwerfen. Dann wollen wir die Dame in die Mitte nehmen und die Schlachtreihe dort oben durchbrechen – in einem schnellen Ansturm."

Und durch das dichte, blumenübersäte Gras watend, näherte er sich furchtlos den vier Karabinern; doch als er bemerkte, daß ihm niemand folgte, mit Ausnahme des jungen Harrogate, drehte er sich um und schwenkte den Hirschfänger, um die anderen herbeizuwinken. Er sah den Reiseführer, immer noch etwas abseits inmitten des Wiesenrundes, die Hände in den Taschen, dastehen, indes sein schmales, ironisches, italienisches Gesicht im Abendlicht immer länger und länger zu werden schien.

„Du glaubtest, Muscari, ich sei der Mißratene unter den Schulkameraden“, sagte er, „und dich hieltest du für den Erfolgreichen. Aber ich habe doch den größeren Erfolg erzielt und werde in der Geschichte den wichtigeren Platz einnehmen. Ich habe Epen geschaffen, während du sie geschrieben hast.“

„Komm vorwärts!“ donnerte Muscari von oben. „Willst du dort stehenbleiben und Unsinn schwätzen, wenn du eine Dame zu retten hast und drei starke Männer dir helfen wollen? Wie, glaubst du, wird man dich da nennen?“

„Man nennt mich Montano“, rief der seltsame Reiseführer mit ebenso lauter und volltönender Stimme. „Ich bin der König der Räuber, und ich heiße euch alle in meiner Sommerresidenz willkommen.“

Und während er sprach, traten noch fünf weitere stille Männer mit bereitgehaltenen Waffen aus dem Gebüsch hervor und blickten ihn an, als erwarteten sie seine Befehle. Einer von ihnen hielt ein großes Papier in der Hand.

„Dieses hübsche kleine Nest, in dem wir hier alle ein Picknick feiern“, fuhr der räuberische Reiseführer mit demselben spöttischen, doch düsteren Lächeln fort, „ist zusammen mit einigen unterirdischen Höhlen unter dem Namen ›Paradies der Diebe‹ bekannt. Es ist meine stärkste Befestigung auf diesen Hügeln; denn wie Sie bemerkt haben dürften, ist der Horst sowohl von der oben führenden Straße wie auch von dem darunter liegenden Tal aus unsichtbar. Er ist noch etwas Besseres als uneinnehmbar; er ist unauffindbar. Hier lebe ich zumeist, und hier werde ich sicherlich sterben, falls mich die Gendarmen hier jemals aufspüren sollten. Ich gehöre nicht zu jener Art von Verbrechern, die ihre ›Verteidigung in der Reserve halten‹, sondern zu der besseren Art, die ihre letzte Kugel in Reserve halten.“

Alle starrten ihn wie vom Donner gerührt schweigend an, mit Ausnahme Pater Browns, der einen tiefen Seufzer der Erleichterung ausstieß und die kleine Phiole in seiner Tasche befingerte. „Gott sei Dank!“ murmelte er, „das ist weitaus wahrscheinlicher. Das Gift gehört natürlich diesem Räuberhauptmann. Er trägt es wie Cato bei sich, damit er niemals gefangengenommen werden kann.“

Der Räuberkönig fuhr jedoch fort, seine Ansprache mit derselben gefährlichen Höflichkeit vorzubringen. „Es bleibt mir nur noch übrig“, sagte er, „meinen Gästen die gesellschaftlichen Bedingungen mitzuteilen, unter denen ich das

Vergnügen habe, sie zu bewirten. Ich brauche wohl nicht erst die althergebrachte Tradition des Lösegeldes zu erklären, das einzuheben meine Pflicht ist; auch trifft dies nur einen Teil der Gesellschaft. Den hochwürdigen Pater Brown und den berühmten Signor Muscari werde ich im kommenden Morgengrauen freigeben und bis zu meinen äußeren Wachtposten eskortieren lassen. Poeten und Priester haben, wenn Sie meine einfache Rede freundlichst entschuldigen wollen, niemals Geld. Und darum – da es unmöglich ist, etwas aus ihnen herauszuholen – wollen wir die Gelegenheit ergreifen, unsere Bewunderung für klassische Literatur und unsere Verehrung für die heilige Kirche zu beweisen."

Er hielt mit einem unangenehmen Lächeln inne; Pater Brown blinzelte wiederholt nach ihm hin und schien plötzlich mit großer Aufmerksamkeit zuzuhören. Der Räuberhauptmann nahm das große Papier von dem wartenden Räuber und, es flüchtig mit einem Blick streifend, fuhr er fort:

„Meine übrigen Absichten sind klar auseinandergesetzt in diesem öffentlichen Dokument hier, das ich sofort herumreichen lassen werde, und das nachher an einem Baum bei jedem Dorf und an jeder Wegkreuzung in den Bergen angeschlagen werden soll. Ich will euch mit Fachausdrücken nicht langweilen, das werdet ihr dann ohnehin allein herausfinden. Das Wesentliche meiner Proklamation ist folgendes: Ich kündige zuerst an, daß ich den englischen Millionär, den Finanzkoloß Herrn Samuel Harrogate, gefangen habe. Ich kündige weiter an, daß ich bei ihm zweitausend Pfund in Noten und Wertpapieren gefunden habe, die er mir übergeben hat. Da es nun wahrhaftig unmoralisch wäre, etwas Derartiges dem gläubigen Publikum anzukündigen, wenn es nicht auch tatsächlich stattgehabt hat, so schlage ich vor, daß es ohne jede weitere Verzögerung statthabe. Ich schlage vor, daß Herr Harrogate senior mir die zweitausend Pfund, die er in der Tasche trägt, übergebe."

Der Bankier sah ihn stirnrunzelnd an, mit rotem Gesicht und mürrischem Ausdruck, aber anscheinend eingeschüchtert. Jener Sprung aus dem stürzenden Wagen schien den Rest seiner männlichen Kraft aufgebraucht zu haben. Er war mit einer Armesündermiene zurückgeblieben, als sein Sohn und Muscari den kühnen Versuch machen wollten, aus der Räuberfalle auszubrechen.

Und jetzt fuhr seine rote, zitternde Hand widerwillig in die Brusttasche, und er überreichte dem Räuber ein Bündel Papiere und Briefumschläge.

„Ausgezeichnet!“ rief der Bandit frohlockend, „so weit geht alles ganz gemütlich. Ich fahre also in der Aufzählung der Punkte meiner Proklamation fort, die bald in ganz Italien bekanntgegeben werden soll. Das Dritte ist die Frage des Lösegeldes. Ich verlange von den Freunden der Familie Harrogate ein Lösegeld von dreitausend Pfund, welche Forderung – davon bin ich überzeugt – für diese Familie beinahe beleidigend ist durch die bescheidene Einschätzung ihrer Bedeutung. Wer würde nicht eine dreimal so große Summe bezahlen, um noch einen Tag länger in diesem häuslichen Kreise verbringen zu dürfen? Ich will euch nicht verbergen, daß das Dokument mit gewissen gesetzmäßig klingenden Phrasen endet, über die unangenehmen Dinge, die passieren könnten, falls das Geld nicht bezahlt wird; doch inzwischen, meine Herren und Damen, lassen Sie mich Ihnen versichern, daß es mir hier an Bequemlichkeit, Wein und Zigarren nicht mangelt und ich Ihnen einstweilen meinen sportsmännischen Willkommensgruß entbiete zu allen Freuden und Genüssen des Paradieses der Räuber!“

Während der ganzen Zeit, da er sprach, hatten sich die zweifelhaft aussehenden Männer mit Karabinern und schmutzigen Filzhüten schweigend in so zunehmender Zahl versammelt, daß sogar Muscari einsehen mußte, wie geringe Hoffnungen ein Ausfall mit dem Schwert haben mochte. Er blickte um sich; doch das Mädchen war bereits hinübergegangen, um ihren Vater zu trösten und zu beruhigen, denn ihre natürliche Zuneigung zu ihm war ebenso stark oder vielleicht noch stärker als ihr etwas snobistischer Stolz auf seinen Erfolg. Muscari, mit der mangelhaften Logik jedes Liebhabers, bewunderte diese töchterliche Ergebenheit und fühlte sich doch zugleich durch sie unangenehm berührt. Er steckte den Dolch wieder in die Scheide und zog sich zurück, um sich ein wenig schmollend auf eine der Rasenbänke zu werfen. Der Priester setzte sich ein oder zwei Ellen weit davon entfernt nieder, und Muscari wendete ihm in einer augenblicklich aufsteigenden Erregung seine Adlernase zu, während er ihn mit Adlerblicken durchbohrte.

„Nun“, sagte der Dichter herb, „halten mich die Leute immer noch für zu romantisch? Ich bin neugierig, ob es in den Bergen noch Räuber gibt oder nicht!“

„Mag schon vorkommen“, sagte Pater Brown.

„Was meinen Sie?“ fragte der andere scharf.

„Ich meine, daß ich verwirrt bin“, erwiderte der Priester. „Ich bin verwirrt durch diesen Ezza oder Montano oder wie immer sonst er heißen mag. Er kommt mir als Räuber noch weit unverständlicher vor denn als Reiseführer.“

„Aber wieso?“ fragte sein Gefährte beharrlich. „Santa Maria! Ich will doch meinen, der Räuber ist klar genug.“

„Ich finde drei seltsame Schwierigkeiten“, sagte der Priester mit ruhiger Stimme. „Ich würde gerne Ihre Meinung darüber hören. Vor allem muß ich Ihnen sagen, daß ich in jenem Restaurant am Meeresufer zugleich mit Ihnen gespeist habe. Als vier von Ihnen das Lokal verließen, gingen Sie und Fräulein Harrogate lachend und plaudernd voran; der Bankier und der Reiseführer folgten Ihnen und sprachen wenig und ziemlich leise. Aber ich konnte nicht umhin, Ezza die Worte sprechen zu hören: ›Nun, mag sie ihren kleinen Spaß haben; Sie wissen, der Schlag kann sie jeden Augenblick treffen.‹ Herr Harrogate antwortete nichts; darum müssen die Worte eine bestimmte Bedeutung gehabt haben. Einem Impuls des Augenblicks folgend, warnte ich den Bruder und sagte ihm, daß seine Schwester vielleicht in Gefahr schwebe; ich erwähnte nichts von der Art der Gefahr, da ich nichts Näheres darüber wußte. Doch sollte es diese Gefangennahme in den Bergen bedeuten, so wäre es ein Unsinn. Wozu sollte der räuberische Reiseführer seinen Auftraggeber warnen, wenn auch nur durch einen Wink, da sein einziger Zweck doch war, ihn in die Bergmausefalle zu locken? Es konnte nicht das bedeutet haben. Wenn aber nicht, was sollte dieses andere Unglück sein, das sowohl dem Reiseführer wie dem Bankier bekannt ist, und das über dem Haupte von Fräulein Harrogate schwebt?“

„Ein Unglück über dem Haupte Fräulein Harrogates?“ rief der Dichter aus und richtete sich mit einiger Wildheit auf. „Erklären Sie sich näher; fahren Sie fort!“

„Alle meine Rätsel drehen sich jedoch um unseren Räuberhauptmann“, nahm der Priester nachdenklich seine Betrachtungen wieder auf. „Hier ist das zweite: Wozu sollte er in seiner Lösegeldforderung die Tatsache, daß er seinem Opfer zweitausend Pfund auf der Stelle abgenommen hat, so besonders betonen? Das fördert die Einbringung des Lösegeldes nicht im geringsten. Ganz im Gegenteil. Harrogates Freunde müßten weit mehr um sein Schicksal besorgt sein, wenn sie glaubten, daß die Räuber arm und verzweifelt seien. Und doch ist die Plünderung an Ort und Stelle ausdrücklich hervorgehoben und an die Spitze der Forderung gestellt worden. Warum sollte Ezza Montano so viel Wert darauf legen, Europa wissen zu lassen, daß er den Leuten die Taschen ausplünderte, ehe er die Erpressung vornahm?“

„Ich habe keine Ahnung“, sagte Muscari und strich sein schwarzes Haar zurück, diesmal ohne affektierte Geste. „Sie glauben vielleicht, mich aufzuklären, aber Sie führen mich nur tiefer ins Dunkel. Was mag wohl der dritte Einwand gegen den Räuberkönig sein?“

„Der dritte Einwand“, sagte Pater Brown, noch immer in Nachdenken versunken, „ist diese Bank, auf der wir sitzen. Warum nennt unser räuberischer Reiseführer dies seine Hauptfestung und das Paradies der Räuber? Es ist sicherlich ein sanfter Fleck Erde, um darauf niederzufallen, und ein lieblicher Fleck Erde, um ihn anzusehen. Es ist auch ganz richtig, daß er, wie Ezza sagt, vom Tal und von der Höhe aus unsichtbar ist und darum ein Versteck bildet. Aber es ist keine Festung. Ich glaube, es wäre die schlechteste Festung der ganzen Welt. Denn sie wird tatsächlich von oben durch die allgemeine Hochstraße über die Berge beherrscht – gerade von dem Orte aus, den die Polizei voraussichtlich passieren würde. Ja, fünf schäbige kleine Gewehre haben uns vor einer halben Stunde hilflos hier festgehalten. Eine viertel Kompanie irgendwelcher Soldaten hätte uns über den Abhang feuern können. Was soll also dieser seltsame Schlupfwinkel von Gras und Blumen bedeuten? Es ist keine verschanzte Stellung. Es ist etwas anderes; es hat irgendeine andere seltsame Bedeutung; irgendeinen Vorzug, den ich nicht verstehe. Es gleicht eher einem zufälligen Theater oder einem natürlichen Rasenplatz; es ist wie die Szenerie einer romantischen Komödie; es ist wie ...“

Als die Worte des kleinen Priesters sich in die Länge zogen und sich endlich ganz in unverständliche und träumerische Erwägungen verloren, hörte Muscari, dessen animalische Sinne wach und scharf waren, ein neues Geräusch, das aus den Bergen drang. Sogar für ihn war der Ton nur ganz schwach und leise vernehmbar; doch er hätte schwören können, daß die Abendbrise etwas wie das Getrappel von Pferdehufen und ferne Rufe mit sich getragen habe.

Im selben Augenblick und noch lange, ehe die Vibration die weniger empfindsamen Ohren der Engländer erreicht hatte, lief Montano, der Räuber, zu der Höhe hinauf und spähte, in dem niedergebrochenen Buschwerk gegen einen Baum gestützt, die Straße hinunter. Er war eine merkwürdige Gestalt, wie er so dort lehnte; denn er hatte sich in seiner Eigenschaft als Banditenkönig einen phantastischen Schlapphut beigelegt und einen an Gürtel und Gehenke schleppenden Degen, doch der leuchtend karierte prosaische Anzug des Reiseführers schimmerte in hellen Flecken rings durch das Gebüsch.

Im nächsten Augenblick wendete er sein olivfarbenes, grinsendes Gesicht um und machte eine Bewegung mit der Hand. Die Räuber verstreuten sich auf das Zeichen hin, nicht in Verwirrung, sondern, wie es schien, in einer Art kriegerischer Ordnung. Statt wie bisher die Straße selbst besetzt zu halten, verteilten sie sich längs derselben hinter den Bäumen und Gebüschen, als erwarteten sie im Hinterhalt einen Feind. Der ferne Lärm wurde lauter und fing an, die Bergstraße erbeben zu machen; man konnte deutlich eine Stimme hören, die Befehle erteilte. Die Räuber duckten sich und kauerten sich zusammen, fluchten und flüsterten, und die Abendluft war erfüllt von tausend kleinen metallischen Klängen, vom Laden der Pistolen, vom Herausziehen der Messer und vom Anschlagen der Säbel gegen Steine und Wurzeln. Dann schien sich der Lärm von beiden Seiten oben auf der Straße zu vereinen; Zweige wurden geknickt, Pferde wieherten, und Männer schrien.

„Hilfstruppen!" rief Muscari, sprang auf die Beine und schwenkte seinen Hut. „Gendarmen kommen über sie! Jetzt laßt uns für die Freiheit kämpfen! Rebellen gegen Räuber! Kommt, wir wollen nicht alles der Polizei überlassen; das ist so schrecklich modern. Wir wollen diesen Schurken in den Rücken fallen. Die Gendarmen sind uns zu Hilfe gekommen; hört, Freunde, wir wollen den Gendarmen zu Hilfe kommen!"

Er warf seinen Hut hoch über die Bäume, zog nochmals sein kurzes Schwert und begann den Abhang hinaufzustürmen, der Straße zu. Frank Harrogate sprang auf und lief, den Revolver in der Hand, hinüber, um ihm zu helfen, hielt jedoch erstaunt inne, als er sich von der rauhen Stimme seines Vaters, der in großer Aufregung zu sein schien, höchst energisch und bestimmt zurückgerufen hörte.

„Ich will es nicht", sagte der Bankier mit keuchender Stimme, „ich will nicht, daß du dich einmischst."

„Aber Vater", sagte Frank herzlich, „ein Italiener geht voran. Du wirst doch nicht wollen, daß ein Engländer zurückbleibt?"

„Es ist zwecklos", sagte der ältere Mann heftig zitternd, „es ist zwecklos. Wir müssen uns in unser Los fügen."

Pater Brown sah den Bankier an; dann legte er seine Hand instinktiv an die Brust, als griffe er nach seinem Herzen, doch in Wirklichkeit tastete er nach dem Fläschchen mit dem Gift; dann glitt ein Leuchten über sein Gesicht, die Erleuchtung der Offenbarung des Todes.

Muscari hatte inzwischen, ohne auf Unterstützung zu warten, die Höhe der Straße erklommen und den Räuberkönig heftig auf die Schulter geschlagen, so daß dieser schwankte und herumfuhr. Auch Montano hatte sein Schwert aus der Scheide gezogen, und Muscari, ohne ein Wort zu verlieren, führte einen Stoß gegen Montanos Kopf, den dieser parieren und auffangen mußte. Aber noch während die beiden kurzen Schwerter gekreuzt waren und gegeneinander schlugen, ließ der König der Räuber absichtlich seine Klinge sinken und lachte.

„Wozu, alter Freund?“ sagte er in munterem italienischem Dialekt; „diese verdammte Komödie wird bald vorüber sein.“

„Was meinst du mit deinen Ausflüchten?“ keuchte der feuerspeiende Dichter. „Ist dein Mut nur Schein, ebenso wie deine Ehrlichkeit?“

„Alles an mir ist nur Schein“, erwiderte der Ex-Reiseführer jetzt in vollkommen heiterer Laune. „Ich bin ein Schauspieler; und wenn ich jemals einen Privatcharakter besessen habe, so kann ich mich seiner längst nicht mehr entsinnen. Ich bin ebensowenig ein echter Räuber, wie ich ein echter Reiseführer bin. Ich bin nur ein Bündel von Masken, und damit kannst du dich nicht schlagen.“ Und er lachte in knabenhafter Ausgelassenheit und verfiel wieder in seine gewohnte breitbeinige Stellung, den Rücken dem Scharmützel auf der Straße zugewandt.

Die Dunkelheit fiel unter den hohen Bergwänden ein, und es war nicht leicht, viel von dem Fortgang des Kampfes zu erkennen, ausgenommen, daß große Männer die Köpfe ihrer Pferde durch eine dichte Menge von Räubern durchzuzwängen trachteten, die eigentlich mehr geneigt schienen, die Eindringlinge zu belästigen und zu bedrängen, als sie zu töten. Das Ganze glich einer Menschenansammlung in einer Stadt, bei welcher die Polizei gehindert werden soll, durchzukommen, als irgendeinem Bild, das sich der Dichter vom letzten Standhalten verurteilter und geächteter Mörder und Räuber vorgestellt hätte. Eben als er voll Verwunderung die Augen rollte, fühlte er sich am Ellbogen berührt und sah den merkwürdigen kleinen Priester, wie einen kleinen Noah mit einem großen Hut, dort stehen und ihn um die Freundlichkeit bitten, ein paar Worte mit ihm wechseln zu dürfen.

„Signor Muscari“, sagte der Priester, „in dieser seltsamen Situation werden Sie es mir nicht übelnehmen, wenn ich ein wenig persönlich werde. Ich kann Ihnen vielleicht, ohne Ihnen nahetreten zu wollen, sagen, in welcher Weise Sie mehr helfen könnten, als wenn Sie den Gendarmen beistehen, die auf jeden Fall hier durchbrechen müssen. Sie werden mir die unverschämte Intimität verzeihen; aber liegt Ihnen etwas an diesem Mädchen? Ich meine, liegt Ihnen so viel an ihr, daß Sie sie heiraten und ihr ein guter Gatte sein wollen?“

„Ja“, sagte der Dichter ganz schlicht.

„Liegt ihr etwas an Ihnen?“

„Ich glaube, ja“, lautete die ebenso ernste Antwort.

„Dann gehen Sie hin, und halten Sie um ihre Hand an“, sagte der Priester; „bieten Sie ihr alles an, was Sie anbieten können; Himmel und Erde, wenn Sie sie besitzen. Die Zeit ist knapp.“

„Warum?“ fragte der erstaunte Mann der Feder.

„Weil“, sagte Pater Brown, „ihr Schicksal die Straße dort heraufkommt.“

„Nichts kommt die Straße herauf“, erwiderte Muscari, „nur die Hilfstruppen.“

„Nun, so gehen Sie hinüber und helfen Sie ihr, den Hilfstruppen zu entrinnen.“

Beinahe noch während er sprach, wurde das Gebüsch über den ganzen Kamm hin von dem Ansturm der fliehenden Räuber niedergetreten. Sie tauchten in Buschwerk und dichtem Gras unter wie verfolgte, geschlagene Leute; und die großen, federgeschmückten Hüte der berittenen Gendarmen glitten bald oben längs der niedergetretenen Hecke vorbei. Ein anderer Befehl wurde erteilt; man hörte das Geräusch des Absitzens von den Pferden, und ein großer Offizier, mit federgeschmücktem Hut, einem grauen Spitzbart und einem Blatt Papier in der Hand, erschien in der Öffnung, welche das Tor zum Paradies der Diebe bildete. Die augenblicklich eingetretene Stille wurde in auffallender Weise von dem Bankier unterbrochen, der mit heiserer und erstickter Stimme ausrief: „Ausgeraubt, geplündert! Man hat mich beraubt!“

„Ja, das geschah doch schon vor Stunden“, rief sein Sohn erstaunt, „daß man dir die zweitausend Pfund geraubt hat.“

„Nicht die zweitausend Pfund“, sagte der Finanzmann, plötzlich erschreckend gefaßt, „sondern nur ein kleines Fläschchen.“

Der Polizeioffizier mit dem grauen Spitzbart schritt über den grünen Rasen der Mulde hin. Als er an dem König der Räuber vorbeikam, schlug er ihm auf die Schulter, mit einer Bewegung, die zwischen einer Liebkosung und einem Schlag die Mitte hielt, und versetzte ihm einen Stoß, der ihn weit forttaumeln ließ. „Sie werden auch Unbequemlichkeiten haben", sagte er, „wenn Sie solche Streiche spielen."

Wieder erschien es dem Künstlerauge Muscaris nicht ganz so wie die Gefangennahme eines großen Verbrechers, dem jeder Ausweg abgeschnitten ist. Der Offizier schritt weiter und machte vor den nebeneinanderstehenden Mitgliedern der Familie Harrogate halt: „Samuel Harrogate, ich verhafte Sie im Namen des Gesetzes wegen Veruntreuung der Gelder der Hull- und Huddersfield-Bank."

Der große Bankier nickte mit der merkwürdigen Miene eines Geschäftsmannes, der sein Einverständnis bezeugt, schien noch einen Augenblick zu überlegen, und ehe es jemand verhindern konnte, gelangte er durch eine halbe Drehung und einige Schritte an den Rand des Abhangs der außenliegenden Bergwand. Dann, die Arme in die Höhe werfend, sprang er genauso, wie er aus dem Wagen gesprungen war. Aber diesmal fiel er nicht auf eine kleine Wiese, die gerade unterhalb lag; er fiel tausend Fuß tief, um mit zerschmetterten Gliedern im Abgrund liegenzubleiben.

Der Zorn, dem der italienische Polizeioffizier, zu Pater Brown gewendet, wortreichen Ausdruck gab, war nicht wenig mit Bewunderung vermengt. „Das sieht ihm wieder ähnlich, uns zum Schluß noch zu entwischen", sagte er. „Er war ein großer Räuber, wenn Sie wollen. Dieser letzte Streich, den er uns spielte, ist, glaube ich, absolut einzig dastehend in der Geschichte. Er floh mit den Geldern der Gesellschaft nach Italien und ließ sich tatsächlich von Scheinräubern fangen, die er selbst bezahlte, um auf diese Weise beides, sein eigenes Verschwinden und das des Geldes, zu erklären. Jene Lösegeldforderung ist tatsächlich von der Polizei ernstgenommen worden. Aber er hat seit Jahren ganz ebenso gute Ideen gehabt und ausgeführt. Es wird für seine Familie ein wirklicher Verlust sein."

Muscari führte die unglückliche Tochter fort, die sich fest an ihn klammerte, wie sie es nachher noch viele Jahre hindurch tat. Aber sogar in dieser tragischen Situation konnte Muscari nicht umhin, dem unangreifbaren Ezza Montano ein Lächeln und eine Handbewegung halbironischer Freundschaft zu schenken. „Und wohin gehst du jetzt?" fragte er über die Schulter hin.

„Birmingham“, antwortete der Schauspieler, an einer Zigarette paffend. „Hab ich dir nicht gesagt, daß ich Futurist bin? Ich glaube wirklich an diese Dinge, wenn ich überhaupt an etwas glaube. Veränderungen, Bewegung und neue Dinge jeden Tag. Ich gehe nach Manchester, Liverpool, Leeds, Hull, Huddersfield, Glasgow, Chicago – kurz, zu aufgeklärten, energischen, zivilisierten Leuten!“

„Kurz“, sagte Muscari, „in das wahre Paradies der Diebe.“

Die Abwesenheit des Herrn Glaß

Die Sprechzimmer des Herrn Doktor Orion Hood, des berühmten Kriminologen und Spezialisten für gewisse moralische Störungen, erstreckten sich längs der Seeseite in Scarborough mit einer Reihe sehr großer, bis an den Boden reichender Fenster, hinter denen die Nordsee wie eine äußere Mauer von bläulichgrünem Marmor zu sehen war. An diesem Orte hatte das Meer irgend etwas von der Monotonie eines bläulichgrünen Postamentes an sich; denn in den Zimmern selbst herrschte eine schreckliche Regelmäßigkeit, nicht unähnlich der erschreckenden Regelmäßigkeit des Meeres. Man darf nicht etwa annehmen, daß die Zimmer des Herrn Doktor Hood des Luxus ermangelten, ja nicht einmal einer gewissen Poesie. Alles dies war da und am rechten Platz; aber man hatte das Gefühl, als dürfte es niemals anderswo sein als am rechten Platz. Luxus war da: auf einem eigens dazu bestimmten Tischchen standen acht oder zehn Schachteln der feinsten Zigarren; aber sie waren nach einem bestimmten System aufgeschichtet, so daß die stärksten der Wand zunächst standen und die leichtesten zunächst dem Fenster. Ein Likörständer mit drei verschiedenen Getränken, alles ausgezeichnete Marken, stand immer auf diesem Luxustischchen; aber phantasievolle Leute haben es bestätigt, daß die Whisky-, Schnaps- und Rumflaschen immer gleich voll waren. Auch Poesie war da: die linke Ecke des Zimmers war mit einer ebenso vollständigen Sammlung der englischen Klassiker bekleidet, wie die rechte Ecke englische und fremdsprachige Physiologen aufweisen konnte. Doch nahm man einen Band Shelley oder Chaucer aus diesen Reihen, so störte sein Fehlen an seinem Platz ebenso wie eine Zahnlücke zwischen den Vorderzähnen eines Menschen. Man konnte nicht sagen, daß die Bücher niemals gelesen worden waren; wahrscheinlich waren sie es, aber sie erweckten die Vorstellung, als wären sie an ihren Platz angekettet wie die Bibeln in den alten Kirchen. Doktor Hood behandelte seine privaten Bücherregale, als wären sie eine öffentliche Bibliothek. Und wenn diese strikte wissenschaftliche Unantastbarkeit sogar über den mit Lyrik und Balladen angefüllten Regalen lag und über den mit Tabak und Getränken besetzten Tischen, so ist es wohl selbstverständlich, daß noch weit mehr von dieser heidnischen Heiligkeit über den anderen Regalen mit der Bibliothek des Spezialisten waltete und über den anderen Tischen, welche die zerbrechlichen und geheimnisvollen Instrumente eines ärztlichen Laboratoriums trugen. Doktor Orion Hood schritt der Länge nach durch die Flucht seiner Zimmer, welche im Osten – wie es in der Schulgeographie heißt – von der Nordsee und im Westen von den sachkundig zusammengestellten Reihen seiner kriminalistischen und soziologischen Bibliothek begrenzt war. Er trug eine Samtjacke wie ein Künstler, aber nicht mit der Nachlässigkeit eines Künstlers; sein Haar war stark ergraut, aber dicht und gesund; sein Gesicht war schmal, aber sanguinisch und wie in stets gespannter Erwartung. Alles um ihn und in seinem Zimmer erweckte den Eindruck einer gewissen Starrheit und Ruhelosigkeit zugleich, ähnlich diesem großen nördlichen Meer, an dem er – bloß aus hygienischen Rücksichten – sein Haus gebaut hatte.

Die heitere Laune des Zufalls öffnete die Türe und führte in diese langen, strengen, seebegrenzten Gemächer einen Mann herein, der vielleicht den überraschendsten Gegensatz zu ihnen und ihrem Besitzer darstellte. Nach einem zwar kurzen, aber höflichen Anklopfen öffnete sich die Türe nach innen, und in das Zimmer stolperte eine unförmige kleine Gestalt, die mit dem eigenen Hut und Schirm nicht fertig zu werden schien, als wären sie eine nicht zu bewältigende Menge Gepäcks. Der Schirm war ein schwarzes, prosaisches Bündel, längst aller Reparatur entwachsen; der Hut, ein breitkrempiger, schwarzer Hut von kirchlicher Form, aber in England nicht gebräuchlich; der Mann war die wahre Verkörperung alles Schlichten und Hilflosen. Der Doktor sah den Ankömmling mit verhaltenem Erstaunen an, so etwa, wie er es gezeigt hätte, wenn irgendein riesiges, doch offensichtlich harmloses Seeungeheuer ins Zimmer gekrochen wäre. Der Ankömmling sah den Doktor mit jener strahlenden, aber atemlosen Offenheit an, wie sie dicken Scheuerweibern eignet, die es eben zustande gebracht haben, sich in einen Omnibus zu zwängen. Es liegt darin ein wirres Gemisch von sozialer Selbstgefälligkeit und körperlicher Unordnung. Der Hut fiel zu Boden, der schwere Schirm glitt mit einem dumpfen Schlag zwischen seine Knie; er griff nach dem einen und bückte sich nach dem anderen, aber zugleich sagte er mit einem unvergleichlichen Lächeln auf dem runden Gesicht folgendes:

„Mein Name ist Brown. Entschuldigen Sie, bitte. Ich komme in Sachen dieser Mac Nabs. Wie ich gehört habe, helfen Sie Leuten oft aus solchen Verlegenheiten. Entschuldigen Sie, bitte, wenn ich mich irre."

Jetzt war es ihm mit Mühe gelungen, seines Hutes wieder habhaft zu werden, und er verbeugte sich über ihn hin mit einem seltsamen, kleinen Ruck.

„Ich verstehe Sie nicht recht", erwiderte der Mann der Wissenschaft mit betonter Kühle in seinem Benehmen. „Ich fürchte, Sie haben sich in der Türe geirrt. Ich bin Doktor Hood, und ich arbeite beinahe ausschließlich auf literarischem und erzieherischem Gebiete. Allerdings bin ich manchmal in besonders schwierigen und wichtigen Fällen von der Polizeibehörde konsultiert worden, aber ..."

„Oh, die Sache ist ja von der größten Wichtigkeit", fiel der kleine Mann namens Brown ein. „Ihre Mutter will die Verlobung nicht zugeben." Und er lehnte sich, strahlend vor Vernünftigkeit, in seinem Stuhl zurück.

Herrn Doktor Hoods Stirne war in finstere Falten gezogen, aber die Augen darunter schimmerten in einem seltsamen Licht, das Zorn oder auch Belustigung sein mochte. „Ja, aber", sagte er, „ich verstehe immer noch nicht."

„Sehen Sie, die beiden wollten heiraten", sagte der Mann mit dem kirchlichen Hut. „Maggie Mac Nab und der junge Todhunter wollten heiraten. Nun, was kann es Wichtigeres geben?"

Seine wissenschaftlichen Erfolge hatten Doktor Orion Hood um mancherlei gebracht – einige Leute sagten, um seine Gesundheit, andere wieder, um seinen Glauben; aber sie hatten ihm nicht gänzlich sein Verständnis für das Absurde geraubt. Bei dieser letzten Darlegung des findigen Priesters platzte der Doktor heraus und warf sich in einen Lehnstuhl mit all dem überlegenen Gehabe des konsultierten Arztes.

„Herr Brown", sagte er ernst, „es sind ganze vierzehn und ein halb Jahre her, seitdem man mich persönlich aufforderte, eine persönliche Sache zu untersuchen: damals war es der Fall eines Giftmordversuches an dem französischen Präsidenten bei Gelegenheit eines Bankettes beim Lord Mayor. Jetzt handelt es sich, soweit ich verstehe, um die Frage, ob irgendeine Freundin von Ihnen namens Maggie die geeignete Braut für irgendeinen ihrer Freunde namens Todhunter ist. Nun, Herr Brown, ich tue es aus Liebhaberei. Ich nehme an. Ich will der Familie Mac Nab so gut raten wie der französischen Republik und dem König von England – nein, besser: um vierzehn Jahre besser. Ich habe heute nachmittag nichts anderes vor. Erzählen Sie mir Ihre Geschichte."

Der kleine Geistliche namens Brown dankte ihm mit unbestreitbarer Wärme, aber immer noch mit einer seltsamen Art von Einfalt. Es war eher so, als danke er einem Fremden im Rauchsalon für die Gefälligkeit, ihm Streichhölzer gereicht zu haben, nicht aber so, als danke er eigentlich, so wie es hier der Fall war, dem Direktor von Kew Gardens dafür, daß er mit ihm aufs Feld hinausginge, um ein vierblättriges Kleeblatt zu suchen. Der kleine Mann ließ auf seine warmen Danksagungen kaum einen Beistrich folgen, ehe er mit seinem Bericht begann:

„Ich habe Ihnen gesagt, daß mein Name Brown sei; nun, so ist es, und ich bin Pfarrer jener kleinen katholischen Kirche, die Sie, wie ich wohl annehmen darf, jenseits der abseitsliegenden Straßen dort drüben bemerkt haben dürften, dort, wo die Stadt im Norden aufhört. In der letzten und am weitesten abliegenden Straße, die längs des Meeres wie eine Mauer läuft, lebt ein zwar ehrbares, aber leicht erregbares Mitglied meiner Gemeinde, eine Witwe namens Mac Nab. Sie hat eine Tochter und vermietet Zimmer; und zwischen ihr und der Tochter, und zwischen ihr und den Mietern – nun, ich darf wohl sagen, daß sich für beide Parteien vieles sagen läßt. Augenblicklich hat sie nur einen Mieter, den jungen Mann namens Todhunter; aber er macht mehr zu schaffen als alle übrigen, denn er will die junge Haustochter heiraten."

„Und die junge Haustochter", fragte Doktor Hood mit ungeheurer, aber versteckter Belustigung, „was will sie?"

„Ja, nun, sie will ihn heiraten", rief Pater Brown und richtete sich eifrig auf seinem Stuhl empor. „Das ist ja eben die schreckliche Komplikation!"

„Es ist wirklich eine verwickelte Geschichte", sagte Doktor Hood.

„Dieser junge James Todhunter", fuhr der Kirchenmann fort, „ist, soviel ich weiß, ein sehr anständiger Mann; aber schließlich weiß niemand sehr viel. Er ist ein vergnügter, braunhaariger kleiner Kerl, behend wie ein Affe, glattrasiert wie ein Schauspieler und verbindlich wie ein geborener Fremdenführer. Er scheint hübsch viel Geld zu haben, aber niemand kennt seinen Beruf. Da Frau Mac Nab nun pessimistisch veranlagt ist, scheint sie fest davon überzeugt zu sein, daß es etwas Schreckliches sein muß und wahrscheinlich mit Dynamit zu tun hat. Das Dynamit muß jedoch von diskreter und lautloser Beschaffenheit sein, denn der arme Kerl schließt sich nur einige Stunden des Tages ein und studiert etwas hinter versperrten Türen. Er erklärt, sein Geheimnis sei nur vorübergehend, auch vollständig gerechtfertigt, und er verspricht, vor seiner Hochzeit alles aufklären zu wollen. Das ist alles, was man mit Sicherheit weiß, aber Frau Mac Nab wird Ihnen weit mehr erzählen, als auch nur sie mit Sicherheit sagen kann. Sie wissen, wie auf einem solchen Flecken von Unwissenheit die Geschichten wie Gras aus dem Boden schießen. Es gibt Geschichten von zwei Stimmen, die man aus jenem Zimmer gehört hat, obwohl, sobald die Türe geöffnet wird, Todhunter immer allein gefunden wird. Es gibt Geschichten von einem geheimnisvollen großen Mann mit einem Zylinderhut, der einmal aus dem Seenebel und anscheinend aus der See selbst auftauchte und in der Dämmerung mit leisen Tritten über den Sand und durch den kleinen Hintergarten geschritten ist, bis man ihn durch das offene Fenster mit dem Mieter sprechen hörte. Das Gespräch soll anscheinend mit einem Streit geendet haben: Todhunter hat sein Fenster zornig zugeschlagen, und der Mann mit dem Zylinderhut verschwand wieder im Nebel. Diese Geschichte wird von der Familie mit den wildesten Deutungen erzählt, aber ich glaube wirklich, Frau Mac Nab zieht ihre eigene ursprüngliche Version vor: daß der andere Mann oder was immer es sein mag jeden Abend aus der großen Kiste in der Ecke, die ständig versperrt gehalten wird, hervorkriecht. Sie sehen also, wie diese verschlossene Türe von Todhunters Zimmer als das Tor aller Märchen und Ungeheuerlichkeiten aus ›Tausendundeiner Nacht‹ angesehen wird. Und doch ist dieser kleine Kerl in seinem respektablen Samtrock so pünktlich und unschuldig wie eine Pendeluhr. Er bezahlt seine Miete auf den Schlag; er ist wirklich Abstinenzler; er ist unermüdlich freundlich mit den jüngeren Kindern des Hauses und kann sich den ganzen Tag über mit ihnen unterhalten; und schließlich und hauptsächlich hat er sich bei der ältesten Tochter ebenso beliebt gemacht, die bereit ist, jeden Tag mit ihm zum Altar zu gehen."

Ist ein Mann irgendwelchen umfassenderen Theorien herzlich ergeben, so hat er stets einen Hang dazu, sie auf jede Trivialität anzuwenden. Da der große Spezialist sich nun einmal zu der Einfältigkeit des kleinen Priesters herabgelassen hatte, so tat er es ganz. Er hatte sich bequem in seinem Lehnstuhl zurechtgesetzt und begann nun im Ton eines etwas zerstreuten Vortragenden zu sprechen:

„Sogar bei winzigen Gelegenheiten ist es das beste, zuerst die Hauptrichtlinien der Natur zu verfolgen. Irgendeine besondere Blume mag nicht zu Beginn des

Winters gestorben sein, aber die Blumen sterben ab; irgendein vereinzelter Kiesel mag von der Flut nie benäßt worden sein, aber die Flut tritt ein. Für das Auge der Wissenschaft ist die Geschichte der Menschheit nur eine Reihe von Kollektivbewegungen, Zerstörungen oder Umwandlungen, wie das Hinsterben der Fliegen im Winter oder die Rückkehr der Zugvögel im Frühjahr. Nun, die Wurzel aller Tatsachen der Entwicklung ist die Rasse. Die Rasse erzeugt die Religion; die Rasse erzeugt alle politischen und ethischen Gegensätze. Es gibt keine stärkere Rasse als die des wilden, weltfremden und aussterbenden, gewöhnlich als keltisch bezeichneten Stammes, für den Sie in Ihren Freunden, den Mac Nabs, ein Beispiel sehen können. Klein, von dunkler Gesichtsfarbe, träumerisch und leicht beeinflußbar, nehmen sie leicht eine abergläubische Erklärung jedes Ereignisses an, ebenso wie sie immer noch – Sie werden es mir nicht übelnehmen – jene abergläubische Erklärung aller Geschehnisse annehmen, deren Repräsentanten Sie und Ihre Kirche sind. Es ist nicht verwunderlich, daß solche Leute, die hinter sich das Klagen der See und vor sich – nehmen Sie es mir nicht übel – die Litaneien der Kirche hören, phantastische Erklärungen finden für Dinge, die wahrscheinlich nur einfache Geschehnisse sind. Sie, mit Ihren beschränkten Verantwortungen für ein kleines Kirchspiel, sehen natürlich nur diese eine Frau Mac Nab, die von dieser einen Geschichte von den zwei Stimmen und einem großen, aus der See auftauchenden Mann erschreckt ist. Aber wer wissenschaftliche Zusammenhänge erfassen kann, erkennt die Dinge so, wie sie sind, und er sieht den ganzen Klan der Mac Nabs über die ganze Welt verstreut, im Durchschnitt schließlich ebensowenig voneinander zu unterscheiden wie ein Schwarm Vögel. Er sieht Tausende von Frau Mac Nabs in Tausenden von Häusern, die ihre kleinen Tröpfchen von Angekränkeltheit in die Teetassen ihrer Freunde tropfen; er sieht ...“

Bevor der Mann der Wissenschaft seinen Satz beenden konnte, hörte man ein zweites und diesmal ungeduldigeres Klopfen von draußen; irgend jemand mit dahinfegenden Röcken wurde eiligst den Gang heruntergeleitet, und die Türe öffnete sich vor einem zwar anständig, doch etwas unordentlich gekleideten jungen Mädchen mit einem vor Hast geröteten Gesicht. Mit ihrem vom Seewind gebleichten blonden Haar wäre sie vollkommen schön zu nennen gewesen, wenn nicht die Backenknochen – wie dies oft bei Schotten vorkommt – etwas stark gebaut und rötlich gefärbt gewesen wären. Die von ihr vorgebrachte Entschuldigung klang so unvermittelt wie ein Befehl.

„Es tut mir leid, daß ich Sie unterbreche, mein Herr", sagte sie, „aber ich mußte Pater Brown sofort nachkommen; es handelt sich um nichts Geringeres als um Tod und Leben."

Pater Brown begann in etwas ungeordneter Weise auf die Beine zu kommen. „Wieso, was ist geschehen, Maggie?" fragte er.

„James ist ermordet worden, soviel ich herausbringen konnte", antwortete das Mädchen, noch immer ein wenig atemlos vom schnellen Gehen. „Dieser Mensch namens Glaß ist wieder bei ihm gewesen; ich habe sie ganz deutlich durch die Türe miteinander sprechen hören. Zwei verschiedene Stimmen; denn James spricht leise und etwas heiser, während die andere Stimme hoch und zitternd war."

„Dieser Mensch namens Glaß?" wiederholte der Priester ein wenig erstaunt.

„Ich weiß, daß er Glaß heißt", antwortete das Mädchen sehr ungeduldig. „Ich hab es durch die Türe gehört. Sie haben miteinander gestritten – wegen Geld, glaub' ich –, denn ich hörte James immer wieder und wieder sagen: ›Das ist richtig, Herr Glaß‹, oder ›Nein, Herr Glaß‹, und dann ›Zwei und drei, Herr Glaß‹. Aber wir reden zu viel. Sie müssen sofort kommen, vielleicht ist noch Zeit."

„Aber Zeit wofür?" fragte Doktor Hood, der die junge Dame mit auffallendem Interesse beobachtete. „Was ist das für eine Geschichte von einem Herrn Glaß und seinen Geldangelegenheiten, die so große Eile erfordert?"

„Ich versuchte, die Türe mit Gewalt zu öffnen, und konnte es nicht", antwortete das Mädchen kurz. „Dann lief ich in den Hof hinaus und kletterte auf das Fenstersims, um in das Zimmer sehen zu können. Es war ganz finster und schien leer zu sein, aber ich schwöre, daß ich James in einem Winkel zusammengekauert sah, als wäre er betäubt oder gebunden."

„Das ist sehr ernst", sagte Pater Brown, indem er seinen herumirrenden Hut und Schirm zusammenraffte und aufstand. „Ich habe diesem Herrn gerade Ihren Fall vorgetragen, und seine Ansicht ..."

„Hat sich inzwischen vollkommen geändert", sagte der Wissenschaftler ernst. „Ich glaube nicht, daß diese junge Dame so keltisch ist, wie ich angenommen habe. Da ich nichts anderes vorhabe, will ich meinen Hut aufsetzen und mit Ihnen in die Stadt hinuntergehen."

In wenigen Minuten näherten sich die drei der trostlosen Straße, in der die Mac Nabs wohnten; das Mädchen mit den gleichmäßigen, weitausholenden

Schritten der Bergbewohner, der Kriminologe mit nachlässiger Grazie, die nicht einer gewissen leopardenähnlichen Schnelligkeit entbehrte, und der Priester in einem emsigen Trott, der jeder Besonderheit bar war. Der Anblick dieses Stadtteiles rechtfertigte zum Teil die Andeutungen des Doktors über die öde Umgebung und Stimmung. Längs des Ufers zog sich eine unterbrochene Reihe einzelner Häuser hin, die immer weiter und weiter voneinander ab standen. Der Nachmittag ging in eine frühe und beinahe geisterhafte Dämmerung über; das Meer war purpurfarben gleich roter Tinte und murmelte wie in übler Vorbedeutung. In dem Stückchen Hintergarten der Mac Nabs, der gegen das Sandufer zulief, ragten zwei kahle, schwarze Bäume empor, gleich Geisterarmen in wildem Erstaunen gen Himmel gestreckt; und als Frau Mac Nab ihnen entgegengerannt kam, die mageren Hände in ähnlicher Haltung, die wilden Gesichtszüge tief im Schatten, da glich sie selbst nur allzusehr einem kleinen Dämon. Der Arzt und der Priester gaben nur kärgliche Antworten, als die Mutter mit schriller Stimme die Geschichte ihrer Tochter wiederholte, nur noch mit beunruhigenderen Einzelheiten ausgeschmückt, unter Hinzufügung verschiedentlicher Racheschwüre gegen Herrn Glaß, weil er Herrn Todhunter ermordet hatte, sowie gegen diesen selbst, einmal weil er sich hatte ermorden lassen, dann weil er es gewagt hatte, ihre Tochter heiraten zu wollen, und nicht lange genug gelebt hatte, um es zu tun. Sie schritten durch die schmale Einfahrt des Hauses, bis sie an die Tür des Mieters gelangten, wo Doktor Hood mit der Routine eines alten Detektivs seine Schulter hart gegen die Täfelung preßte und sie eindrückte. Man erblickte die Szene einer stummen Katastrophe. Schon auf den ersten Blick hin konnte niemand darüber im Zweifel sein, daß das Zimmer der Schauplatz eines aufregenden Zusammenstoßes zwischen zwei oder vielleicht mehreren Personen gewesen war. Karten waren über den Tisch verstreut oder lagen am Boden umher, als ob ein Spiel plötzlich unterbrochen worden wäre. Zwei Weingläser standen, zum Trinken bereit, auf einem kleinen Nebentischchen, aber ein drittes lag zerbrochen in einem Stern von Glassplittern auf dem Teppich. Einige Schritte davon entfernt lag etwas, das einem langen Messer oder einem geraden, kurzen Schwert mit einem verzierten und bemalten Griff glich; auf die dunkle Scheide fiel eben ein grauer Lichtschimmer aus dem darunterliegenden trübseligen Fenster, aus dem man die schwarzen Bäume sich von dem bleiernen Hintergrund des Meeresspiegels abheben sah. Gegen die andere Ecke des Zimmers hin war ein Zylinderhut zu Boden gerollt, als hätte man ihn gerade jemandem vom Kopf geschlagen; ja, dieser Eindruck war so stark, daß man erwartete, er würde noch weiter rollen. Doch in der Ecke dahinter lag, wie ein hingeworfener Kartoffelsack und verschnürt wie ein Reisekorb, Herr James Todhunter, mit einem Knebel vor dem Mund und sechs oder sieben Stricken um Ellbogen und Handgelenke. Seine braunen Augen waren geöffnet und glitten lebhaft und schnell umher.

Doktor Orion Hood macht einen Augenblick lang an der Türschwelle halt und trank die ganze Szene stummer Gewalttätigkeit mit gierigen Blicken. Dann schritt er schnell über den Teppich, hob den Zylinderhut auf und setzte ihn mit ernsthafter Miene dem noch immer festgebundenen Todhunter auf. Der Hut war ihm um so vieles zu groß, daß er beinahe bis auf seine Schultern herabglitt.

„Herrn Glaßens Hut", sagte der Doktor, der zurückkommend mit einem Taschenvergrößerungsglas in den Hut hineinblickte. „Wie soll man die Abwesenheit dieses Herrn Glaß und die Anwesenheit seines Hutes erklären? Denn Herr Glaß scheint mit seinen Kleidern nicht achtlos umzugehen. Dieser Hut hat eine elegante Fasson und ist kunstgerecht gestriegelt und gebürstet, obwohl er nicht ganz neu ist. Ein alter Dandy, würde ich annehmen."

„Ja, du lieber Himmel!" rief Fräulein Mac Nab aus, „wollen Sie nicht vorerst den Mann von seinen Stricken befreien?"

„Ich sage mit Absicht ›alt‹, obwohl ich es nicht mit voller Gewißheit behaupten kann", fuhr der Mann der Wissenschaft mit seinen Erklärungen fort, „und meine Gründe hierfür mögen etwas weit hergeholt erscheinen. Das menschliche Haar fällt in sehr verschiedenem Maße aus, doch fällt es beinahe immer ein klein wenig aus, und mit meinem Vergrößerungsglas könnte ich die winzigen Härchen in einem kürzlich getragenen Hut sehen. Es sind keine da, was mich zu der Vermutung führt, daß Herr Glaß kahl ist. Nun, wenn dies zusammengefaßt wird mit der etwas kreischenden, zornigen Stimme, von der Fräulein Mac Nab mit so großer Lebhaftigkeit erzählt hat – Geduld, meine Verehrteste, Geduld –, wenn wir den haarlosen Hut zusammennehmen mit dem Tonfall, der senilem Zorn eigen ist, so können wir, glaube ich, auf ein etwas vorgeschrittenes Alter schließen. Nichtsdestoweniger war er vermutlich kräftig, und er war beinahe sicherlich sehr groß. Ich könnte mich bis zu einem gewissen Grad auf die Geschichte seines früheren Erscheinens am Fenster stützen – er wird da als der große Mann mit dem Zylinderhut bezeichnet –, aber ich glaube verläßlichere Anhaltspunkte zu haben. Dieses Weinglas ist durch das ganze Zimmer geschleudert worden, aber einer der Splitter liegt auf dem obersten Sims des Kamins. Dorthin hätte kein Stückchen fallen können, wenn das Glas von der

Hand eines verhältnismäßig kleinen Mannes, wie es Herr Todhunter ist, geschleudert worden wäre."

„Nebenbei gesagt", fragte Pater Brown, „könnten wir eigentlich Herrn Todhunter nicht ebensogut von seinen Stricken befreien?"

„Wir sind noch nicht fertig mit dem, was uns das Trinkglas noch lehrt", fuhr der Spezialist fort. „Ich muß gleich sagen, daß die Kahlheit und Nervosität des Herrn Glaß ebensogut von einem ausschweifenden Leben wie vom Alter herrühren kann. Herr Todhunter ist, wie man bemerkt hat, ein stiller, sparsamer Mann, im allgemeinen Abstinenzler. Diese Karten und Weingläser gehören nicht zu seinen alltäglichen Gewohnheiten; sie sind für einen besonderen Gefährten vorbereitet worden. Aber wir können, wie die Dinge nun einmal stehen, sogar noch weiter gehen. Herr Todhunter mag oder mag nicht im Besitz dieses Weinservices sein, aber es besteht kein Anzeichen dafür, daß er Wein besitzt. Womit denn, sollten diese Gläser gefüllt werden? Ich würde sofort annehmen mit irgendeinem Schnaps oder Branntwein, vielleicht von ganz besonderer Marke, aus einem Taschenflakon des Herrn Glaß. Wir haben also dieserart so etwas wie das Bild des Mannes oder seines Typs vor uns: groß, ältlich, elegant, aber ein wenig abgetragen, sicherlich mit einer gewissen Vorliebe für Spiel und starke Getränke, ja vielleicht nur mit einer allzu großen Vorliebe für sie. Herr Glaß ist ein Herr, der in den Grenzbezirken der Gesellschaft nicht unbekannt ist."

„Hören Sie", rief die junge Dame, „wenn Sie mich nicht hingehen lassen, um die Stricke aufzubinden, so werde ich hinauslaufen und nach der Polizei schreien."

„Ich würde Ihnen, Fräulein Mac Nab", sagte Doktor Hood sehr ernst, „nicht raten, es mit der Polizei gar so eilig zu haben. Pater Brown, ich bitte Sie, die Mitglieder Ihrer Gemeinde zu beruhigen, um ihretwillen, nicht um meinetwillen. Nun, wir haben einiges von der Erscheinung und dem Charakter des Herrn Glaß erfahren; was sind die wichtigsten Tatsachen, die wir über Herrn Todhunter wissen? Es sind deren hauptsächlich drei: daß er sparsam ist, daß er mehr oder weniger wohlhabend ist, und daß er ein Geheimnis hat. Dies sind selbstverständlich die drei wichtigsten Kennzeichen eines anständigen Mannes, von dem man etwas zu erpressen sucht. Und sicherlich ist es ebenso klar, daß die verblichene Feinheit, die liederlichen Gewohnheiten und die kreischende Reizbarkeit des Herrn Glaß die unverkennbaren Kennzeichen jener Art von

Leuten sind, die etwas von ihm erpressen wollen. Wir haben die beiden typischen Figuren einer Schweigegeldaffäre; auf der einen Seite den ehrenwerten Mann mit einem Geheimnis, auf der anderen den Westendgeier mit dem Spürsinn für ein Geheimnis. Diese beiden Männer sind einander hier begegnet, haben miteinander gestritten, Waffen gebraucht und Schläge ausgeteilt."

„Wollen Sie die Stricke lösen?" fragte das Mädchen eigensinnig.

Doktor Hood setzte den Zylinderhut vorsichtig auf das Seitentischchen hin und schritt zu dem Gefangenen hinüber. Er untersuchte ihn umständlich, ja er drehte ihn sogar ein wenig herum, indem er ihn bei den Schultern aufhob, aber er antwortete nur:

„Nein, ich glaube, diese Stricke werden genügen, bis Ihre Freunde, die Polizisten, die Handschellen bringen."

Pater Brown, der teilnahmslos auf den Teppich gestarrt hatte, hob nun sein rundes Gesicht und sagte: „Was meinen Sie?"

Der Mann der Wissenschaft hatte das seltsame, dolchartige Schwert vom Boden aufgehoben und betrachtete es genau, während er antwortete:

„Weil Sie Herrn Todhunter gebunden auffinden", sagte er, „springen Sie alle auf den Schluß los, daß ihn Herr Glaß gebunden hat und dann offenbar entflohen ist. Dagegen gibt es vier Einwände. Erstens, warum sollte ein so wohlgekleideter Herr, wie unser Freund Glaß, seinen Hut zurücklassen, wenn er aus freiem Willen fort ist? Zweitens", fuhr er, sich dem Fenster nähernd, fort, „ist dies der einzige Ausgang, und der ist von innen verschlossen. Drittens trägt die Klinge hier eine winzige Blutspur an der Spitze, doch an Herrn Todhunter ist keine Verwundung wahrzunehmen. Herr Glaß hat diese Wunde mit sich fortgetragen, lebendig oder tot. Fügen Sie zu all dem die einfachste Wahrscheinlichkeit hinzu. Es ist weit glaubhafter, daß derjenige, an dem eine Erpressung versucht wird, seinen Mitschuldigen zu töten sucht, als daß der Erpresser die Gans zu töten sucht, die seine goldenen Eier legt. Wir haben hier, denk ich, eine ziemlich vollständige Geschichte."

„Aber die Stricke?" fragte der Priester, dessen Augen in etwas ausdrucksloser Bewunderung weit geöffnet blieben.

„Ah, die Stricke", sagte der Experte mit einer etwas eigentümlichen Betonung. „Fräulein Mac Nab wollte so gerne wissen, warum ich Herrn Todhunter von seinen Stricken nicht befreit habe. Nun, ich will es ihr erzählen. Ich habe es nicht getan, weil Herr Todhunter sich jeden beliebigen Augenblick selbst davon befreien kann."

„Wie?" rief die gesamte Zuhörerschaft mit sehr verschiedenen Tönen des Erstaunens.

„Ich habe mir alle Knoten des Herrn Todhunter angesehen", begann Doktor Hood ruhig von neuem. „Ich verstehe zufällig etwas von Knoten; sie sind ein ganz spezieller Zweig der wissenschaftlichen Kriminalistik. Er hat jeden einzelnen dieser Knoten selbst gemacht und könnte sich daher befreien; kein einziger ist von einem Feind gemacht worden, der die Absicht hatte, ihn wirklich festzubinden. Diese ganze Geschichte mit den Stricken ist eine schlaue List, um uns glauben zu machen, daß er das Opfer des Kampfes ist und nicht der unglückliche Herr Glaß, dessen Leiche im Garten vergraben oder im Kamin versteckt sein mag."

Es folgte ein etwas gedrücktes Schweigen; im Zimmer wurde es allmählich dunkel; die von der Meerluft zerfressenen Zweige der Bäume im Garten draußen sahen kahler und schwärzer aus als je; doch schienen sie näher ans Fenster herangekommen zu sein.

Man konnte sich beinahe einbilden, es seien Seeungeheuer, wie Kraken oder Tintenfische, sich windende Polypen, die vom Meer heraufgekrochen wären, um den Schluß dieser Tragödie mit anzusehen; genauso wie er, der Schurke und das Opfer zugleich, der schreckliche Mann im Zylinderhut, einst vom Meere heraufgekrochen war. Denn die ganze Luft war geschwängert von der Fäulnis des Verbrechens einer Erpressung, der faulsten aller menschlichen Untaten, weil es ein Verbrechen ist, das ein Verbrechen verbirgt.

Das Gesicht des kleinen katholischen Priesters, das gewöhnlich verbindlich, zufrieden und ein wenig komisch war, zog sich plötzlich in seltsame Falten. Es war nicht die aufrichtige Neugierde seiner ursprünglichen Unschuld. Es war eher jene schöpferische Neugierde, die sich dann zeigt, wenn in einem Menschen ein Gedanke aufdämmert. „Sagen Sie das noch einmal", bat er in ungezierter und beschäftigter Art; „meinen Sie, daß Todhunter sich ganz allein binden und wieder befreien kann?"

„Ja, das meine ich", sagte der Arzt.

„Heiliges Jerusalem!" rief Brown plötzlich aus, „ich bin neugierig, ob es wirklich das sein kann!"

Er eilte durch das Zimmer wie ein Kaninchen und starrte mit ganz neuer Lebhaftigkeit in das zum Teil verdeckte Gesicht des Gefangenen. Dann wendete er der Gesellschaft sein eigenes, etwas einfältiges Gesicht zu. „Ja, so ist es!“ rief er in unverkennbarer Erregung. „Können Sie es auf des Mannes Antlitz nicht sehen? Ja, schauen Sie ihm doch einmal in die Augen!“

Beide, der Professor und das Mädchen, folgten der Richtung seines Blickes. Und obwohl der breite schwarze Knebel die untere Hälfte von Todhunters Gesicht vollständig bedeckte, bemerkten sie etwas Krampfartiges und Gespanntes in den oberen Partien.

„Seine Augen sehen merkwürdig aus“, rief das junge Mädchen aufgeregt. „Ihr rohen Menschen, ihr; ich glaube, er leidet Schmerzen!“

„Das nicht, denk ich“, sagte Doktor Hood, „die Augen haben sicherlich einen seltsamen Ausdruck. Aber ich würde diese quergezogenen Fältchen eher für den Ausdruck jener etwas abnormalen, psychologischen ...“

„Ach, Unsinn“, rief Pater Brown, „sehen Sie denn nicht, er lacht ja!“

„Lachen?“ wiederholte der Arzt überrascht, „worüber in aller Welt sollte er denn lachen?“

„Nun“, erwiderte der hochwürdige Herr Pater Brown in entschuldigendem Ton, „um es nicht allzu scharf zu betonen: ich glaube, er lacht über Sie. Und wirklich, ich bin geneigt, über mich selbst zu lachen, jetzt, da ich es weiß.“

„Jetzt, da Sie was wissen?“ fragte Hood ein wenig verzweifelt.

„Jetzt“, erwiderte der Priester, „da ich Herrn Todhunters Beruf kenne.“

Er schob im Zimmer herum und besah sich einen Gegenstand nach dem anderen mit anscheinend ausdruckslosen Blicken und brach dann jedesmal in ebenso sinnloses Gelächter aus – ein Benehmen, das für die ihn Beobachtenden im höchsten Grade irritierend war. Er lachte mächtig über den Hut und noch weit lauter über das zerbrochene Glas, doch das Blut an der Schwertspitze rief einen wahrhaft tödlichen Lachkrampf bei ihm hervor. Dann wendete er sich dem aufgebrachten Spezialisten zu.

„Doktor Hood“, rief er, „Sie sind ein großer Dichter! Sie haben ein unerschaffenes Wesen aus dem Leeren hervorgerufen. Wieviel göttlicher ist dies, als wenn Sie nur die bloßen Tatsachen aufgespürt hätten! Wahrhaftig, die bloßen Tatsachen sind im Vergleich dazu eher alltäglich und lächerlich.“

„Ich habe keine Ahnung, wovon Sie reden“, sagte Dr. Hood ein wenig hochnäsig; „meine Tatsachen sind alle unwiderleglich, wenn auch nicht vollständig. Es mag vielleicht der Intuition oder der Dichtkunst, wenn Sie den Ausdruck vorziehen, ein Plätzchen eingeräumt werden, aber nur, weil die entsprechenden Details noch nicht festgestellt werden können. In der Abwesenheit des Herrn Glaß ...“

„Das ist es, das ist es“, sagte der kleine Priester und nickte ungemein eifrig, „das ist das erste, was festgelegt werden muß: die Abwesenheit des Herrn Glaß. Er ist so ungemein abwesend, meine ich“, fügte er nachdenklich hinzu, „wie noch niemals jemand abwesend war.“

„Meinen Sie vielleicht seine Abwesenheit von der Stadt?“ fragte der Doktor.

„Ich meine seine Abwesenheit von überall“, sagte Pater Brown; „er ist sozusagen abwesend von der Natur aller Dinge.“

„Meinen Sie ernstlich“, sagte der Spezialist lächelnd, „daß es einen solchen Menschen gar nicht gibt?“

Der Priester machte eine bejahende Bewegung, „'s ist schade, nicht?“ sagte er.

Orion Hood brach in ein verächtliches Lachen aus. „Nun“, sagte er, „bevor wir zu den hundertundeinen anderen Beweisen übergehen, lassen Sie uns das erste Zeichen nehmen, das wir gefunden haben; die erste Tatsache, über die wir stolperten, als wir in dieses Zimmer stolperten. Wenn es keinen Herrn Glaß gibt, wessen Hut ist das?“

„Er gehört Herrn Todhunter“, erwiderte Brown.

„Aber er paßt ihm nicht“, rief Hood ungeduldig aus. „Er könnte ihn ja gar nicht tragen!“

Pater Brown schüttelte mit unbeschreiblicher Nachsicht den Kopf. „Ich habe ja nie behauptet, daß er ihn tragen könne“, antwortete er. „Ich habe gesagt, daß der Hut ihm gehöre. Oder wenn Sie auf dem Schimmer eines Unterschieds bestehen, daß er der Eigentümer des Hutes sei.“

„Und wo ist der Schimmer eines Unterschiedes?“ fragte der Kriminologe leise grinsend.

„Mein Gott, Herr“, rief der nachsichtige kleine Mann, zum erstenmal mit einer Bewegung, die der Ungeduld nahekam, „wenn Sie die Straße hinuntergehen wollen bis zum nächsten Hutgeschäft, so werden Sie sehen, daß nach dem allgemeinen Sprachgebrauch ein Unterschied ist zwischen den Hüten, die einem gehören, und solchen, deren Eigentümer man ist."

„Ja, aber ein Hutmacher", wendete Hood ein, „kann aus seinem Lager an neuen Hüten Kapital schlagen. Was sollte Todhunter aus seinem einen alten Hut herausschlagen?"

„Kaninchen", erwiderte Pater Brown schlagfertig.

„Was?" rief Doktor Hood.

„Kaninchen, Bänder, Kuchen, Goldfische, ganze Rollen bunter Papiere", sagte der hochwürdige Herr schnell. „Haben Sie das nicht gleich erkannt, als Sie auf die List mit den Stricken kamen? Und genauso ist es mit dem Schwert. Herr Todhunter trägt keine Verwundung an sich, wie Sie gesagt haben; aber er trägt sie in sich, wenn Sie mich richtig verstehen."

„Meinen Sie innen, unter Seinen Kleidern?" erkundigte sich Frau Mac Nab ernsthaft.

„Ich meine nicht innen, unter seinen Kleidern", sagte Pater Brown. „Ich meine innen, in Herrn Todhunter."

„Nun was, um's Himmels willen, meinen Sie?"

„Herr Todhunter", erklärte Pater Brown sanft, „übt sich in dem Beruf eines Zauberers, Jongleurs, Bauchredners und Experten in Kunststücken mit dem Seil. Einen Hinweis auf den Zauberer stellt der Hut dar. Der Hut trägt keine Spuren von Haaren an sich, nicht weil er von dem frühzeitig kahl gewordenen Herrn Glaß getragen wird, sondern weil er niemals von irgend jemand getragen worden ist. Für das Jonglieren sprechen die drei Gläser, die Herr Todhunter in die Luft zu werfen und im Schwung aufzufangen übte. Aber da er eben noch im Stadium des Übens ist, zerschlug er ein Glas am Plafond. Auf das Jonglieren deutet auch das Schwert hin, das zu verschlucken Herrn Todhunters berufsmäßige Pflicht und sein Stolz war. Aber wiederum, da er noch im Stadium des Übens ist, ritzte er sich leicht an der Innenseite des Halses mit der Waffe. Darum trägt er eine Wunde in sich, die, wie ich nach seinem Gesichtsausdruck mit Sicherheit beurteilen kann, nicht ernst ist. Er übte sich auch in dem Kunstgriff, der von den Brüdern Davenport vorgeführt wurde: sich von Stricken zu befreien, die ihn fest umschnürten. Er war eben daran, als wir alle ins Zimmer platzten. Die Karten dienen natürlich zu Kartenkunststücken, und sie liegen verstreut am Boden, weil er den Trick studierte, sie durch die Luft fliegen zu lassen. Er machte aus seinem

Beruf nur darum ein Geheimnis, weil er seine Kunstgriffe geheimhalten mußte, wie jeder andere Zauberer. Aber die bloße Tatsache, daß ein Müßiggänger in einem Zylinderhut einmal zu seinem Hinterfenster hereingeguckt hat und mit großer Empörung von seiten Todhunters von dort weggejagt wurde, genügte, um uns alle auf eine falsche, romantische Spur zu führen, so daß wir uns einbildeten, sein ganzes Leben stehe im Schatten des Gespenstes mit dem Zylinderhut des Herrn Glaß."

„Und wie ist's mit den zwei Stimmen?" fragte Maggie mit weitaufgerissenen Augen.

„Haben Sie noch nie einen Bauchredner gehört?" fragte Pater Brown. „Wissen Sie nicht, daß sie zuerst in ihrer natürlichen Stimme sprechen und sich dann selbst genau in dieser schrillen, kreischenden, unnatürlichen Stimme antworten, die Sie gehört haben?"

Es trat ein langes Schweigen ein, und Doktor Hood betrachtete den kleinen Mann, der eben gesprochen hatte, aufmerksam mit einem finsteren Lächeln. „Sie sind sicherlich ein sehr genialer Mensch", sagte er; „man hätte es in einem Buch nicht klüger machen können. Aber es ist noch etwas da von diesem Herrn Glaß, was Sie nicht wegerklären konnten: sein Name. Fräulein MacNab hat deutlich gehört, wie ihn Herr Todhunter so ansprach."

Der hochwürdige Herr Pater Brown brach in ein beinahe kindisches Gekicher aus. „Nun, das", sagte er, „ist das Dümmste an dieser ganzen dummen Geschichte. Als unser Freund hier, der Jongleur, seine drei Gläser der Reihe nach in die Luft warf, zählte er sie laut, während er sie wieder auffing; in Wirklichkeit sagte er: ›Eins, zwei und drei – her ein Glas! Eins, zwei – her ein Glas!‹ Und so weiter."

Es war einen Augenblick lang still im Zimmer, und dann brachen alle, wie auf ein Zeichen, in Lachen aus. Währenddessen knüpfte die Gestalt in der Ecke wohlgefällig alle Stricke auf und warf sie in weitem Bogen zu Boden. Dann trat er mit einer Verbeugung mitten ins Zimmer, zog aus der Tasche einen großen blau und rot bedruckten Zettel hervor, der ankündigte, daß SALADIN, der größte Zauberer, Schlangenmensch und Bauchredner der Welt, am nächsten Montag, pünktlich acht Uhr abends, im Kaiserpavillon in Scarborough eine Vorstellung mit vollständig neuem Programm und bisher noch nie vorgeführten Kunststücken geben würde.

Das Duell des Doktor Hirsch

M. Maurice Brun und M. Armand Armagnac schritten durch die sonnenbeschienenen Champs-Elysees, gewissermaßen lebhaft und respektabel zugleich. Sie waren beide klein, frisch und zuversichtlich. Sie hatten beide schwarze Bärte, die nicht zu ihren Gesichtern zu gehören schienen, nach der seltsamen französischen Mode, die es zuwege bringt, echtes Haar wie künstliches erscheinen zu lassen. M. Brun trug einen dunklen Keil von Barthaar anscheinend unterhalb seiner Unterlippe befestigt. M. Armagnac hatte der Abwechslung halber zwei Bärte; je einen aus jeder Ecke seines scharfgeschnittenen Kinns hervorsprießend. Beide Männer waren jung. Beide waren Atheisten, mit all der deprimierenden Eintönigkeit der Aussichten, doch auch mit der großen Anpassungsfähigkeit bezüglich der Auslegung dieser Lehre. Sie waren beide Schüler des großen Doktor Hirsch: Wissenschaftler, Publizist und Moralist.

M. Brun war durch den Vorschlag berühmt geworden, den landläufigen Ausdruck „adieu“ aus der französischen Schriftsprache auszumerzen und eine kleine Geldstrafe für den Gebrauch des Wortes im gewöhnlichen Leben einzuführen. „Dann würde“, meinte er, „der bloße Name eures imaginären Gottes zum letztenmal an das Ohr der Menschheit gedrungen sein.“ M. Armagnac spezialisierte sich mehr auf einen gewissen Widerstand gegen den Militarismus und wünschte, daß die Worte der Marseillaise: „Aux armes, citoyens“ umgeändert würden in: „Aux grèves, citoyens“. Doch sein Antimilitarismus war von einer besonderen und gallischen Art. Ein hervorragender und sehr wohlhabender englischer Quäker, der ihn einst aufsuchte, um eine Abrüstung des ganzen Planeten mit ihm zu besprechen, war nicht wenig entsetzt ob Armagnacs Vorschlag, daß, um einen Anfang zu machen, die Soldaten ihre Offiziere niederschießen sollten.

Und wirklich waren es diese beiden Punkte, in denen die zwei Männer am meisten von der Lehre ihres Führers und Vaters auf dem Gebiete der Philosophie abwichen. Doktor Hirsch – obwohl er in Frankreich geboren war und die glänzendsten Vorteile einer französischen Erziehung genossen hatte – gehörte seinem Temperament nach einem anderen Typus an; er war sanft, verträumt, menschlich und, trotz seiner skeptischen Lehre, eines gewissen Transzendentalismus nicht bar. Kurz, er war eher wie ein Deutscher, nicht wie ein Franzose; und so sehr man ihn auch bewunderte, empörte sich doch etwas in dem Unterbewußtsein dieser Gallier ob seiner so friedlichen Art, den Frieden zu predigen. Doch blieb Paul Hirsch für seine Partei in ganz Europa der Heilige der Wissenschaft. Seine umfassenden und verwegenen kosmischen Theorien zeugten von seiner strengen Lebensführung und seiner makellosen, wenn auch etwas frigiden Moralität; er nahm ungefähr die Stelle eines Darwin und Tolstoi zugleich ein. Doch war er weder Anarchist noch Antipatriot; seine Ansichten über die Abrüstung waren gemäßigt, er glaubte an eine organische Entwicklung – die republikanische Regierung setzte volles Vertrauen in ihn, besonders auf Grund von verschiedenen wichtigen Verbesserungen, wie zum Beispiel einem kürzlich von ihm entdeckten, geräuschlos wirkenden Sprengstoff, dessen Geheimnis die Regierung sorgfältig wahrte.

Sein Haus stand in einer schönen Straße nahe dem Elysée – einer Straße, die in diesem blühenden Sommer beinahe ebenso reich belaubt schien wie der Park selbst; eine Reihe von Kastanienbäumen hielt die Sonnenstrahlen ab und war nur an einer Stelle unterbrochen, an der sich ein großes Kaffeehaus weit auf die Straße hinaus ausbreitete. Beinahe gerade gegenüber stand das Haus des großen Mannes der Wissenschaft mit weißen Mauern, grünen Jalousien und einem eisernen, ebenfalls grün angestrichenen Balkon unter den Fenstern des ersten Stockwerkes. Darunter befand sich der Eingang in einen lustig mit Zwergbäumen und Kacheln ausgeschmückten Hof, in den die beiden Franzosen, in freundliches Gespräch vertieft, eben eintraten.

Der alte Diener des Doktors, Simon, öffnete ihnen die Türe. Man hätte ihn leicht selbst für einen Doktor halten können, da er einen schlichten schwarzen Anzug trug, Brillengläser, graues Haar und ein vertrauenerweckendes Auftreten hatte. Tatsächlich sah er weit repräsentabler aus als sein Herr, Doktor Hirsch, der mit seinem knollenförmigen Kopf, unter dem der Körper verschwindend klein erschien, an ein Radieschen erinnerte. Mit der ganzen Feierlichkeit eines großen Arztes, der ein Rezept überreicht, händigte Simon dem Herrn Armagnac einen Brief aus, den dieser mit der seiner Rasse eigenen Ungeduld aufriß, um schnell folgende Zeilen zu lesen:

> „Ich kann nicht hinunterkommen, um mit Ihnen zu sprechen. Es ist ein Mann in diesem Haus, den zu empfangen ich mich weigere. Er ist ein chauvinistischer Offizier, Dubosc. Er sitzt auf der Treppe. Er hat alle Möbel in sämtlichen Zimmern durcheinandergeworfen. Ich habe mich in meinem Studierzimmer vorn an der Straßenseite

eingeschlossen. Wenn Sie mich lieben, gehen Sie in das Kaffeehaus hinüber und warten Sie an einem der draußen befindlichen Tische. Ich werde versuchen, ihn zu Ihnen hinüberzuschicken. Ich möchte gerne, daß Sie ihn treffen und mit ihm verhandeln. Ich kann nicht selbst mit ihm zusammenkommen. Ich kann nicht; ich will nicht. Es wird einen zweiten Dreyfus-Prozeß geben.

P. Hirsch."

M. Armagnac sah M. Brun an. M. Brun bat sich den Brief aus, las ihn und sah M. Armagnac an. Dann setzten sich beide gegenüber an einem der kleinen Tischchen unter den Kastanienbäumen nieder und bestellten zwei Gläser mit entsetzlichem grünem Absinth, den sie anscheinend zu jeder Zeit und bei jeder Witterung trinken konnten. Sonst war das Kaffeehaus ziemlich leer, nur an einem Tisch trank ein Soldat Kaffee, und an einem anderen Tisch saß ein großer Mann, der einen kleinen Sirup trank, mit einem Priester zusammen, der gar nichts trank.

Maurice Brun räusperte sich und sagte: „Natürlich müssen wir dem Meister in jeder Weise beistehen, aber ..."

Es entstand ein plötzliches Schweigen, dann sagte Armagnac: „Er mag natürlich besondere Gründe haben, warum er dem Mann nicht selbst begegnen will, aber ..."

Ehe einer von den beiden den Satz zu Ende sprechen konnte, wurde offenbar, daß man den Eindringling aus dem gegenüberliegenden Haus entfernte. Die Zwergbäumchen in der Hauseinfahrt gerieten ins Schwanken und flogen zur Seite, als der unwillkommene Gast wie eine Kanonenkugel aus ihrer Mitte herausschoß.

Er war von stämmiger Gestalt und trug einen kleinen, aufgeschlagenen Tirolerhut aus Filz und machte überhaupt den Eindruck eines Tirolers. Die Schultern des Mannes waren stark und breit, doch seine Beine, in Kniehosen und gestrickten Wollstrümpfen, waren zierlich und flink. Sein Gesicht war nußbraun; er hatte sehr große, ruhelose Augen; das dunkle Haar war vorne fest zurückgebürstet und hinten kurz geschnitten, so daß sich der mächtige, eckig geformte Schädel deutlich abzeichnete; er trug einen riesigen schwarzen Schnurrbart, der gleich Bisonhörnern abstand. Ein so kräftiger Kopf sitzt meist auf einem Stiernacken; doch dieser Hals war von einer breiten, farbigen Krawatte verdeckt, die bis zu den Ohren hinaufgewickelt und vorne in den Rock hineingeschlungen war wie eine bunte Weste. Die Krawatte war in kräftigen, doch dunklen Farben gemustert, dunkelrot und altgold und purpur, wahrscheinlich von orientalischer Machart. Der Mann hatte im ganzen etwas leise Barbarisches an sich und glich eher einem ungarischen Landherrn als einem gewöhnlichen französischen Offizier. Sein Französisch war jedoch offensichtlich das eines Einheimischen und sein französischer Patriotismus so impulsiv, daß er ein wenig absurd anmutete. Das erste, was er tat, als er aus dem Hausflur flog, war, daß er mit trompetenhafter Stimme die Straße hinunterschrie: „Gibt es hier irgendwo einen Franzosen?“, als riefe er in Mekka nach einem Christen.

Armagnac und Brun standen augenblicklich auf; doch sie kamen zu spät. Schon liefen Leute von den Straßenecken herbei, es bildete sich eine kleine, doch undurchdringliche Menschenmenge. Mit dem schnellen französischen Instinkt für Politik auf der Straße war der Mann mit dem schwarzen Schnurrbart schon bis an eine Ecke des Kaffeehauses gerannt, sprang auf einen Tisch, hielt sich an einem herabhängenden Ast eines der Kastanienbäume fest und schrie, wie einst Camille Desmoulins geschrien hatte, als er Eichenlaub unter die Bevölkerung streute.

„Franzosen!“ rief er. „Ich bin kein Redner! Gott helfe mir, darum eben rede ich! Die Leute in ihrem schmierigen Parlament, die reden lernen, lernen auch schweigen – zu schweigen, wie jener Spion, der sich in dem gegenüberliegenden Hause versteckt! Er schwieg, als ich an die Tür seines Schlafzimmers klopfte! Er schweigt jetzt, obwohl er meine Stimme über diese Straße hin hört und zitternd in seinem Stuhle sitzt! Oh, sie haben eine schweigende Beredsamkeit – diese Politiker! Doch die Zeit ist gekommen, da wir, die wir nicht reden können, reden müssen. Man hat euch den Preußen verraten. In diesem Augenblick verraten. Jener Mann hat euch verraten. Ich bin Jules Dubosc, Oberst der Artillerie, Belfort. Wir fingen gestern in den Vogesen einen deutschen Spion, und man fand bei ihm ein Papier – ein Papier, das ich hier in meiner Hand hielt. Oh, man versuchte wohl, es zu vertuschen; aber ich brachte es sofort dem Mann, der es geschrieben hat – dem Mann in jenem Hause! Es ist von seiner Hand. Es ist mit seinen Initialen gezeichnet. Es ist eine Anleitung zur Aufdeckung des Geheimnisses dieses neuen, geräuschlos wirkenden Sprengstoffes. Hirsch hat ihn erfunden: Hirsch schrieb diese Notiz darüber. Diese Notiz ist deutsch geschrieben und wurde in der Tasche eines Deutschen gefunden: ›Sagen Sie dem

Mann, daß die Formel für Sprengstoff in einem grauen Kuvert im ersten Schrank links vom Schreibtisch des Sekretärs liegt, Kriegsministerium, mit roter Tinte. Er soll vorsichtig sein P. H.‹"

So ratterte er kurze Sätze wie ein Maschinengewehr hervor, aber er war offensichtlich einer jener Leute, die entweder verrückt sind oder recht haben. Der größte Teil der versammelten Menschen waren Nationalisten und bereits in gefährlich aufrührerischer Stimmung. Eine Minorität ebenso zorniger Intellektueller, geführt von Armagnac und Brun, bewirkte nur, daß die Majorität noch kampflustiger wurde.

„Wenn dies ein Militärgeheimnis ist", schrie Brun, „warum schreien Sie es auf der Straße aus?"

„Das will ich Ihnen sagen, warum ich das tue!" brüllte Dubosc über die brüllende Menschenmenge hin. „Ich ging geradewegs und höflich zu dem Mann. Hätte er mir irgendeine Erklärung zu geben gehabt, so hätte er es unter vollkommener Diskretion tun können. Er weigert sich, Erklärungen abzugeben. Er verweist mich an zwei Fremde im Kaffeehaus wie an zwei Bediente. Er hat mich aus dem Haus geworfen, aber ich werde wieder hineingehen, mit den Einwohnern von Paris hinter mir!"

Ein Schrei erscholl, von dem die ganze Häuserfassade zu erbeben schien, und zwei Steine flogen empor, deren einer eine Scheibe der Balkontür zertrümmerte. Der empörte Oberst tauchte noch einmal in der Hauseinfahrt unter, und man konnte ihn drinnen schreien und poltern hören. Mit jedem Augenblick wurde das Meer von Menschen größer und größer; es wogte das Geländer und die Stufen zum Haus des Verräters empor; es schien beinahe unvermeidlich, daß man das Haus stürmen würde, wie man einst die Bastille gestürmt hatte, als plötzlich die Flügel der eingeworfenen Glastür geöffnet wurden und Doktor Hirsch auf den Balkon heraustrat. Einen Augenblick lang schlug die Wut in Gelächter um, denn es war eine lächerliche Gestalt für einen derartigen Schauplatz. Der lange nackte Hals und die abfallenden Schultern ließen ihn einer Champagnerflasche gleichen, aber das war auch der einzige festliche Eindruck, den der Mann erweckte. Der Rock schlotterte an ihm herum wie an einer Puppe; er trug sein karottenfarbenes Haar lang und zerzaust; Wangen und Kinn waren dicht umrahmt von einem jener aufreizenden Bärte, die weitab vom Munde beginnen. Der Mann war sehr blaß und trug eine blaue Brille.

So blutleer sein Antlitz auch war, sprach er doch mit einer gewissen gezierten Bestimmtheit, so daß die Menge, als er in der Mitte seines dritten Satzes angelangt war, vollkommen still wurde.

„... Ihnen jetzt nur zwei Dinge zu sagen. Das eine gilt meinen Feinden, das zweite meinen Freunden. Meinen Feinden sage ich: Es ist wahr, daß ich Herrn Dubosc nicht sprechen will, obwohl er eben von dieser meiner Türe poltert. Es ist wahr, daß ich zwei andere Männer gebeten habe, ihn in meiner Vertretung anzuhören. Und ich will Ihnen sagen, warum! Weil ich ihn nicht empfangen will und darf – weil es gegen jede Regel der Ehre und Würde verstoßen würde, ihn zu empfangen. Ehe ich nicht vor einem Gericht vollkommen freigesprochen bin, gibt es eine andere Entscheidung, die ein Mann zur Verteidigung seiner Ehre in Anspruch nehmen kann, und die er mir als Ehrenmann schuldig ist; wenn ich ihn nun darum an meine Sekundanten verweise, bin ich ...“

Armagnac und Brun schwenkten wild ihre Hüte, und sogar die Feinde des Doktors brüllten laut Beifall ob dieser unerwarteten Herausforderung. Wieder blieben einige Sätze unverständlich, doch konnte man ihn sagen hören: „Meinen Freunden ... ich persönlich ziehe immer rein intellektuelle Waffen vor, und eine höher entwickelte Menschheit wird sich sicherlich auf diese beschränken. Aber auch unsere eigene heiligste Überzeugung ist im Grunde nur das Ergebnis von äußeren Umständen und Vererbung. Meine Bücher hatten Erfolg; meine Theorien sind unwiderleglich; doch ich leide in politischer Beziehung unter einem beinahe physischen Vorurteil der Franzosen. Ich kann nicht sprechen wie Clemenceau und Déroulède, denn ihre Worte sind wie der Widerhall ihrer Pistolenschüsse. Der Franzose verlangt nach einem Mann, der Duelle schlägt, wie der Engländer nach einem, der Sport betreibt. Nun, ich will meine Probe ablegen: ich will diese barbarische Bestechung bezahlen und für den Rest meines Lebens zu Vernunftgründen zurückkehren.“

Es fanden sich sofort zwei Männer in der Menge, die dem Oberst Dubosc ihre Dienste anboten, als dieser einige Augenblicke später befriedigt herauskam. Einer von ihnen war der gewöhnliche Soldat mit dem Kaffee, der einfach sagte: „Ich werde Sie vertreten, Sir. Ich bin der Duc de Valognes.“ Der zweite war der große Mann, den sein Freund, der Priester, anfangs davon abhalten wollte; der Priester ging dann aber allein fort. –

Gegen Abend wurde im rückwärtigen Teil des Café Charlemagne ein leichtes Abendessen serviert. Der Garten war zwar weder durch Glas noch vergoldeten

Gips überdacht, aber die Gäste befanden sich doch beinahe alle unter einem zarten und unregelmäßigen Laubdach; denn die reichbelaubten Bäume standen so dicht um die Tische, daß sie etwas von dem hellen Glanz und der dunklen Glut eines kleinen Obstgartens hatten. An einem der mittleren Tische saß – völlig allein – ein stämmiger kleiner Priester, voll tiefster Befriedigung mit einer Ladung Weißfische beschäftigt. Da seine tägliche Lebensführung sehr einfach war, hatte er eine besondere Vorliebe für unerwartete und besondere Genüsse; er war ein enthaltsamer Epikureer. Er hob die Augen nicht von seinem Teller, neben welchem Paprika, Zitronen, Schwarzbrot und Butter in einer geraden Reihe aufgestellt waren, bis ein großer Schatten über den Tisch fiel und sein Freund, Flambeau, sich ihm gegenüber niedersetzte. Flambeau war düster.

„Ich fürchte, daß ich diese Geschichte aufgeben muß", sagte Flambeau nachdrücklich; „ich stehe ganz auf seiten der französischen Soldaten wie Dubosc und ganz im Gegensatz zu den französischen Atheisten wie Hirsch. Aber es scheint mir, daß wir in diesem Fall einen Fehler gemacht haben. Der Herzog und ich hielten es für das beste, die Anklage zu untersuchen, und ich muß sagen, ich bin froh, daß wir es getan haben."

„Ist das Papier also ein Schwindel?" fragte der Priester.

„Das ist eben das Merkwürdige", erwiderte Flambeau. „Es ist genau die Handschrift des Doktor Hirsch, und niemand kann irgendeinen Fehler daran feststellen. Aber Hirsch hat es nicht geschrieben. Wenn er ein französischer Patriot ist, so hat er es nicht geschrieben, weil es Deutschland eine Information gibt. Und wenn er ein deutscher Spion ist, so hat er es nicht geschrieben, nun – weil es Deutschland keine Information gibt."

„Sie meinen, die Information ist falsch?" fragte Pater Brown.

„Falsch", antwortete der andere, „und gerade darin falsch, worin Doktor Hirsch richtige Angaben gegeben hätte – über das Versteck seiner eigenen Formel in seinem eigenen amtlichen Departement. Mit Erlaubnis des Doktor Hirsch und der Behörden wurde es dem Herzog und mir gestattet, das Geheimfach im Kriegsministerium zu inspizieren, in dem die Formel des Doktor Hirsch aufbewahrt wird. Wir sind die einzigen Leute, die sie je zu Gesicht bekommen haben, ausgenommen der Erfinder selbst und der Kriegsminister; aber der Minister hat es gestattet, um Hirsch vor dem Zweikampf zu bewahren. Daraufhin können wir Dubosc natürlich nicht mehr vertreten, wenn seine Aufdeckung nur Blödsinn ist."

„Und das ist sie?“ fragte Pater Brown.

„Ja“, sagte sein Freund düster. „Es ist ein plumper Schwindel von jemand, der nichts von dem wahren Versteck weiß. Angeblich sollte das Papier in dem Schrank links vom Schreibtisch des Sekretärs liegen. Tatsächlich ist der Schrank mit dem Geheimfach etwas rechts von dem Schreibtisch. Weiterhin sollte das graue Kuvert ein langes Dokument enthalten, das mit roter Tinte geschrieben ist. Es ist nicht mit roter Tinte, sondern mit ganz gewöhnlicher, schwarzer geschrieben. Natürlich ist es ein Unsinn, anzunehmen, daß Hirsch über ein Papier hätte im Irrtum sein können, von dem außer ihm selbst niemand etwas wußte, oder daß er sich bemüht haben sollte, einem fremden Dieb behilflich zu sein, indem er ihn anwies, in einem falschen Schranke zu suchen. Ich fürchte, wir müssen die Geschichte aufgeben und Freundchen Rothaar um Entschuldigung bitten.“

Pater Brown schien zu überlegen; er hob ein Stückchen Weißfisch auf die Gabel. „Sind Sie sicher, daß das graue Kuvert nicht im linken Schranke war?“ fragte er.

„Ganz sicher“, erwiderte Flambeau. „Das graue Kuvert – es war eigentlich ein weißes Kuvert – war ...“

Pater Brown legte das kleine Silberfischchen mit der Gabel nieder und starrte seinen Gefährten über den Tisch hin an. „Was?“ fragte er mit veränderter Stimme.

„Nun, was?“ wiederholte Flambeau und aß herzhaft weiter.

„Es war nicht grau?“ fragte der Priester. „Flambeau, Sie machen mir Angst.“

„Vor was, zum Teufel, haben Sie Angst?“

„Ich habe Angst vor einem weißen Kuvert“, sagte der andere ganz ernst. „Wenn es doch nur grau gewesen wäre! Zum Kuckuck, es hätte doch ebensogut grau sein können! Aber wenn es weiß gewesen ist, scheint das Ganze eine schwarze Geschichte zu sein. Der Doktor hat also doch irgendwie im Trüben fischen wollen.“

„Aber ich sage Ihnen doch, er hätte so eine Notiz gar nicht schreiben können!“ rief Flambeau. „Es stimmt ja keine einzige von den Tatsachen. Und ob er nun schuldig oder unschuldig ist, Doktor Hirsch kannte alle Tatsachen ganz genau.“

„Auch der Mann, der diese Notiz geschrieben hat, kannte alle Tatsachen genau", sagte der Kleriker schlicht. „Er hätte sie niemals so falsch hinstellen können, wenn er sie nicht gekannt hätte. Man muß schrecklich viel wissen, wenn man in allen Punkten unrecht haben will – wie der Teufel."

„Meinen Sie ...?"

„Ich meine, wenn einer auf gut Glück etwas hätte zusammenlügen wollen, so hätte er in manchen Punkten die Wahrheit gesagt", erwiderte der Freund mit Bestimmtheit. „Nehmen Sie an, es hätte Sie jemand auf die Suche nach einem Haus geschickt, das eine grüne Türe und blaue Fensterläden hat, ein Vorgärtchen, aber keinen Hintergarten, einen Hund, aber keine Katze, und in dem man Kaffee trinkt, aber keinen Tee. Wenn Sie ein solches Haus nicht fänden, würden Sie sagen, man habe Sie gefoppt. Aber ich sage nein. Ich sage, wenn Sie ein Haus gefunden hätten, wo die Türe blau und die Fensterläden grün wären, wo es einen Hintergarten, aber keinen Vordergarten gäbe, wo Katzen gebräuchlich wären, aber Hunde augenblicklich erschossen würden, wo man Tee literweise tränke und Kaffee verboten wäre – dann würden Sie wissen, daß Sie das Haus gefunden hätten. Der Mann mußte dieses spezielle Haus gekannt haben, um so genau ungenau sein zu können."

„Aber was kann es bedeuten?" fragte sein Gegenüber.

„Ich kann es mir nicht vorstellen", sagte Brown. „Ich verstehe diese Hirsch-Affäre ganz und gar nicht. Solange es nur der rechte Schrank war statt des linken und schwarze Tinte statt roter, dachte ich, daß es die zufälligen Irrtümer eines Schwindlers wären, wie Sie sagen. Doch drei ist eine mystische Zahl; es bringt die Dinge zu einem Abschluß. Es bringt dies hier zu einem Abschluß. Daß vor allen Angaben über die Stellung des Schrankes, die Farbe der Tinte, die Farbe des Kuverts – keine einzige zufällig richtig sein sollte, das kann kein Zufall sein. Das war keiner."

„Was denn war es? Verrat?" fragte Flambeau und machte sich wieder ans Essen.

„Das weiß ich auch nicht", antwortete Brown mit einem Gesicht, das völlige Verwirrung zeigte. „Das einzige, woran ich denken kann ... Nun, ich verstand den Fall Dreyfus auch niemals. Ich kann immer Beweise moralischer Art eher erfassen als die anderen. Ich richte mich nach den Augen eines Menschen und nach seiner Stimme, wissen Sie, und ob seine Familie glücklich zu sein scheint, und welche Dinge er bevorzugt – und welche er vermeidet. Nun, dieser Fall

Dreyfus hat mich verwirrt. Nicht durch die schrecklichen Dinge, die man von beiden Seiten dem anderen zur Last legte; ich weiß, obwohl es der modernen Anschauung widerspricht, daß die menschliche Natur, zum äußersten getrieben, immer noch imstande ist, Cenci oder Borgia zu sein. Nein, was mich verwirrte, war die Aufrichtigkeit von beiden Parteien. Ich meine nicht die politischen Parteien; Parkett und Galerie sind im großen ganzen ehrlich und werden oft getäuscht. Ich meine die Personen des Theaterstückes. Ich meine die Verschwörer, wenn es Verschwörer waren. Ich meine den Verräter, wenn er ein Verräter war. Ich meine die Leute, welche die Wahrheit gewußt haben mußten. Nun, Dreyfus fuhr fort, sich wie ein Mann zu benehmen, der wußte, daß man ihm Unrecht tat. Und andererseits fuhren die französischen Staatsmänner und Soldaten fort, sich so zu benehmen, als ob sie wüßten, daß er nicht ein Mann wäre, dem man Unrecht täte, sondern einer, der Unrecht getan. Ich meine nicht, daß sie sich richtig benommen hätten, ich meine, sie benahmen sich so, als ob sie ihrer Sache sicher wären. Ich kann diese Dinge nicht erklären; ich weiß, was ich meine."

„Ich wollt', ich wüßt' es", sagte sein Freund. „Und was hat das mit dem alten Hirsch zu tun?"

„Nehmen Sie an", fuhr der Priester fort, „daß eine Vertrauensperson anfinge, dem Feinde Informationen zu geben, weil es falsche Informationen waren. Nehmen Sie an, daß der Mann vielleicht sogar glaubte, sein Land zu retten, indem er den Fremden irreführte. Nehmen Sie an, daß ihn dies in die Kreise von Spionen brachte und daß man ihm kleine Darlehen gab und ihn ein wenig festband. Nehmen Sie an, daß er seine widerspruchsvolle Stellung auf eine komplizierte Art aufrechthielt, indem er den fremden Spionen niemals die Wahrheit sagte, sie aber mehr und mehr erraten ließ. Sein besseres Ich, soviel eben noch übrig war davon, würde immer noch sagen: ›Ich habe dem Feind nicht geholfen; ich habe gesagt, daß es der linke Schrank sei.‹ Seine schlechtere Hälfte würde jedoch schon anfangen zu sagen: ›Aber sie könnten klug genug sein, um zu merken, daß es den rechten bedeutet.‹ Ich glaube, es ist psychologisch möglich – in einem aufgeklärten Zeitalter, wissen Sie."

„Es mag psychologisch möglich sein", antwortete Flambeau, „und es könnte sicherlich eine Erklärung für Dreyfus sein, mit seiner eigenen Überzeugung, daß man ihm unrecht täte, und seinen Richtern, die von seiner Schuld überzeugt waren. Aber es würde ihn historisch nicht reinwaschen, da die Papiere von Dreyfus wenn es seine Papiere waren – buchstäblich richtig waren."

„Ich habe nicht an Dreyfus gedacht“, sagte Pater Brown.

Es war allmählich still um sie geworden, je mehr die Tische sich leerten; es war schon spät, obwohl die Sonnenstrahlen sich noch an allen Dingen festhielten, als hätten sie sich zufällig in den Bäumen verfangen. In dieser Stille rückte Flambeau laut seinen Stuhl zurück, was ein vereinzeltes, widerhallendes Geräusch hervorrief, und warf den Ellbogen über die Lehne.

„Nun“, sagte er etwas grob, „wenn Hirsch nichts Besseres als ein feiger Verrats-Krämer ist ...“

„Sie dürfen nicht zu streng sein mit ihnen“, sagte Pater Brown sanft. „Es ist nicht nur ihre Schuld; sie haben keine Instinkte. Ich meine jene Empfindungen, die eine Frau davon abhalten, mit einem Mann zu tanzen, oder einen Mann abhalten, anvertrautes Gut zu berühren. Sie haben gelernt, daß es nur eine Sache des Gradunterschiedes ist.“

„Immerhin“, rief Flambeau ungeduldig, „es wäre keine Besudelung meiner Prinzipien; und ich will die Sache zu Ende führen. Der alte Dubosc mag ein wenig verrückt sein, aber schließlich ist er in seiner Art ein Patriot.“

Pater Brown fuhr fort, Weißfische zu verzehren.

Die ernsthafte Art, mit der er dies tat, bewog Flambeau, seinen Gefährten nochmals mit wilden, schwarzen Blicken zu streifen. „Was ist denn los mit Ihnen?“ fragte er. „Mit Dubosc ist doch soweit alles in Ordnung. Oder haben Sie Mißtrauen gegen ihn?“

„Mein Freund“, sagte der kleine Priester und legte mit einer Gebärde hilfloser Verzweiflung Messer und Gabel nieder. „Ich habe heute gegen alles Mißtrauen. Ich meine gegen alles, was sich heute zugetragen hat. Ich habe gegen die ganze Geschichte Mißtrauen, obwohl sie sich vor meinen Augen abgespielt hat. Ich zweifle an allem, was meine Augen seit heute früh gesehen haben. Irgendwie unterscheidet sich diese Geschichte gar sehr von den gewöhnlichen Polizeimysterien, in denen der eine immer mehr oder weniger lügt und der andere mehr oder weniger die Wahrheit sagt. Hier sind beide Männer ... Nun! Ich habe Ihnen die einzige Theorie gesagt, von der ich mir vorstellen könnte, daß sie jemand befriedigt. Mich befriedigt sie nicht.“

„Mich auch nicht“, erwiderte Flambeau stirnrunzelnd, während der andere fortfuhr, mit einer Miene vollständiger Resignation Fische zu essen. „Wenn Sie nichts anderes vorbringen können als jene Idee, daß eine Nachricht durch

Angaben vermittelt wird, welche der Wahrheit entgegengesetzt sind, so würde ich das zwar ungewöhnlich klug und spitzfindig nennen, aber ..."

„Ich würde es durchsichtig nennen", sagte der Priester schnell. „Ich würde es ungewöhnlich durchsichtig nennen. Aber das ist das Merkwürdige an der Geschichte. Es ist wie eine Schulbubenlüge. Es gibt nur drei Versionen, die von Dubosc, die von Hirsch und die meine. Entweder wurde diese Nachricht von einem französischen Offizier geschrieben, um einen französischen Beamten zu ruinieren; oder sie wurde von dem französischen Beamten geschrieben, um deutschen Offizieren zu helfen; oder sie wurde von dem französischen Beamten geschrieben, um deutsche Offiziere irrezuführen. Gut also. Man würde erwarten, daß ein geheimes Papier, das zwischen solchen Leuten, wie Offizieren und Beamten, gewechselt wird, anders aussähe. Man würde vielleicht Chiffern, sicherlich Abkürzungen voraussetzen; jedenfalls wissenschaftliche Termini und strikte Fachausdrücke. Aber dies hier ist so absichtlich einfach wie ein Schauerroman: ›In der roten Grotte werden Sie die goldene Kassette finden.‹ Es sieht so aus, als ob ... es Absicht wäre, daß man es durchschaut."

Beinahe noch ehe sie es bemerken konnten, war eine kleine Gestalt in französischer Uniform mit Windeseile an ihren Tisch herangetreten und ließ sich schwer auf einen Sessel fallen.

„Ich bringe erstaunliche Nachrichten", sagte der Duc de Valognes. „Ich komme eben von unserem Oberst. Er packt gerade seine Koffer, um das Land zu verlassen, und er bittet uns, sur le terrain seine Entschuldigung vorzubringen."

„Was?" schrie Flambeau mit einer ganz erschreckenden Ungläubigkeit, „Abbitte tun?"

„Ja", sagte der Herzog mürrisch, „da und dort – vor allen Leuten – wenn die Schwerter gezogen sind. Und Sie und ich sollen es machen, während er das Land verläßt."

„Aber was kann das bedeuten?" rief Flambeau. „Er kann sich doch nicht vor diesem kleinen Doktor Hirsch fürchten! Verdammt noch einmal", rief er in einer Art überlegender Wut, „vor dem kann sich doch niemand fürchten."

„Ich glaube, es ist irgendeine Intrige!" schnaubte Valognes, „irgendeine Verschwörung der Juden und Freimaurer. Es soll wahrscheinlich dazu beitragen, den Ruhm dieses Doktor Hirsch zu vermehren ..."

An Pater Browns Miene war nichts Auffallendes zu bemerken, nur seltsam befriedigt sah er drein; es konnte ebensogut Unwissenheit wie Verständnis sein, was seine Züge erhellte. Doch gab es zuweilen einen Augenblick des Aufleuchtens. Dann war es; als nähme er eine Maske ab und zeige darunter sein kluges Gesicht; und Flambeau wußte, daß sein Freund plötzlich verstanden hatte. Brown sagte nichts, sondern beendete seine Mahlzeit.

„Wo haben Sie unseren feinen Oberst zuletzt gesehen?“ fragte Flambeau ärgerlich.

„Er ist drüben im Hotel Saint Louis, wohin wir ihn im Wagen begleitet haben. Er packt seine Koffer, sag' ich Ihnen.“

„Glauben Sie, daß er noch dort ist?“ fragte Flambeau und blickte stirnrunzelnd über den Tisch hin.

„Ich glaube nicht, daß er schon fort sein kann“, erwiderte der Herzog; „er packt für eine lange Reise ...“

„Nein“, sagte Pater Brown ganz einfach, stand aber plötzlich auf, „für eine sehr kurze Reise eigentlich. Aber wir könnten noch zurechtkommen, um ihn dort zu erwischen, wenn wir mit einem Automobil hinüberfahren.“

Es war nichts mehr aus ihm herauszubringen, bis das Auto vor dem Hotel Saint Louis um die Ecke bog, wo sie ausstiegen und er die Gesellschaft durch eine Seitenallee hinaufführte, die in der zunehmenden Dämmerung bereits in tiefem Schatten lag. Als der Herzog einmal ungeduldig fragte, ob Doktor Hirsch des Verrates schuldig sei oder nicht, antwortete der Priester ein wenig zerstreut: „Nein, nur des Ehrgeizes – wie Cäsar.“ Dann fügte er ein wenig unvermittelt hinzu: „Er führt ein sehr einsames Leben; er mußte stets alles allein machen.“

„Nun, wenn er ehrgeizig ist, so sollte er jetzt befriedigt sein“, sagte Flambeau ein wenig bitter. „Ganz Paris wird ihm zujubeln, da unser verfluchter Oberst davongelaufen ist.“

„Sprechen Sie nicht so laut“, sagte Pater Brown, selbst die Stimme senkend; „Ihr verfluchter Oberst ist gerade vor uns.“

Die beiden anderen fuhren zusammen und zogen sich tiefer in den Schatten der Mauer zurück, denn die stämmige Gestalt ihres flüchtig gewordenen Duellanten konnte nun tatsächlich wahrgenommen werden. Er eilte im Zwielicht an ihnen vorbei, in jeder Hand einen Koffer. Er sah beinahe genau so aus, wie sie ihn zum erstenmal gesehen hatten, nur daß er seine malerische

Kniehose gegen eine gewöhnliche vertauscht hatte. Offenbar lief er bereits aus dem Hotel davon.

Die Wiese, über die sie ihm folgten, machte den Eindruck, als wäre sie hinter den Dingen, wie die Rückseite einer Kulisse. An einer Seite lief eine farblose, ununterbrochene Mauer, in der in gewissen Abständen trübselig aussehende, beschmutzte Türen waren, alle fest verschlossen und gänzlich schmucklos, bis auf das Kreidegekritzel eines zufällig vorbeigekommenen Gamins. Baumkronen waren ab und zu über der Mauer zu sehen und dahinter im grauroten Schein des Abends die Rückseite irgendwelcher hoher Häuser, die in Wirklichkeit ziemlich nahe standen, doch aussahen wie eine ferne, unerreichbare Gebirgskette. An der anderen Seite der Wiese lief ein hohes vergoldetes Gitter, das einen finsteren Park umsäumte.

Flambeau sah sich ein wenig zaghaft um. „Wissen Sie“, sagte er, „es ist hier so merkwürdig ...“

„Hallo!“ rief plötzlich der Herzog, „dieser Kerl ist verschwunden. Versunken, wie durch einen verdammten Zauber!“

„Er hat einen Schlüssel“, erklärte ihr kirchlicher Berater. „Er ist nur durch eine dieser Gartentüren eingetreten.“ Und schon hörten sie eine der Holztüren klirrend ins Schloß fallen.

Flambeau eilte mit langen Schritten zu der Türe hin, die solcherart beinahe vor seiner Nase zuschlug, stand einen Augenblick lang vor ihr still und biß seinen schwarzen Schnurrbart in wütender Neugierde. Dann warf er seine langen Arme empor und schwang sich wie ein Affe hinauf, so daß er aufrecht oben auf der Mauer stand, während sich seine riesige Gestalt schwarz wie die dunklen Baumgipfel gegen den roten Himmel abhob.

Der Herzog sah den Priester an. „Die Flucht dieses Dubosc ist wohlüberlegter, als wir dachten“, sagte er, „doch ich glaube, er flieht aus Frankreich.“

„Er entflieht von überall“, antwortete Pater Brown.

Valognes Augen erhellten sich, doch seine Stimme wurde düsterer. „Meinen Sie Selbstmord?“ fragte er.

„Man wird seine Leiche nicht finden“, erwiderte der andere.

Flambeau schrie auf, oben auf der Mauer. „Mein Gott“, rief er aus, „jetzt erkenn' ich den Ort! Ja, es ist die Hinterseite der Straße, in der unser Freund

Hirsch wohnt. Ich dachte, ich müßte die Rückseite eines Hauses ebensogut erkennen wie den Rücken eines Menschen."

„Und Dubosc ist da hineingegangen?" rief der Herzog und schlug sich auf die Schenkel. „Na, da werden sie einander schließlich doch noch begegnen." Und in einer plötzlichen Anwandlung gallischer Lebhaftigkeit sprang er auf die Mauer an Flambeaus Seite und saß dort, buchstäblich mit den Beinen zappelnd vor Aufregung. Nur der Priester blieb unten, lehnte sich gegen die Mauer und drehte so dem ganzen Schauspiel den Rücken, während er sinnend auf das Staket des gegenüberliegenden Parks und auf die schwankenden Bäume sah.

Der Herzog, so angeregt er auch war, blieb seinen aristokratischen Instinkten treu und wünschte nur, das Haus anzustarren, nicht etwa, es auszuspionieren; doch Flambeau mit seinen Einbrecher- und Detektiv-Instinkten hatte sich bereits von der Mauer aus in die Gabelung eines Baumes geschwungen, von wo aus er ganz in die Nähe des einzigen erleuchteten Fensters an der Rückseite des hohen, dunklen Hauses klettern konnte. Über das Fenster war eine rote Jalousie herabgelassen, doch schief befestigt worden, so daß sie auf einer Seite offenstand, und Flambeau konnte, wenn er den Hals weit vorbog, hinter einem Zweig gerade noch den Oberst Dubosc erblicken, der in einem hellerleuchteten und luxuriös ausgestatteten Schlafzimmer umherging. Doch so nah Flambeau auch dem Hause war, hörte er die Worte seines Kollegen an der Mauer und wiederholte sie leise.

„Ja, jetzt werden sie einander schließlich doch begegnen."

„Sie werden einander niemals begegnen", sagte Pater Brown. „Hirsch hatte recht, wenn er sagte, daß in einer solchen Sache die beiden Hauptpersonen nicht direkt miteinander zusammenkommen sollten. Haben Sie jemals jene seltsame psychologische Studie von Henry James gelesen, in der zwei Leute einander durch Zufall so oft verfehlen, daß sie beide große Angst voreinander bekommen und glauben, es wäre Schicksal? Das hier ist etwas Ähnliches, aber noch seltsamer."

„Es gibt Leute in Paris, die sie von derlei krankhaften Einbildungen heilen werden", sagte Valognes rachsüchtig. „Sie werden schön miteinander kämpfen müssen, wenn wir sie fangen und dazu zwingen, einander zu begegnen."

„Und sie werden einander nicht einmal am Tage des Jüngsten Gerichts begegnen", sagte der Priester. „Wenn der allmächtige Gott die Rollen der Listen hielte und St. Michael die Posaunen bliese, auf daß die Schwerter gekreuzt werden – auch dann noch, wenn einer von ihnen bereitstände, würde der andere nicht kommen."

„Ach, was soll all dieser Mystizismus bedeuten?" rief der Herzog von Valognes ungeduldig; „warum sollten sie, um's Himmels willen, einander nicht begegnen wie andere Menschen?"

„Sie sind das Gegenteil voneinander", sagte Pater Brown mit einem seltsamen Lächeln. „Sie widersprechen einander. Sie heben einander auf, sozusagen."

Er fuhr fort, auf die gegenüberstehenden dunklen Bäume zu starren, doch Valognes wendete schnell den Kopf, auf einen unterdrückten Ausruf Flambeaus hin. Dieser Kundschafter, der in das erleuchtete Fenster spähte, hatte eben gesehen, wie der Oberst nach einigem Aufundabgehen anfing, sich den Rock auszuziehen. Flambeaus erster Gedanke war, daß dies wirklich nach einem Duell aussähe; doch bald mußte er diese Ansicht zugunsten einer anderen fallenlassen. Die kräftigen, breiten Schultern und die starke Brust Duboscs waren nichts als ein gut Stück Polsterung, die zusammen mit dem Rock abfiel. In Hemd und Hose war er ein verhältnismäßig schlanker Herr, der durch das Schlafzimmer in das Badezimmer ging, ohne jede andere kampflustige Absicht, als sich zu waschen. Er beugte sich über ein Becken, trocknete seine nassen Hände und sein Gesicht an einem Handtuch ab und wendete sich wieder um, so daß das helle Licht auf sein Gesicht fiel. Die braune Farbe war daraus gewichen, auch der große schwarze Schnurrbart war verschwunden; er war glattrasiert und sehr blaß. Vom Oberst war nichts übriggeblieben als seine leuchtenden braunen Adleraugen. Unter der Mauer fuhr Pater Brown in seinen tiefsinnigen Betrachtungen fort, als spräche er zu sich selbst.

„Es ist genau so, wie ich Flambeau gesagt habe. Mit solchen Gegensätzen geht es nicht. Das stimmt nicht. Das kämpft auch nicht. Wenn es weiß anstatt schwarz ist und fest anstatt flüssig und so weiter in jedem einzelnen Fall – dann stimmt etwas nicht. Monsieur, dann stimmt etwas nicht. Einer dieser Männer ist blond, der andere schwarz. Der eine kräftig, der andere mager, der eine stark, der andere schwach. Der eine hat einen Schnurrbart und keinen Vollbart, so daß man seinen Mund nicht sehen kann; der andere hat einen Vollbart und keinen Schnurrbart, so daß man sein Kinn nicht sehen kann. Der eine hat das Haar am Hinterkopf kurzgeschnitten, aber eine breite Krawatte, die seinen Hals verbirgt; der andere trägt einen niedrigen Kragen, aber langes Haar, das seinen Hinterkopf verbirgt. Es stimmt alles zu genau, Monsieur, und darum stimmt etwas nicht. Dinge, die einander so entgegengesetzt sind, sind Dinge, die miteinander nicht streiten können. Wo immer der eine herausguckt, taucht der andere unter. Wie ein Gesicht und eine Maske, wie ein Schloß und ein Schlüssel ...“

Flambeau starrte in das Haus, und sein Gesicht war so weiß wie ein Blatt Papier. Der Bewohner des Zimmers stand dort und wendete ihm den Rücken zu, aber ihm gegenüber befand sich ein Spiegel, und der Mann hatte bereits um sein Gesicht eine Art Umrahmung aus rotem Haar gelegt, das ungeordnet um seinen Kopf hing und längs der Wangen bis zum Kinn herabfiel, so daß der spöttisch verzogene Mund frei blieb. So im Spiegel betrachtet, glich das weiße Gesicht einem Judas, der grauenhaft lachte und von den Höllenflammen umringt war. Einen Augenblick lang sah Flambeau die wilden rotbraunen Augen tanzen, dann wurden sie von einer blauen Brille verdeckt. Als die Gestalt in einen weiten schwarzen Rock geschlüpft war, verschwand sie gegen die Vorderseite des Hauses zu. Einige Augenblicke später kündete ein Beifallssturm von der dahinterliegenden Straße an, daß Doktor Hirsch abermals auf dem Balkon erschienen war.

Der Mann in der Passage

Zwei Männer erschienen gleichzeitig an den beiden gegenüberliegenden Enden eines Verbindungsganges, der an dem einen Flügel des Apollo-Theaters in Adelphi entlanglief. Es war gegen Abend, aber die Straßen lagen noch im Sonnenlicht, das in die blassen Farben der Dämmerung hinüberspielte. Der Gang war verhältnismäßig lang und dunkel, so daß jeder der beiden Männer den anderen nur als Silhouette am gegenüberliegenden Ende sehen konnte. Nichtsdestoweniger erkannte doch jeder den anderen, sogar in diesen tintenfarbenen Umrissen, denn beide waren Männer von auffallender Erscheinung, und sie haßten einander.

Die überdeckte Passage führte auf einer Seite in eine der steilen Straßen von Adelphi und auf der anderen zu einer Terrasse, von der aus man den im Abendrot schimmernden Fluß überblickte. Die eine Seitenwand der Passage bildete eine kahle Mauer, die zu einem alten Theaterrestaurant gehörte, einem mißglückten Unternehmen, das nun geschlossen war. An der anderen Seitenwand befanden sich zwei Türen, eine an jedem Ende. Keine von beiden war das, was man gewöhnlich den Bühnenausgang nennt; sie waren eine Art privater Bühnenausgang, der nur von ganz vereinzelten Darstellern benützt wurde, und in diesem Fall von den Stars der heutigen Shakespeare-Aufführung. So bedeutende Persönlichkeiten lieben es oft, derartige private Aus- und Eingänge zu haben, um Freunden zu begegnen oder sie vermeiden zu können.

Die beiden in Frage stehenden Männer waren sicherlich zwei solche Freunde, Männer, die offenbar die Türen kannten und darauf rechneten, daß man sie ihnen öffnen würde, denn beide näherten sich der Türe an dem oberen Ende mit gleicher Gelassenheit und Zuversicht. Freilich nicht mit gleicher Eile; doch der Mann, der schneller ging, war der, welcher vom ferneren Ende kam, so daß sie beide beinahe im selben Augenblick vor der geheimen Bühnentüre ankamen. Sie grüßten einander höflich und warteten, bis einer von ihnen, der schnellere Geher, der weniger Geduld zu haben schien, an die Türe klopfte.

Darin und in allem übrigen waren sie voneinander so verschieden, daß man nicht sagen konnte, einer wäre dem anderen überlegen gewesen. Im privaten Leben waren sie beide hübsch, tüchtig und beliebt zu nennen. Als Leute der Öffentlichkeit bekleideten sie beide hervorragende Stellen. Doch alles an ihnen, vom Ruhm bis zum hübschen Äußeren, war von durchaus verschiedener und miteinander nicht zu vergleichender Art. Sir Wilson Seymour gehörte zu jenen Menschen, deren Bedeutung jedem gesellschaftlich Orientierten bekannt ist. Je näher man mit den innersten Kreisen jeder Partei oder Berufsclique bekannt wurde, um so öfter begegnete man Sir Wilson Seymour. Er war der einzige intelligente Mann auf zwanzig unintelligente Komiteemitglieder – auf jedem Gebiete, angefangen von der Reform der Royal Academy bis zum Projekt des Bimetallismus für Großbritannien. Insbesondere auf dem Gebiete der Kunst war er allmächtig. Er war so einzigartig, daß niemand ganz entscheiden konnte, ob er ein großer Aristokrat war, der die Kunst unter seine Hauptinteressen aufgenommen hatte, oder ein großer Künstler, den die Aristokraten aufgenommen hatten. Aber man konnte nicht fünf Minuten mit ihm Zusammensein, ohne wahrzunehmen, daß man eigentlich sein ganzes Leben lang von ihm geleitet worden war.

Seine Erscheinung war „distinguiert" im eigentlichen Sinn des Wortes, konventionell und zugleich einzigartig. Die letzte Mode hätte nichts auszusetzen gefunden an seinem Zylinderhut, der aber doch anders war als aller anderen Leute Hüte – ein bißchen höher vielleicht, was des Mannes natürliche Größe noch etwas unterstrich. Seine hohe, schlanke Gestalt war ein wenig vorgebeugt, doch sah sie nicht im mindesten schwächlich aus. Sein Haar war silbergrau, doch sah er nicht alt aus; er trug das Haar etwas länger als üblich, hatte aber dabei nichts Weibliches an sich; das Haar war gelockt, sah jedoch nicht gebrannt aus. Sein sorgfältig geschnittener Spitzbart ließ ihn männlicher erscheinen und ein wenig militärisch, so wie bei jenen alten Admiralen von Velasquez, mit deren dunklen Porträts sein Haus geschmückt war. Seine grauen Handschuhe waren eine Schattierung bläulicher, sein Stock mit dem Silberknopf eine Spur länger als Dutzende solcher Handschuhe und Stöcke, mit denen man in Theatern und Restaurants herumschlenkert und in die Hände schlägt.

Der andere Mann war nicht so groß, doch wäre er niemand als klein aufgefallen, sondern nur als kräftig und hübsch. Auch sein Haar war gelockt, doch blond und kurz geschnitten, es umrahmte einen mächtig geformten Schädel – jene Art von Schädel, mit denen man eine Türe einschlägt, wie Chaucer von Miller sagte. Sein militärischer Schnurrbart und die Haltung seiner Schultern ließen den Soldaten erkennen, doch hatte er ein Paar jener besonders aufrichtigen und durchdringenden Augen, die man am häufigsten bei Matrosen findet. Sein Gesicht war ein wenig eckig, sein Kinn war eckig, seine Schultern waren eckig, sogar sein Rock war eckig. Tatsächlich hatte Max Beerbohm ihn in der damals modernen Richtung wilder Karikatur als die verkörperte Lehre des vierten Buches Euklid dargestellt.

Denn auch er war ein Mann der Öffentlichkeit, wenn auch seine Erfolge ganz anderer Art waren. Man mußte nicht in der besten Gesellschaft verkehren, wenn man von Kapitän Cutler hören wollte oder von der Belagerung von Hongkong und dem großen Marsch durch China. Man konnte nicht umhin, von ihm zu hören, wo immer man sich befand; sein Porträt war auf jeder zweiten Ansichtskarte zu sehen; die Karten und Berichte seiner Schlachten in jedem zweiten illustrierten Blatt; Lieder, die ihn besangen, waren in jedem zweiten Varieté oder von allen Drehorgeln zu hören. Sein Ruhm, wenn auch wahrscheinlich vorübergehender, war zehnmal größer, verbreiteter und ursprünglicher als der des anderen Mannes. In Tausenden von englischen Familienhäusern wurde er für eine überragende Größe Englands gehalten, wie Nelson. Doch hatte er unverhältnismäßig geringeren Einfluß in England als Sir Wilson Seymour.

Ein ältlicher Diener öffnete den beiden die Türe; es war ein Kammerdiener, dessen niedergeschlagene Miene und Haltung und dessen schäbiger schwarzer Rock mit der abgetragenen Hose in seltsamem Widerspruch standen zu der glitzernden Inneneinrichtung der Garderobe unserer berühmten Schauspielerin.

Spiegel standen und hingen in allen erdenklichen Brechungswinkeln herum, so daß sie einem ungeheuren, hundertfach facettierten Diamanten glichen – wenn man sich im Innern eines Diamanten befinden könnte. Alle übrigen Formen des Luxus, einige Blumen, einige bunte Kissen, einige Bestandteile von Bühnenkostümen wurden von all den Spiegeln bis zum Wahnsinn arabischer Nächte vervielfältigt und tanzten umher und verschoben sich gegeneinander, je nachdem der umherschleichende Bedienstete einen der Spiegel herauszog oder gegen die Wand zurückschob.

Beide sprachen den schmierigen Diener mit Namen an, nannten ihn Parkinson und fragten nach der Dame als Fräulein Aurora Rome. Parkinson sagte, sie sei im Nebenzimmer, und er wolle hineingehen, um die Herren zu melden. Ein Schatten überflog das Gesicht der beiden Besucher; denn das Nebenzimmer war das Privatzimmer des großen Schauspielers, mit dem Fräulein Aurora zusammen spielte, und sie gehörte zu jener Art von Frauen, die Bewunderung nicht entfacht, ohne auch zugleich Eifersucht zu entfachen. Eine halbe Minute später jedoch wurde die Verbindungstüre geöffnet, und sie „trat auf", wie immer – sogar im Privatleben –, so, daß die Stille selbst, die sie umgab, ein Beifallsgetöse zu sein schien, und ein wohlverdientes. Sie war in ein etwas seltsames Gewand von pfauengrünem und pfauenblauem Satin gekleidet, der wie grünes und blaues Metall schimmerte – das Entzücken von Kindern oder Ästheten –, und das schwere, tiefbraune Haar umrahmte eines jener Märchengesichter, die allen Männern gefährlich sind, insbesondere jedoch Knaben und Männern mit ergrauendem Haar. Sie spielte zusammen mit ihrem Partner, dem berühmten amerikanischen Schauspieler Isidore Bruno, eine besondere poetische und phantastische Wiedergabe des Sommernachtstraums, in welcher das künstlerische Schwergewicht auf Oberon und Titania gelegt war, oder mit anderen Worten auf Bruno und sie selbst. Inmitten traumhafter und erlesener Dekorationen, in mythischen Tänzen bewegt, rief dieses grüne Kostüm – schillernden Käferflügeln gleich – all den märchenhaften Eindruck einer Elfenkönigin wach. Doch stand ein Mann ihr persönlich in beinahe noch hellem Tageslicht gegenüber, so sah er nur auf das Antlitz dieser Frau.

Sie begrüßte beide Männer mit jenem strahlenden und verwirrenden Lächeln, mit dem sie so viele Männer in genau derselben gefahrvollen Distanz von sich hielt. Sie nahm von Cutler ein paar Blumen an, die ebenso tropisch und kostspielig waren wie seine Siege, und irgendein anderes Geschenk von Sir Wilson Seymour, das dieser Herr ihr etwas später und in etwas nonchalanterer

Weise überreichte. Denn es widerstrebte seiner ganzen Art und Erziehung, heftige Gefühle zur Schau zu tragen, und zugleich seiner konventionellen Art von Konventionslosigkeit, so auffallende und allgemein sichtbare Dinge zu schenken wie Blumen. Er habe zufällig eine Kleinigkeit aufgegabelt, sagte er von etwas, das in der Tat eine Sehenswürdigkeit war; es war ein antiker griechischer Dolch aus dem Mykenischen Zeitalter, wie er wohl zur Zeit von Theseus und Hippolyta hätte getragen werden können. Wie alle Waffen der Heldenzeit aus Bronze gemacht, war der Dolch doch seltsamerweise noch immer scharf genug, um jemand damit erstechen zu können. Es sei tatsächlich die blattartige Form gewesen, die ihn angezogen habe; das Ding sei so vollkommen wie eine griechische Vase. Wenn es von irgendwelchem Interesse für Fräulein Rome wäre oder sie es irgendwie in ihrem Stück verwenden könne, so hoffe er, würde sie ...

Die Türe ins Nebenzimmer wurde aufgerissen, und es erschien die große Gestalt eines Mannes, der zu dem erläuternden Seymour sogar in noch größerem Gegensatz stand als Kapitän Cutler. Beinahe sechseinhalb Fuß hoch und mit mehr als theatralischen Muskeln und Sehnen, glich Isidore Bruno, in einem prächtigen Leopardenfell und dem goldbraunen Schmuck Oberons, einem barbarischen Gotte. Er stützte sich auf eine Art Jagdspeer, der auf der Bühne wie ein leichter Silberstab wirkte, in dem kleinen und verhältnismäßig engen Raum jedoch so schlicht wie eine spitze Eisenstange aussah – und ebenso gefährlich. Des Mannes lebhafte, schwarze Augen rollten in vulkanischer Wut, sein bronzefarbenes Gesicht, so hübsch es auch war, zeigte in diesem Augenblick nur eine Kombination von hohen Backenknochen und zusammengekniffenen Zähnen, die gewisse amerikanische Mutmaßungen über seine Abstammung aus den Plantagen des Südens wachrief.

„Aurora“, fing er an, mit seiner tiefen, vor Leidenschaft bebenden Stimme, die so oft die Zuhörer ergriffen hatte, „willst du ...“

Er hielt unschlüssig inne, da eine sechste Gestalt plötzlich in der Türöffnung aufgetaucht war – eine Gestalt, die in diesem Milieu so wenig am Platze war, daß sie beinahe lächerlich wirkte. Es war ein auffallend kleiner Mann in der schwarzen Kleidung eines römisch-katholischen Weltgeistlichen, der, insbesondere in Gegenwart Brunos und Auroras, aussah wie ein hölzerner Noah aus einer geschnitzten Arche. Er schien sich jedoch keines Gegensatzes bewußt zu sein, sondern sagte mit schlichter Höflichkeit: „Ich glaube, Fräulein Rome hat nach mir geschickt.“

Ein scharfer Beobachter hätte bemerken können, daß die Temperatur der allgemeinen Erregung bei dieser harmlosen Unterbrechung eher stieg. Die Sonderstellung dieses professionellen Junggesellen schien es den anderen klarzumachen, daß sie um die Frau herumstanden wie ein Ring verliebter Rivalen; ebenso wird beim Eintritt eines Fremden in einem beschneiten Mantel in ein Zimmer den darin Anwesenden erst richtig klar, daß es darin so heiß wie in einem Backofen ist. Die Gegenwart dieses einen Mannes, der sie nicht liebte, verschärfte das Empfinden Fräulein Romes, daß alle anderen in Liebe für sie entbrannt waren, und jeder auf eine gewissermaßen gefährliche Art: der Schauspieler mit allen Begierden eines Wilden und eines verwöhnten Kindes; der Soldat mit all dem primitiven Egoismus eines mehr willensstarken als geistigen Mannes; Sir Wilson mit jener täglich stärker werdenden Konzentration, mit der alte Hedonisten sich einer Liebhaberei hingeben; und endlich – mit der stumpfen Fasziniertheit eines Hundes – sogar der unterwürfige Parkinson, der sie vor ihren Triumphen gekannt hatte und nach Betreten der Garderobe jede ihrer Bewegungen mit seinen Augen verfolgte.

Ein schlauer Beobachter hätte jedoch noch etwas Sonderbareres bemerken können. Und der Mann, der einem schwarzen hölzernen Noah glich, dabei aber nicht ganz aller Schlauheit bar war, bemerkte es mit besonderem, wenn auch verhaltenem Vergnügen. Es war offensichtlich, daß die große Aurora, obwohl keineswegs gleichgültig gegen die Bewunderung des anderen Geschlechtes, in diesem Augenblick alle diese Männer, die sie bewunderten, loswerden und allein sein wollte mit dem einen Mann, der es nicht tat – der sie zumindest in diesem Sinne nicht bewunderte; denn der kleine Priester bewunderte – sogar mit viel Freude – die Entschlossenheit und weibliche Diplomatie, mit der sie sich an diese Aufgabe machte. Der kleine Priester beobachtete wie einen napoleonischen Feldzug die schnelle Präzision ihrer Politik, mit der sie alle verjagte, ohne einen einzigen zu verbannen. Bruno, der große Schauspieler, war so kindisch, daß man ihn leicht hinausschicken konnte; er verließ wie ein schmollendes Kind das Zimmer und schlug die Türe hinter sich zu. Cutler, der britische Offizier, war Ideen unzugänglich, aber korrekt in seiner Handlungsweise. Er würde alle Winke ignorieren, aber eher sterben, als den bestimmten Auftrag einer Dame ignorieren. Was Freund Seymour anbelangte, so mußte der anders behandelt werden; er wurde als letzter gelassen. Die einzige Art, ihn zu entfernen, war, vertrauensvoll an ihn als alten Freund zu appellieren, ihn in das Geheimnis der Räumung einzuweihen. Der Priester bewunderte

Fräulein Rome aufrichtig, wie sie alle diese drei Zwecke in eine wohlerwogene Handlung umzusetzen verstand.

Sie ging zu Kapitän Cutler hinüber und sagte in ihrer gewinnendsten Art: „Ich werde all diese Blumen werthalten, weil es wahrscheinlich Ihre Lieblingsblumen sein dürften. Aber sie sind nicht vollzählig, wissen Sie, wenn meine Lieblingsblumen nicht dabei sind. Gehen Sie doch bitte, hinüber in jenes Geschäft an der Ecke dort und holen Sie mir einige Maiglöckchen, dann wird alles ganz wunderschön sein."

Der erste Zweck ihrer Diplomatenkunst, der Abgang des wütenden Bruno, wurde damit gleichzeitig erfüllt. Er hatte seinen Speer bereits mit königlicher Gebärde wie ein Zepter dem erbarmungswürdigen Parkinson überreicht und war eben daran, sich auf einen gepolsterten Sitz wie auf einen Thronsessel niederzulassen. Doch bei diesem unverhohlenen Appell an den Rivalen funkelte in seinen opalisierenden Augäpfeln all die leidenschaftliche Unverschämtheit des Sklaven auf; er ballte einen Augenblick lang seine braunen Fäuste, stieß dann die Türe auf und verschwand in seine eigenen Gemächer. Doch inzwischen hatte Fräulein Romes Versuch, die britische Armee zu mobilisieren, nicht so gut geklappt, wie man hätte annehmen dürfen. Cutler hatte sich allerdings schnell und steif erhoben und war unbedeckten Hauptes zur Türe geschritten, wie auf einen Befehl hin. Doch in der gegen einen Spiegel lehnenden schlanken Gestalt Seymours lag vielleicht etwas zu aufreizend Elegantes, das den Kapitän veranlaßte, kurz bevor er den Ausgang erreichte, stehenzubleiben und den Kopf dahin und dorthin zu drehen wie ein irregemachter Bulldog.

„Ich muß diesem dummen Menschen den Weg zeigen", flüsterte Aurora, zu Seymour gewandt, und lief in den Vorraum hinaus, um den sich entfernenden Gast zur Eile zu treiben.

Seymour, in seiner eleganten und sorglosen Pose, schien zu lauschen und sich erleichtert zu fühlen, als er die Dame dem Kapitän einige letzte Weisungen nachrufen hörte, dann schien sie sich kurz umzuwenden und lachend an das andere Ende der Passage zu laufen, das Ende, welches an der Terrasse oberhalb der Themse lag. Doch eine oder zwei Sekunden später verfinsterte sich Seymours Gesicht wieder. Ein Mann in seiner Position hat so viele Rivalen, und er erinnerte sich, daß an dem anderen Ende der Passage ein korrespondierender Eingang zu Brunos Privatzimmer führte. Er verlor nichts von seiner Würde, wechselte mit Pater Brown einige höfliche Worte über das Wiederaufleben byzantinischer

Architektur in der Westminsterkathedrale und schlenderte dann ganz ungezwungen selbst hinaus auf die Passage. Pater Brown und Parkinson waren nun allein geblieben, und keiner von den beiden hatte etwas für unnötige Konversation übrig. Der Kammerdiener ging im Zimmer herum, zog Spiegel heraus und stieß sie wieder zurück, und seine schmierigen, dunklen Kleider sahen noch schäbiger aus, da er immer noch den prunkvollen Zauberstab König Oberons hielt. Jedesmal, sooft er den Rahmen eines neuen Spiegels hervorzog, erschien eine neue schwarze Gestalt Pater Browns; das unsinnige Spiegelzimmer war voller Pater Browns; sie hingen verkehrt in der Luft wie Engel, schlugen Purzelbäume wie Akrobaten und wendeten jedermann den Rücken wie ungewöhnlich ungezogene Leute.

Pater Brown schien diese ganze Schar von Zeugen nicht zu bemerken, sondern beobachtete Parkinson mit müßigen, aufmerksamen Blicken, bis dieser sich mitsamt seinem lächerlichen Speer ins Nebenzimmer, Brunos Garderobe, entfernte. Dann gab sich der Priester abstrakten Betrachtungen, die ihn stets zu unterhalten pflegten, hin – er berechnete die Winkel der Spiegel, die Winkel jeder Brechung, die Winkel, unter welchen jeder Spiegel an der Wand befestigt sein mußte ... als er einen lauten, doch erstickten Schrei hörte.

Er sprang auf und stand wie gelähmt da, um zu lauschen. Im selben Augenblick stürzte Sir Seymour, bleich wie Elfenbein, ins Zimmer herein. „Wer ist dieser Mann in der Passage?“ schrie er. „Wo ist der Dolch, den ich gebracht habe?“

Ehe Pater Brown sich in seinen schweren Stiefeln umdrehen konnte, wühlte Seymour im Zimmer herum und suchte die Waffe. Doch ehe er diese oder irgendeine andere Waffe hätte finden können, hörte man auf dem Pflaster draußen eilende Schritte, und in derselben Türöffnung erschien das eckige Gesicht Cutlers. Er hielt groteskerweise immer noch einen Strauß Maiglöckchen in der Hand. „Was ist das?“ schrie er. „Wer ist der Kerl unten in der Passage? Irgendeiner Ihrer Tricks?“

„Meine Tricks?“ zischte sein bleicher Rivale und machte einen Schritt auf ihn zu.

In dem Augenblick, da all dies vor sich ging, trat Pater Brown hinaus in den oberen Teil der Passage, blickte den Gang hinunter und eilte schnell auf das zu, was er sah.

Daraufhin ließen die anderen beiden Männer ihren Streit fallen und stürzten ihm nach, während Cutler rief: „Wer sind Sie?“

„Mein Name ist Brown“, sagte der Priester traurig, als er sich über etwas niedergebeugt und sich dann wieder aufgerichtet hatte. „Fräulein Rome hatte nach mir geschickt, und ich kam, so schnell ich konnte. Ich bin zu spät gekommen.“

Die drei Männer sahen zu Boden; das sterbende Licht des späten Nachmittags lief wie ein Goldstreifen über die Passage, in deren Mitte Aurora Rome strahlend in ihrem goldgrünen Gewande lag, das tote Antlitz nach oben gerichtet. Ihr Kleid war wie nach einem Kampf aufgerissen und ließ die rechte Schulter entblößt, doch die Wunde, aus der das Blut strömte, war auf der anderen Seite. Der Bronzedolch lag flach und glitzernd etwa eine Elle weit entfernt.

Es herrschte eine geraume Zeit hindurch tiefes Schweigen, so daß man aus der Ferne das Lachen eines Blumenmädchens vernahm und jemanden wütend nach einem Autotaxi pfeifen hörte. Dann packte der Kapitän mit einer so plötzlichen Bewegung, daß es Leidenschaft oder Theater sein konnte, Sir Wilson Seymour beim Hals.

Seymour, unerschrocken und unbeweglich, sah ihn durchdringend an. „Sie brauchen mich nicht umzubringen“, sagte er, in vollkommen gelassenem Ton; „das werde ich schon auf eigene Rechnung tun.“

Der Kapitän zögerte und ließ die Hand fallen; doch der andere fügte mit der gleichen eiskalten Aufrichtigkeit hinzu: „Wenn ich einsehen werde, daß ich die Kraft nicht habe, es mit jenem Dolch zu tun, so kann ich es in einem Monat durch Trinken erreichen.“

„Trinken ist nicht gut genug für mich“, erwiderte Cutler; „doch ehe ich sterbe, will ich dafür Blut haben. Nicht das Ihre – doch ich glaube zu wissen, wessen Blut.“

Und bevor die anderen seine Absicht erraten konnten, ergriff er den Dolch, sprang auf die nächste Türe am unteren Ende der Passage zu, stieß sie trotz Schloß und Riegel auf und stand Bruno in dessen Garderobe gegenüber. In diesem Augenblick trottete der alte Parkinson in seiner schwankenden Art aus der Türe heraus und erblickte die Leiche, die in der Passage lag. Zitternd näherte er sich ihr, blickte matt mit bebendem Gesicht nach ihr hin, ging dann zitternd in die Garderobe zurück und setzte sich plötzlich auf einen der reichverzierten und gepolsterten Stühle. Pater Brown lief augenblicklich zu ihm hinüber, ohne auf Cutler und den riesigen Schauspieler zu achten, obwohl das Zimmer bereits von ihren Schlägen widerhallte und sie anfingen, miteinander um den Dolch zu raufen. Seymour, der einigen gesunden Verstand bewahrt hatte, pfiff einen Polizisten herbei, der am anderen Ende der Passage stand.

Als die Polizei kam, mußte sie die beiden Männer auseinanderreißen, die einander mit affenähnlichem Griff umklammert hielten; und nach einigen formellen Fragen wurde Isidore Bruno auf die Beschuldigung des Mordes hin, die sein wütender Gegner vorbrachte, verhaftet. Der Gedanke, daß der große Nationalheld des Tages einen Übeltäter mit eigenen Händen gefangengenommen hatte, fiel zweifellos bei der Polizei schwer ins Gewicht, die eines gewissen journalistischen Elementes nicht ermangelt. Man behandelte Cutler mit feierlicher Hochschätzung und machte ihn darauf aufmerksam, daß er eine kleine Wunde an der Hand habe. Eben als Cutler zwischen umgeworfenen Stühlen und Tischen auf Bruno eingedrungen war, hatte dieser ihm den Dolch entwunden und ihn gerade unterhalb des Handgelenkes getroffen. Die Verletzung war wirklich nur unbedeutend, doch ehe der halbwilde Gefangene aus dem Zimmer gebracht werden konnte, starrte er mit befriedigtem Lächeln auf das fließende Blut.

„Schaut beinahe wie ein Kannibale aus. Nicht?“ sagte der Polizeibeamte vertrauensvoll zu Cutler.

Cutler gab keine Antwort, sondern sagte einen Augenblick später etwas schroff: „Wir müssen nach der ... Toten sehen ...“ und seine Stimme wurde unhörbar.

„Nach den beiden Toten“, fiel die Stimme des Priesters von der anderen Seite des Zimmers ein. „Dieser arme Kerl war tot, bevor ich zu ihm herüberkommen konnte.“ Und er stand da und sah auf den alten Parkinson hinab, der zusammengekauert wie ein schwarzes Bündel auf dem prächtigen Stuhl saß. Auch er hatte, nicht ohne Beredsamkeit, der verstorbenen Frau seinen Tribut gezahlt.

Die Stille wurde zuerst von Cutler unterbrochen, der von einer rauhen Art Zärtlichkeit erfaßt schien. „Ich wollt', ich wäre er“, sagte er heiser. „Ich erinnere mich, wie er – mehr als irgendeiner – ihr mit den Blicken zu folgen schien, wenn sie umherging. Sie war seine Luft, und jetzt ist er verschmachtet. Er ist einfach tot.“

„Wir sind alle tot“, sagte Seymour mit seltsamer Stimme und blickte die Straße hinab.

Sie verabschiedeten sich an der Straßenecke von Pater Brown mit einigen belanglosen Entschuldigungen bezüglich etwaiger Formlosigkeiten, die sie sich vielleicht zuschulden hatten kommen lassen. Die Miene beider Männer war traurig, doch auch versteckt.

Das Gehirn des kleinen Priesters war immer wie ein Kaninchengehege wilder Gedanken, die einander zu schnell jagten, als daß er sie hätte festhalten können. Wie der weiße Schwanz eines Kaninchens fuhr ihm blitzartig der Gedanke durch den Kopf, daß er zwar des Kummers dieser beiden Männer gewiß sei, nicht aber ihrer Unschuld.

„Wir gehen nun wohl am besten alle", sagte Seymour schwermütig; „wir haben alles getan, was in unserer Macht stand, um zu helfen."

„Werden Sie meine Motive richtig verstehen", fragte Pater Brown ruhig, „wenn ich sage, daß Sie alles getan haben, was in Ihrer Macht stand, um zu schaden?"

Beide fuhren wie schuldbewußt zurück, und Cutler fragte scharf: „Um wem zu schaden?"

„Um sich selbst zu schaden", antwortete der Priester. „Ich möchte Ihren Kummer nicht noch vermehren, wenn es nicht allgemeine Menschenpflicht wäre, Sie zu warnen. Sie haben beinahe alles getan, was in Ihrer Macht stand, um sich an den Galgen zu bringen, wenn dieser Schauspieler freigesprochen werden sollte. Man wird mich sicherlich vorladen und verhören; ich werde gezwungen sein, auszusagen, daß, nachdem man den Schrei gehört hatte, Sie beide im Zustand höchster Aufregung ins Zimmer stürzten und einen Streit anfingen wegen jenes Dolches. Soviel ich unter Eid aussagen kann, könnte jeder von Ihnen es getan haben. Damit haben Sie sich geschadet; und dann hat Kapitän Cutler noch obendrein an jenem Dolch Schaden nehmen müssen!"

„Schaden nehmen!" rief der Kapitän verächtlich aus. „Ein dummer kleiner Kratzer."

„Der Blut fließen machte", erwiderte der Priester kopfnickend. „Wir wissen, daß jetzt auf der Klinge Blutspuren zu finden sind. Und darum werden wir niemals erfahren, ob vorher Blut daran war."

Es entstand eine Stille; dann sagte Seymour mit einem Nachdruck, der seiner gewöhnlichen Art zu reden ganz fremd war: „Aber ich habe einen Mann in der Passage gesehen."

„Das weiß ich“, antwortete der Kleriker mit einem wie aus Holz geschnittenen Gesicht, „auch Kapitän Cutler hat einen Mann dort gesehen. Das ist es, was so unwahrscheinlich scheint.“

Bevor sich einer darüber so weit klarwerden konnte, um auch nur zu antworten, hatte sich Pater Brown höflich entschuldigt und war mit seinem Stumpf von einem Regenschirm stapfend die Straße hinaufgegangen.

Bei modernen Zeitungen ist heute die wichtigste und sorgfältigst geführte Rubrik die Gerichtsrubrik. Wenn es wahr ist, daß im zwanzigsten Jahrhundert für Morde mehr Raum bleibt als für Politik, so hat das den einleuchtenden Grund, daß ein Mord eben eine ernstere Sache ist. Aber sogar dies würde die überwältigende Aufmachung kaum erklären können, in welcher der „Fall Bruno“ oder „Das Geheimnis der Passage“ in der Londoner Presse wie in allen Provinzblättern überall mit ausführlichen Details besprochen wurde. Die Aufregung war so groß, daß die Presse tatsächlich wochenlang die Wahrheit brachte; und die Berichte über die Verhöre und Kreuzverhöre sind, wenn auch endlos, ja sogar unerträglich, doch zumindest verläßlich. Der wahre Grund war natürlich das Interesse an den beteiligten Personen. Das Opfer war eine allgemein bekannte Schauspielerin; der Angeklagte war ein allgemein bekannter Schauspieler; und der Angeklagte war, wie die Dinge nun einmal standen, auf frischer Tat festgenommen worden von dem allgemein bekannten Offizier der patriotischen Saison. Durch diese ungewöhnlichen Umstände wurden die Zeitungen dermaßen in Aufregung versetzt, daß sie sich zu Aufrichtigkeit und Genauigkeit bestimmen ließen; daher kann der Rest dieser eigenartigen Geschichte tatsächlich aus den Berichten des Prozesses Bruno wiedergegeben werden.

Der Vorsitzende in diesem Prozeß war der Richter Monkhouse, einer von jenen, die man im allgemeinen als „witzige Richter“ verhöhnt, die aber meist ernster sind, als die ernsten Richter; denn ihre heitere Ungezwungenheit entspringt einem lebendigen Unwillen gegen alle professionelle Feierlichkeit, während der ernste Richter eigentlich von Frivolität erfüllt ist, weil er von Eitelkeit erfüllt ist. Da alle Hauptbeteiligten gesellschaftlich bekannte Persönlichkeiten waren, hatte man die Gerichtsfunktionäre sorgfältig gewählt; der Staatsanwalt war Sir Walter Cowdray, ein schwerfälliger, doch gewichtiger Beamter von jener Art, die es versteht, englisch und vertrauenerweckend zu wirken und gleichsam nur mit Widerstreben rhetorisch zu sein. Der Angeklagte wurde von Herrn Patrick Butler verteidigt. Dieser Mann wurde von Leuten, die den irischen Charakter mißverstanden, und von jenen, die noch nicht von ihm verhört worden waren, fälschlich für einen bloßen „Flaneur“ gehalten. Die medizinischen Untersuchungen ergaben keine Widersprüche, da der Arzt, den Sir Seymour an Ort und Stelle gerufen hatte, mit dem hervorragenden medizinischen Fachmann, der später die Leiche untersucht hatte, vollkommen übereinstimmte. Aurora Rome war mit irgendeinem scharfen Instrument erstochen worden, von der Art eines Messers oder Dolches; jedenfalls war es ein Instrument mit kurzer Spitze; die Wunde befand sich gerade oberhalb des Herzens, und der Tod war augenblicklich eingetreten. Als der erste Arzt sie sah, konnte sie kaum zwanzig Minuten tot gewesen sein. Daher mochten, als Pater Brown sie gefunden hatte, kaum drei Minuten nach Eintritt des Todes vergangen sein.

Dann folgte der Bericht irgendeines amtlichen Detektivs, der sich hauptsächlich mit dem Beweis oder dem Mangel eines Beweises für irgendein Anzeichen eines Kampfes beschäftigte; der einzige Hinweis darauf war, daß das Kleid an der Schulter aufgerissen war, und dies schien nicht besonders mit der Stelle des endgültigen Stoßes übereinzustimmen. Nachdem diese Details vorgebracht worden waren, obwohl sie unaufgeklärt blieben, wurde der erste Kronzeuge aufgerufen.

Sir Wilson Seymour machte seine Aussage so wie alles andere, was er überhaupt machte, das heißt nicht nur gut, sondern in geradezu vollendeter Weise. Obgleich selbst weit mehr ein Mann der Öffentlichkeit als der Richter, verstand er genau, die feine Nuance zu finden, durch die er dem königlichen Richter gegenüber in den Hintergrund trat; und obgleich er ein Ansehen genoß wie etwa der Premierminister oder der Erzbischof von Canterbury, so konnte man doch nichts anderes sagen, als daß seine Stellungnahme zu dieser Sache die irgendeines Privatmannes von gutem Namen sei. Er war in seinen Aussagen ebenso erfrischend klar und deutlich, wie er es in allen Komiteesitzungen war. Er hatte Fräulein Rome im Theater besucht; er war dort Kapitän Cutler begegnet; eine Zeitlang hatte sich ihnen auch der Angeklagte zugesellt, war dann jedoch in seine eigene Garderobe zurückgekehrt; dann war auch noch ein katholischer Priester hinzugekommen, der nach der Dame gefragt und sich mit dem Namen Brown vorgestellt hatte. Später war Fräulein Rome ein wenig aus dem Theatergebäude hinausgetreten, bis zum Eingang der Passage, um Kapitän Cutler einen Blumenladen zu zeigen, in dem er ihr einige Blumen kaufen sollte; der Zeuge war im Zimmer geblieben und hatte einige Worte mit dem Priester gewechselt. Er hatte dann deutlich gehört, wie die Verstorbene, nachdem sie den Kapitän fortgeschickt hatte, sich lachend umgedreht hatte und die Passage hinuntergelaufen war nach dem anderen Ende zu, an dem sich die Garderobe des Angeklagten befand. In bloßer Neugierde ob dieser schnellen Bewegung seiner Freundin war er selbst auf die Passage hinausgetreten und hatte in der Richtung der Türe des Angeklagten hinuntergesehen. Ob er etwas in der Passage gesehen habe? Ja, er habe etwas in der Passage gesehen.

Sir Walter Cowdray machte eine eindrucksvolle Pause, während welcher er zu Boden blickte und noch blässer als gewöhnlich erschien. Dann fragte der Vertreter des Rechts mit leiser Stimme, die anteilnehmend klang und zugleich doch etwas Schleichendes an sich hatte: „Haben Sie es deutlich gesehen?"

So erregt Sir Wilson Seymour auch war, blieben seine Gedanken doch vollkommen klar. „Ganz genau, was die Konturen anbelangt, doch ganz undeutlich, das heißt überhaupt nicht, was die Details innerhalb der Konturen anbelangt. Die Passage ist so lang, daß jeder, der sich in der Mitte befindet, ganz schwarz erscheint gegen das Licht am anderen Ende." Der Zeuge senkte abermals seine Blicke und fügte hinzu: „Ich hatte diese Tatsache schon vorher bemerkt, als Kapitän Cutler zum erstenmal eintrat." Es entstand wieder ein Schweigen, und der Richter beugte sich vor, um etwas zu notieren.

„Nun", fragte Sir Walter geduldig, „wonach sahen die Konturen aus? Glichen sie zum Beispiel der Gestalt der ermordeten Frau?"

„Nicht im geringsten", antwortete Seymour ruhig.

„Wonach denn schienen sie Ihnen auszusehen?"

„Es schien mir, als wäre es ein großer Mann gewesen", erwiderte der Zeuge.

Jedermann im Saal bemühte sich, die Blicke auf seine Feder oder seinen Schirmgriff zu richten, oder auf seine Schuhe oder sein Buch oder auf was immer er nur zufällig schauen konnte. Man schien gewaltsam die Blicke vom Angeklagten abzuwenden, aber man war sich seiner Gestalt auf der Anklagebank bewußt, und war sich ihrer als riesig groß bewußt. So groß Bruno dem Auge auch erscheinen mochte, schien er jetzt immer größer und größer anzuschwellen, als alle Blicke von ihm abgewendet wurden.

Cowdray lehnte sich mit feierlichem Gesicht in seinen Stuhl zurück und glättete sein schwarzes, seidenes Gewand und seinen weißen seidenen Backenbart. Sir Wilson war, nachdem er zum Schluß noch einige Einzelheiten angegeben hatte, welche auch viele andere Leute bezeugen konnten, gerade im Begriff, die Zeugenbank zu verlassen, als der Verteidiger aufsprang und ihn zurückhielt.

„Ich möchte Sie nur noch einen Augenblick aufhalten“, sagte Herr Butler, ein bäuerlich aussehender Mann mit roten Augenbrauen, der einen etwas verschlafenen Eindruck machte. „Wollen Sie bitte dem hohen Gerichtshof sagen, woher Sie wußten, daß es ein Mann war?“

Ein schwaches, vornehmes Lächeln glitt über Seymours Züge. „Ich fürchte, ich urteilte nach dem gewöhnlichen Merkmal der Hosen“, sagte er. „Als ich das helle Tageslicht zwischen den langen Beinen sah, war ich schließlich davon überzeugt, daß es ein Mann war.“

Butlers schläfrige Augen öffneten sich mit der Plötzlichkeit einer stillen Explosion. „Schließlich!“ wiederholte er langsam. „So haben Sie also anfangs geglaubt, es wäre eine Frau?“

Seymour sah zum erstenmal etwas bekümmert drein. „Es ist zwar kaum ein Tatsachenbeweis“, sagte er, „aber wenn es der hohe Gerichtshof wünscht, so werde ich natürlich über meinen Eindruck berichten. Es lag etwas in der Erscheinung, das zwar nicht ganz einer Frau glich und doch wieder nicht männlich wirkte; die Linien waren irgendwie anders. Und die Gestalt hatte etwas, das wie langes Haar aussah.“

„Danke“, sagte Herr Butler und setzte sich plötzlich nieder, als hätte er das bekommen, was er wollte.

Kapitän Cutler war ein weit weniger glaubwürdiger und gefaßter Zeuge als Sir Wilson, doch sein Bericht über die einleitenden Ereignisse war im wesentlichen derselbe. Er beschrieb, wie Bruno in seine Garderobe zurückkehrte, wie er selbst fortgeschickt wurde, um einen Strauß Maiglöckchen zu kaufen, wie er zu dem oberen Ende der Passage zurückkam, was er in der Passage gesehen hatte, wie er Seymour verdächtigt und dann mit Bruno gekämpft hatte. Doch konnte er nur wenig künstlerische Ausschmückungen hinzufügen bezüglich der schwarzen Gestalt, die er und Seymour gesehen hatten. Nach ihren Umrissen befragt, äußerte er – mit einem etwas zu offensichtlichen Grinsen gegen Seymour hin –, er sei kein Kunstkritiker. Darüber befragt, ob es eine Frau oder ein Mann war, sagte er – mit einem etwas zu offensichtlichen Knurren gegen den Angeklagten hin –, daß die Gestalt eher wie ein Tier ausgesehen hätte. Doch der Mann schien von aufrichtigem Zorn und Kummer so sehr bedrückt, daß Cowdray ihn schnell der Verpflichtung enthob, Tatsachen zu bestätigen, die schon ziemlich klar waren.

Auch der Verteidiger faßte sich kurz in seinem Kreuzverhör, obwohl er seiner Gewohnheit nach, sogar wenn er sich kurz faßte, ziemlich lange zu brauchen schien. „Sie haben einen eigentümlichen Ausdruck gebraucht", sagte er, während er Cutler schläfrig betrachtete. „Was meinen Sie damit, daß die Gestalt eher wie ein Tier als wie ein Mann oder eine Frau aussah?"

Cutler schien ernstlich aufgeregt. „Vielleicht hätte ich das nicht sagen sollen", erwiderte er, „doch wenn das Vieh riesige, buckelige Schultern hat wie ein Schimpanse und Borsten, die ihm vom Kopf abstehen, wie einem Schwein ..."

Herr Butler fiel ihm mit seltsamer Ungeduld in die Rede. „Lassen Sie das, ob das Haar Schweinsborsten glich oder nicht", sagte er. „Glich es Frauenhaar?"

„Frauenhaar?" schrie der Offizier. „Du lieber Gott, nein!"

„Der vorige Zeuge hat es behauptet", erklärte der Verteidiger mit unbedenklicher Schnelligkeit. „Und hatte die Gestalt derlei geschwungene und halbweibliche Linien, wie dies in so beredsamer Weise angedeutet wurde? Nein? Keine weiblichen Linien? Die Gestalt war, wenn ich Sie richtig verstehe, eher schwerfällig und eckig?"

„Er mag sich vielleicht vorgebeugt haben", sagte Cutler mit heiserer und etwas schwacher Stimme.

„Oder auch nicht", sagte Herr Butler und setzte sich plötzlich zum zweitenmal nieder.

Der dritte Zeuge, der von Sir Walter Cowdray aufgerufen wurde, war der kleine katholische Geistliche, so klein im Vergleich zu den anderen, daß sein Kopf kaum über den Rand der Balustrade emporzureichen schien und es den Eindruck erweckte, als würde ein Kind verhört. Doch unglücklicherweise hatte es sich Sir Walter anscheinend irgendwie in den Kopf gesetzt, daß Pater Brown auf Seiten des Angeklagten stände, weil der Angeklagte ein böser Mensch und ein Ausländer war und sogar zum Teil schwarzes Blut in sich hatte. Darum fuhr er Pater Brown scharf an, sooft dieser stolze Pontifex versuchen wollte, etwas zu erklären, und er hieß ihn mit „Ja" oder „Nein" antworten und einfache Tatsachen berichten ohne jesuitische Auslegungen. Als Pater Brown in aller Schlichtheit zu sagen anfing, wer, seiner Meinung nach, der Mann in der Passage war, erklärte ihm der Vorsitzende, daß er seine Theorien nicht brauche.

„Eine schwarze Gestalt wurde in der Passage gesehen. Und Sie sagen, daß Sie diese schwarze Gestalt gesehen habe. Nun, wie war sie?“

Pater Brown blinzelte wie unter einem Tadel, aber er hatte seit langem den wörtlichen Sinn des Gehorsams kennengelernt. „Die Gestalt“, sagte er, „war kurz und dick und hatte zwei vorstehende, aufgebogene Hörner an jeder Seite des Kopfes, und ...“

„Oh! Wahrscheinlich der Teufel mit seinen Hörnern“, rief Cowdray aus und lehnte sich in triumphierender Heiterkeit zurück. „Es war wohl der Teufel, der gekommen war, die Protestanten zu fressen.“

„Nein“, sagte der Priester, „ich weiß, wer es war.“

Die Leute im Saal waren zu dem unvernünftigen, doch entschiedenen Gefühl der Erwartung von etwas Monströsem aufgestachelt worden. Sie hatten die Gestalt auf der Anklagebank vergessen und dachten nur an die Gestalt in der Passage. Und die Gestalt in der Passage, die von den drei tüchtigen und ehrenwerten Männern nach dem eigenen Augenschein beschrieben wurde, war wie ein dahinschleichender Nachtmahr; der eine nannte sie eine Frau, der andere ein Tier und der dritte einen Teufel ...

Der Richter sah Pater Brown mit halbgeschlossenen Augen und durchdringenden Blicken an. „Sie sind ein sehr merkwürdiger Zeuge“, sagte er, „aber Sie haben etwas an sich, das mich glauben macht, Sie wollen die Wahrheit sagen. Nun, wer war der Mann, den Sie in der Passage gesehen haben?“

„Ich war es selbst“, sagte Pater Brown.

Butler sprang in der herrschenden ungewöhnlichen Stille auf die Beine und sagte ganz ruhig: „Der hohe Gerichtshof wird mir ein kurzes Kreuzverhör gestatten“, und dann, ohne innezuhalten, warf er Brown die anscheinend zusammenhanglose Frage hin: „Sie haben von diesem Dolch gehört; Sie wissen, daß die Sachverständigen sagen, das Verbrechen sei mit einer kurzen Klinge verübt worden?“

„Ja, eine kurze Klinge“, stimmte Brown zu und nickte feierlich wie eine Eule, „aber mit einem sehr langen Griff.“

Bevor noch die Zuhörerschaft sich ganz von der Vorstellung befreien konnte, daß der Priester sich selbst gesehen hatte, wie er mit einer kurzen Klinge mit langem Griff, was die Sache irgendwie noch schrecklicher erscheinen ließ, einen Mord beging, beeilte er sich selbst, eine Erklärung zu geben.

„Ich meine, nicht nur Dolche haben kurze Klingen. Auch Speere haben kurze Klingen. Und auch Speere treffen mit der Spitze, geradeso wie Dolche, selbst wenn es sich um jene Spielereispeere handelt, die man im Theater verwendet. So wie der Speer, mit dem der alte Parkinson seine Frau tötete, eben als sie nach mir geschickt hatte, um ihre Familienangelegenheiten zu ordnen – und ich bin gerade zu spät gekommen, Gott verzeih mir! Aber er ist in Reue gestorben – er starb eigentlich aus Reue. Er konnte es nicht ertragen, was er getan hatte."

Der allgemeine Eindruck der Leute war, daß der kleine Priester, der drauflosschwatzte, tatsächlich auf der Zeugenbank verrückt geworden war. Doch der Richter sah ihn immer noch mit weit offenen und gespannten Augen an; und der Verteidiger fuhr unbeirrt mit seinen Fragen fort.

„Wenn Parkinson es mit jenem Theaterspeer getan hat", fragte Butler, „muß er ihn aus einer Entfernung von etwa vier Ellen geschleudert haben. Wie können Sie die Anzeichen eines Kampfes erklären, wie das von der Schulter gerissene Gewand?" Er war dazu übergegangen, diesen Mann, der hier bloß als Zeuge stand, wie einen Experten zu behandeln; aber niemand bemerkte dies im Augenblick.

„Das Gewand der armen Dame", sagte der Zeuge, „war zerrissen, weil es sich in einem aus der Vertäfelung herausschiebbaren Rahmen verfangen hatte, der gerade hinter ihr herausgestoßen worden war. Sie bemühte sich loszukommen, und während sie damit beschäftigt war, kam Parkinson aus dem Zimmer des Angeklagten und schleuderte den Speer."

„Ein verschiebbarer Rahmen?" wiederholte der Rechtsgelehrte mit seltsamer Stimme.

„Von der anderen Seite war es ein Spiegel", erklärte Pater Brown. „Als ich in der Garderobe saß, bemerkte ich, daß einige dieser Spiegel vermutlich in die Passage hinausgeschoben werden können."

Wieder trat ein langes, unnatürliches Schweigen ein, und diesmal war es der Richter, der endlich sprach. „Sie meinen also wirklich, daß Sie selbst der Mann waren, den Sie sahen, als Sie die Passage hinunterblickten – im Spiegel?"

„Jawohl; das wollte ich sagen", erwiderte Brown, „aber man fragte mich nach den Umrissen der Gestalt; und unsere Hüte haben Ecken, die wie Hörner aussehen, und darum ..."

Der Richter beugte sich vor, und seine alten Augen leuchteten noch mehr, und er sagte in ungemein deutlichem Tone: „Wollen Sie also wirklich sagen, daß dieses wilde, undefinierbare Etwas mit Linien und Frauenhaar und Männerhosen, das Sir Wilson Seymour gesehen hatte, Sir Wilson Seymour selber war?“

„Jawohl“, erwiderte Pater Brown.

„Und Sie wollen sagen, daß Kapitän Cutler, als er den Schimpansen mit den buckligen Schultern und Schweinsborsten sah, einfach nur sich selbst sah?“

„Jawohl.“

Der Richter lehnte sich mit einem Behagen zurück, in dem sich Zynismus oder Bewunderung ausdrückte. „Und können Sie uns sagen“, fragte er, „wieso gerade Sie Ihr eigenes Bild im Spiegel erkannt haben, wenn so erlauchte Männer dazu nicht imstande sind?“

Pater Brown blinzelte, noch peinlicher berührt als zuvor; dann stammelte er: „Wirklich, ich weiß es nicht ... wenn es nicht darum ist, weil ich weniger oft hineinschaue.“

Der Fehler der Maschine

Um die Zeit des Sonnenunterganges saßen Flambeau und sein Freund im Temple-Garden; die Umgebung oder eine ähnlich zufällige Ursache hatte das Gespräch auf das Thema der Gerichtsverhandlungen gelenkt. Von dem Problem der Zulässigkeit des Kreuzverhöres wendete sich das Gespräch der römischen und mittelalterlichen Folter zu, dann dem französischen Untersuchungsrichter und schließlich dem „Dritten Grad“ in Amerika.

„Ich habe kürzlich“, sagte Flambeau, „etwas über diese neue psychometrische Methode gelesen, von der man besonders in Amerika jetzt soviel redet. Sie wissen, was ich meine? Man legt einem Menschen ein Pulsometer um das Handgelenk und urteilt nach dem Herzschlag des Betreffenden beim Aussprechen gewisser Worte. Was halten Sie davon?“

„Ich finde es sehr interessant“, erwiderte Pater Brown. „Es erinnert mich an jene interessante Vorstellung des dunklen Zeitalters, daß eine Leiche frisch zu bluten anfangen würde, wenn der Mörder sie berührte.“

„Wollen Sie damit wirklich sagen“, fragte der Freund, „daß Sie beide Methoden für gleich wertvoll halten?“

„Ich halte sie für gleich wertlos“, erwiderte Brown. „Blut fließt schnell oder langsam in toten oder lebendigen Leuten, aus noch einmal soviel Millionen Gründen, als wir je wissen können. Blut wird gar seltsam fließen müssen, Blut wird das Matterhorn hinauffließen müssen, ehe ich darin ein Zeichen erkennen werde, daß ich es vergießen sollte.“

„Die Methode ist“, bemerkte der andere, „in Amerika von einigen der bedeutendsten Wissenschaftler bestätigt worden.“

„Was diese Wissenschaftler doch sentimental sind!“ rief Pater Brown aus, „und wieviel sentimentaler noch müssen die Wissenschaftler in Amerika sein! Wer anders als ein Yankee würde je daran denken, irgend etwas auf Grund von Herzschlägen beweisen zu wollen? Ja, sie müssen rein ebenso sentimental sein wie einer, der glaubt, daß eine Frau in ihn verliebt sei, wenn sie errötet. Diesen auf der Blutzirkulation beruhenden Beweis hat der unsterbliche Harvey erfunden; auch ein recht fauler Beweis!“

„Und doch“, fuhr Flambeau beharrlich fort, „könnte er ziemlich gerade auf das eine oder das andere hindeuten.“

„Stöcke, die geradeaus zeigen, haben einen gewissen Nachteil“, antwortete der andere. „Welchen? Ja nun, das andere Ende des Stockes zeigt immer nach der entgegengesetzten Seite hin. Es hängt davon ab, ob man den Stock beim richtigen Ende zu fassen bekommt. Ich habe einmal zugesehen, wie die Sache gemacht wurde, und habe seither nie mehr an sie geglaubt.“ Und er fuhr fort, die Geschichte zu erzählen, die ihn in seinem Skeptizismus so bestärkt hatte.

Die Sache hatte sich vor etwa zwanzig Jahren zugetragen, als er Kaplan seiner Glaubensbrüder in einem Gefängnis in Chicago war – wo die irische Bevölkerung eine solche Befähigung sowohl für Verbrechen wie für Reue an den Tag legte, daß er reichlich beschäftigt war. Der zweite Kommandant, der dem Gouverneur im Rang zunächst stand, war ein ehemaliger Detektiv namens Greywood Usher, ein leichenblasser, bedächtig sprechender Yankee-Philosoph, der seine strenge Miene gelegentlich gegen eine seltsame, wie um Entschuldigung bittende Grimasse vertauschte. Er mochte Pater Brown in einer leicht gönnerhaften Art gut leiden; und Pater Brown hatte den Kommandanten gern, obwohl er dessen Theorien von Herzen haßte, die ungeheuer kompliziert waren und mit ungeheurer Einfachheit festgehalten wurden.

Usher hatte eines Abends nach dem Priester geschickt, und der nahm seiner Gewohnheit gemäß schweigend an einem Tische Platz, auf dem die Papiere, teils in Stößen aufgehäuft, teils verstreut, umherlagen, und wartete. Der Beamte suchte aus den Papieren einen Zeitungsausschnitt heraus und reichte ihn dem Priester hin, der ihn mit ernster Miene las. Es zeigte sich, daß der Ausschnitt aus einem der bestinformierten Blätter der amerikanischen guten Gesellschaft stammte und folgende Ankündigung zum Inhalt hatte.

„Der lustigste Witwer der Gesellschaft macht wieder einmal mit einem exzentrischen Maskenfeste Sensation. Alle besseren Bürger unserer Stadt werden sich noch des Kinderwagen-Parade-Festes entsinnen, bei welchem unser ›Letzter-Trick‹-Todd in seinem Palais in Pilgrims Pond so viele unserer prominentesten ›débutantes‹ noch jünger erscheinen ließ, als sogar ihre Jahre vermuten lassen mochten. Ebenso elegant, doch noch abwechslungsreicher und großzügiger vom gesellschaftlichen Standpunkt aus, war unseres ›Letzten-Tricks‹ vorjähriges Fest, das berühmte Kannibalen-Mahl der guten Gesellschaft, wobei das Konfekt scherzhafterweise in Form von menschlichen Armen und Beinen serviert wurde und mancher unserer lustigsten Witzbolde sich erbot, seine Partnerin ›aufzufressen‹. Die Scherzparole, welche diesmal dem Abend zugrunde liegen wird, ruht bisher noch in Herrn Todds verschwiegenem Geiste oder ist in der mit Edelsteinen besetzten Brust des heitersten Führers unserer Stadt verschlossen. Doch hat man einiges verlauten hören über eine nette Parodie der einfachen Sitten und Gebräuche von Menschen entgegengesetzter Gesellschaftsschichten. Dies wäre um so effektvoller, als der gastliche Todd in Lord Falconroy, dem berühmten Weltreisenden, einen reinrassigen Aristokraten, frisch von den Eichenwäldern Englands, zu seinen Gästen zählt. Lord Falconroys Reisen begannen, noch bevor sein alter Adelstitel wieder auferstanden war; er ist schon in seiner Jugend einmal in der Republik gewesen, und in der vornehmen Welt munkelt man allerlei über den heimlichen Grund seiner Rückkehr. Fräulein Etta Todd ist eine unserer seelenvollen New Yorkerinnen und wird einmal zu einem Vermögen von beinahe zwölfhundert Millionen Dollars gelangen."

„Nun?" fragte Usher, „interessiert Sie das?"

„Nein, ich finde keine Worte dafür", antwortete Pater Brown. „Ich kann mir auf der ganzen Welt nichts vorstellen, was mich in diesem Augenblick weniger interessieren würde. Und wenn der gerechte Zorn der Republik nicht endlich alle Journalisten auf dem elektrischen Stuhl hinrichten läßt, weil sie so schreiben, sehe ich auch nicht recht ein, warum es Sie interessieren sollte."

„Ah!" bemerkte Usher trocken und reichte ihm einen anderen Zeitungsausschnitt hin. „Nun, interessiert Sie das vielleicht?"

Die Notiz trug die Überschrift: „Schauerliche Ermordung eines Wachtpostens! Sträfling entflohen!" und lautete: „Knapp vor Tagesanbruch wurde heute morgen in der Strafanstalt von Sequah, in diesem Staate, ein Hilferuf gehört. Als man der Richtung des Schreies nacheilte, fand man die Leiche des Wachtpostens, der auf der Nordmauer des Gefängnisses patrouillierte, der steilsten und schwierigsten Stelle, für deren Bewachung bisher immer ein einziger Mann genügt hatte. Der unglückselige Soldat war jedoch von der hohen Mauer herabgeschleudert und der Schädel ihm, wie mit einer Keule, eingeschlagen worden; sein Gewehr wurde vermißt. Weitere Nachforschungen ergaben, daß eine der Zellen leer war. Sie war von einem etwas störrischen Verbrecher, der sich Oscar Rian nannte, bewohnt gewesen. Er war nur vorübergehend irgendeines verhältnismäßig geringfügigen Vergehens wegen eingesperrt gewesen; doch hatte er auf jedermann den Eindruck eines Menschen mit einer dunklen Vergangenheit und einer gefährlichen Zukunft gemacht. Schließlich, als das Tageslicht den Schauplatz des Mordes voll erhellte, fand man, daß er auf die Mauer über der Leiche einen fragmentarischen Satz geschrieben hatte, anscheinend mit einem in Blut getauchten Finger: ›Das war Notwehr, und er hatte das Gewehr. Ich wollte weder ihm noch sonst jemand etwas zuleide tun, bis auf einen. Ich heb' mir die Kugel für Pilgrims Pond auf. – O. R.‹ Nur tückischster List oder erstaunlichstem und tollkühnstem Wagemut konnte es gelingen, eine solche Mauer trotz des bewaffneten Postens zu stürmen."

„Nun", gab der Priester heiter zu, „der literarische Stil ist etwas besser, aber ich seh' immer noch nicht ein, womit ich Ihnen dienen kann. Ich würde eine traurige Rolle spielen mit meinen kurzen Beinen, wenn ich einem Mörder so athletischer Art durch den ganzen Staat nachlaufen wollte. Ich zweifle, ob ihn irgend jemand finden kann. Die Strafanstalt von Sequah ist etwa dreißig Meilen von hier entfernt; das Land, das dazwischen liegt, ist ziemlich wild und verwachsen, und das Land jenseits, wohin er sicherlich vernünftigerweise gehen wird, ist vollkommen herrenloses Gebiet, das in die weiten Prärien übergeht. Er mag in irgendeinem Loch oder auf irgendeinem Baum sein."

„Er ist in keinem Loch", sagte der Beamte, „er ist auf keinem Baum."

„Ja, woher wissen Sie denn das?“ fragte Pater Brown blinzelnd.

„Möchten Sie gerne mit ihm sprechen?“ fragte Usher.

Pater Brown riß seine unschuldigen Augen weit auf. „Er ist hier?“ rief er aus. „Ja, wie haben Ihre Leute ihn denn erwischt?“

„Ich habe ihn selbst erwischt“, sagte der Amerikaner gedehnt, erhob sich und streckte faul seine langen Beine vor dem Feuer. „Ich hab' ihn mit dem gebogenen Ende eines Spazierstockes erwischt. Schauen Sie nicht so verdutzt drein! Es ist wirklich so. Sie wissen, daß ich manchmal auf den Feldwegen außerhalb dieses trübseligen Ortes hier spazierengehe. Nun, heute in den frühen Abendstunden war ich auf einem steilen Weg draußen, der auf beiden Seiten von dunklen Hecken und grau aussehenden, gepflügten Äckern umsäumt war, während der zunehmende Mond am Himmel stand und seinen silbernen Schein auf den Weg warf. In diesem Licht sah ich einen Mann über das Feld auf den Weg zu laufen; er rannte mit vorgebeugtem Körper und in einem guten Dauerlaufschritt. Er schien ziemlich erschöpft zu sein, doch als er zu der dichten, schwarzen Hecke kam, schoß er durch sie durch, als wäre sie aus Spinnweben gemacht, oder eher – denn ich hörte die starken Zweige brechen und aneinanderschlagen wie Bajonette – als wäre er selbst aus Stein. In dem Augenblick, da er gegen den Mond stehend auftauchte und den Weg kreuzte, hakte ich meinen Stockgriff um seine Beine, so daß er strauchelte und hinfiel. Dann pfiff ich lang und laut auf meiner Pfeife, bis unsere Leute angerannt kamen, um ihn festzunehmen.“

„Es wäre ein wenig peinlich gewesen“, bemerkte Brown, „wenn Sie herausgefunden hätten, daß er ein bekannter Sportsmann war, der für einen Dauerlauf trainierte.“

„Nein, das war er nicht“, sagte Usher grimmig. „Wir haben bald herausgefunden, wer er war, aber ich hatte es erraten, sobald ihn der erste Strahl des Mondes streifte.“

„Sie dachten, es wäre der durchgebrannte Sträfling“, bemerkte der Priester schlicht, „weil Sie heute früh in der Zeitung gelesen hatten, daß ein Sträfling durchgebrannt sei.“

„Ich hatte etwas bessere Anhaltspunkte“, erwiderte der Beamte kühl. „Ich will den ersten, allzu selbstverständlichen übergehen: nämlich, daß fashionable Sportsleute nicht über gepflügte Äcker rennen oder sich die Augen in dornigem Gebüsch ausstechen. Auch rennen sie nicht vornübergebeugt wie ein zusammengekauerter Hund. Es gab noch entscheidendere Einzelheiten für das leidlich geübte Auge. Der Mann trug grobe und zerrissene Kleider. Sie paßten so schlecht, daß es ganz grotesk aussah; sogar, als er sich nur in schwarzen Umrissen gegen das Mondlicht abhob, ließ ihn der Mantelkragen, der seinen Kopf halb verbarg, wie einen Buckligen erscheinen, und die langen, weiten Ärmel erweckten den Eindruck, als hätte er keine Hände. Es ging mir gleich durch den Sinn, daß er es irgendwie fertiggebracht hatte, seine Sträflingskleider gegen die eines Verbündeten auszutauschen, die ihm nicht paßten. Zweitens blies ein ziemlich starker Wind, gegen den er lief, so daß ich das flatternde Haar hätte sehen müssen, wenn es nicht sehr kurz gewesen wäre. Dann erinnerte ich mich, daß jenseits dieser gepflügten Äcker, die er überquerte, Pilgrims Pond lag, für das der Sträfling sich – Sie erinnern sich – seine Kugel aufgehoben hatte; daraufhin setzte ich meinen Spazierstock in Bewegung."

„Ein Glanzstück schneller Deduktion", sagte Pater Brown, „aber hatte er ein Gewehr?"

Als Usher mitten im Aufundabgehen plötzlich innehielt, fügte der Priester entschuldigend hinzu: „Ich habe nämlich gehört, daß eine Kugel ohne Gewehr nicht mehr halb so nützlich sei."

„Er hatte kein Gewehr", sagte der andere ernsthaft, „aber das lag zweifellos an irgendeinem sehr natürlichen, unglücklichen Zufall oder einer Änderung seines Planes. Wahrscheinlich hatte ihn dieselbe Politik, die ihn veranlaßt hatte, die Kleider zu wechseln, auch veranlaßt, daß Gewehr fortzuwerfen."

„Nun, das ist leicht möglich", antwortete der Priester.

„Und es ist nicht der Mühe wert, sich darüber den Kopf zu zerbrechen", sagte Usher, einige andere Blätter zur Hand nehmend, „denn wir wissen jetzt bereits, daß es der Mann ist."

Der priesterliche Freund fragte zaghaft: „Aber wieso?" und Greywood Usher warf die Zeitungen hin und nahm wieder die ersten beiden Zeitungsausschnitte zur Hand.

„Nun, da Sie so eigensinnig sind", sagte er, „wollen wir ganz von vorn beginnen. Sie werden bemerkt haben, daß diese beiden Zeitungsausschnitte nur eine Sache miteinander gemein haben, und zwar die Erwähnung von Pilgrims Pond, dem Besitz des Millionärs Ireton Todd, wie Sie wissen. Sie wissen ferner, daß er ein bemerkenswerter Mann ist; einer von jenen Leuten, die Schritt für Schritt hochgekommen sind und zur Erreichung ihres Zweckes das Mittel ..."

„Das Mittel wählten, zuvor ihr eigenes Gewissen totzuschlagen", stimmte der Gefährte bei. „Ja, ich weiß. Petroleum, glaub ich."

„Immerhin", sagte Usher, „der Name unseres ›Letzten-Trick‹-Todds ist von Bedeutung in dieser wunderlichen Geschichte."

Wieder rekelte sich Usher vor dem Feuer und fuhr in seiner weitschweifigen, selbstgefälligen, umständlichen Art zu reden fort.

„Fürs erste also gibt es hier anscheinend überhaupt nichts Geheimnisvolles. Es ist nicht geheimnisvoll, es ist nicht einmal merkwürdig, daß ein Zuchthäusler mit einem Gewehr auf Pilgrims Pond losgeht. Unsere Leute sind nicht wie die Engländer, die alle einem Menschen seinen Reichtum verzeihen, wenn er für Spitäler und Pferde Geld vergeudet. Unser Todd ist durch seine eigene Geschicklichkeit reich geworden, und es besteht kein Zweifel darüber, daß viele, an denen er seine Geschicklichkeit bewiesen hat, nun gerne ihre Geschicklichkeit an ihm beweisen würden, mit dem Gewehr. Todd könnte leicht durch einen Mann zu Fall gebracht werden, von dem er nie gehört hat; durch irgendeinen Arbeiter, den er ausgesperrt hat, oder irgendeinen Angestellten eines Geschäftes, das er ruiniert hat. Todd ist ein Mann von geistigen Fähigkeiten und hohem öffentlichem Ansehen; aber in diesem Lande sind die Beziehungen zwischen Arbeitgeber und Angestellten ziemlich gespannt.

So sieht die ganze Geschichte aus, angenommen, daß dieser Rian sich nach Pilgrims Pond aufgemacht hätte, um Todd zu töten. So sah sie für mich aus, bis eine andere kleine Entdeckung sämtliche Detektiveigenschaften in mir erweckte. Sobald ich meinen Gefangenen in Sicherheit gebracht hatte, nahm ich wieder meinen Spazierstock zur Hand und schlenderte zwei oder drei Straßen weiter hinunter, bis zu einem der Seitentore von Todds Besitztum, einem Tor zunächst jenem Teich oder See, der zu dem Besitz gehört. Es war vor etwa zwei Stunden, ungefähr um sieben Uhr. Der Mond schien um diese Zeit schon bedeutend heller, und ich konnte seine langen, weißen Strahlen auf dem geheimnisvollen Weiher mit den grauen, schlüpfrigen, schlammigen Ufern liegen sehen. Sie kennen die Stelle, die ich meine? Sie liegt nördlich von Todds Haus gegen die Wildnis zu, und es stehen zwei alte verwitterte Bäume dort, so elend und düster, daß sie eher wie riesige Schwammgewächse aussehen als wie richtiges Laubholz. Während ich dort stand und auf den Teich starrte, kam es mir vor, als sähe ich die schwachen Umrisse eines Mannes, der sich vom Hause her näherte, aber es war viel zu dunkel und zu weit, als daß ich meiner Sache hätte sicher sein können, und noch viel weniger irgendwelcher Einzelheiten. Außerdem wurde meine Aufmerksamkeit plötzlich von etwas viel Näherem völlig in Anspruch genommen. Ich duckte mich hinter dem Zaun nieder, der nicht mehr als zweihundert Ellen weit von dem einen Flügel des großen Gebäudes entfernt hinlief und glücklicherweise an verschiedenen Stellen Lücken hatte, wie ausdrücklich für neugierige Blicke so gemacht. Eine Tür war in der dunklen Masse des linken Flügels geöffnet worden, und eine Gestalt erschien jetzt, schwarz gegen das erleuchtete Innere – eine vermummte Gestalt, die sich, offenbar in die Nacht hinausstarrend, vorbeugte. Sie schloß die Türe hinter sich, und ich sah, daß sie eine Laterne trug, welche einige trübe Lichtflecken auf Kleidung und Gestalt des Trägers warf. Es schien die Gestalt einer Frau zu sein, die in einen zerrissenen Mantel gehüllt und anscheinend verkleidet war, um nicht erkannt zu werden. Es lag für einen Menschen, der aus diesen goldstrotzenden Räumen kam, etwas sehr Merkwürdiges sowohl in diesen Fetzen wie in der ganzen Verstohlenheit. Die Gestalt schritt vorsichtig über den gewundenen Gartenpfad vorwärts, was sie mir auf eine Entfernung von einem halben Hundert Ellen nahe brachte; dann blieb sie einen Augenblick auf der Rasenfläche stehen, die vor dem schlammigen See liegt, und, die brennende Laterne über den Kopf hochhebend, schwang sie diese dreimal deutlich hin und her, wie für ein Signal. Als sie die Laterne zum zweitenmal schwang, erhellte ein Lichtschimmer einen Augenblick lang ihr Gesicht – ein Gesicht, das ich kannte. Sie war unnatürlich blaß, und der Kopf war in ein ausgeliehenes Wolltuch gehüllt, wie Arbeiterfrauen sie zu tragen pflegen; aber ich bin sicher, es war Etta Todd, die Tochter des Millionärs.

Sie legte den Weg, den sie gekommen war, mit gleicher Vorsicht zurück und schloß die Türe wieder hinter sich. Ich wollte eben über den Zaun klettern, um ihr zu folgen, als mir klar wurde, daß das Jagdfieber des Detektivs, das mich in dieses Abenteuer gelockt hatte, ein wenig unwürdig sei und ich vom Standpunkt meiner höheren Autorität aus bereits alle Karten in der Hand hätte. Ich wollte mich eben zum Fortgehen wenden, als ein neues Geräusch die Stille der Nacht unterbrach. Ein Fenster wurde in einem der oberen Stockwerke aufgerissen, aber knapp um die Ecke des Hauses, so daß ich es nicht sehen konnte, und man hörte eine angsterfüllte Stimme durch die Dunkelheit des Gartens nach Lord Falconroy rufen, der in keinem Zimmer des Hauses zu finden war. Es konnte kein Zweifel darüber bestehen, wessen Stimme es war. Ich habe sie von vielen politischen Rednertribünen und in zahlreichen Direktoren-Versammlungen gehört: es war Ireton Todd selbst. Einige andere Leute schienen an die unteren Fenster oder hinaus auf die Treppe getreten zu sein, und man rief zu Todd hinauf, Lord Falconroy habe vor etwa einer Stunde einen Spaziergang zum See hinunter unternommen und könnte seither nicht wieder gefunden werden. Dann schrie Todd: ›Mord! Mord!‹ und schlug das Fenster heftig zu. Ich konnte ihn noch drinnen die Treppe hinunterrennen hören. Mich meines früheren und klügeren Vorsatzes entsinnend, machte ich mich davon, bevor die allgemeine Durchsuchung der Umgebung, die nun folgen mußte, begann, und kehrte nicht viel nach acht Uhr hierher zurück.

Ich bitte Sie nun, sich der kleinen Gesellschaftsnotiz zu entsinnen, die Ihnen so entsetzlich uninteressant vorgekommen ist. Wenn der Sträfling seine Kugel nicht für Pilgrims Pond aufhob, wie dies offenbar der Fall war, so ist es höchstwahrscheinlich, daß er sie für Lord Falconroy aufhob, und es sieht aus, als hätte er seine Ware abgeliefert. Es gibt keinen geeigneteren Platz, um einen Menschen zu erschießen, als die geologisch seltsame Umgebung des Teiches, wo ein hinabgeworfener Körper durch den zähen Schlamm bis zu unbekannten Tiefen sinken würde. Wir wollen also annehmen, daß unser Freund mit dem kurzgeschnittenen Haar gekommen war, um Lord Falconroy und nicht Todd umzubringen. Doch, wie ich bereits ausgeführt habe, gibt es viele Gründe, aus denen viele Leute in Amerika Todd umzubringen wünschen mögen. Es gibt keinen Grund, aus dem irgend jemand in Amerika einen neu gelandeten englischen Lord umzubringen wünschen sollte, bis auf jenen einzigen Grund, der in der Zeitung erwähnt ist: daß der Lord der Tochter des Millionärs seine Aufmerksamkeit schenkt. Unser kurzgeschorener Freund muß, trotz seiner schlecht sitzenden Kleider, ein hochstrebender Liebhaber sein.

Ich weiß, daß Ihnen diese Vorstellung widersinnig, ja komisch vorkommt, aber das ist nur, weil Sie ein Engländer sind. Sie tragen der emporsteigenden und aufstrebenden Macht unserer hervorragenderen Bürger nicht genug Rechnung. Sie haben einen gutaussehenden, grauhaarigen Mann im Frack mit einem Anstrich von Berühmtheit vor sich, Sie wissen, daß er eine Säule des Staates ist, und so glauben Sie auch schon, daß er eine lange Reihe von Ahnen hatte. Sie irren sich. Sie machen sich nicht klar, daß er vor verhältnismäßig wenigen Jahren in einer Siedlung oder möglicherweise im Gefängnis gewesen sein mag. Sie lassen die Spannkraft und den Aufschwung unserer Nation außer acht. Viele unserer einflußreichsten Bürger sind nicht nur erst ganz kürzlich, sondern auch in verhältnismäßig späten Jahren in die Höhe gekommen. Todds Tochter war volle achtzehn Jahre alt, als ihr Vater sein Glück machte. Es ist also eigentlich nicht so unmöglich, daß noch von früher her ein Verehrer aus den unteren Klassen an ihr hängt; oder sogar, daß sie noch an einem hängt, wie ich es mir vorstelle, wenn ich nach der Geschichte mit der Laterne urteile. Wenn dem so ist, so dürfte die Hand, welche die Laterne hielt, der Hand, welche das Gewehr hielt, nicht fremd sein. Dieser Fall, mein Herr, wird ein wenig von sich reden machen."

„Nun", fragte der Priester geduldig, „und was haben Sie dann getan?"

„Ich vermute, daß Sie entsetzt sein werden", erwiderte Greywood Usher, „weil ich weiß, daß Sie mit dem Siegeslauf der Technik in bezug auf diese Dinge nicht einverstanden sind. Ich habe hier in vielen Dingen ziemlich freie Hand und nehme mir vielleicht noch ein bißchen mehr heraus, als man mir zugesteht. Und ich dachte, das hier wäre eine ausgezeichnete Gelegenheit, jenen psychometrischen Mechanismus auszuprobieren, von dem ich Ihnen schon erzählt habe. Denn meiner Meinung nach kann dieser Apparat nicht lügen."

„Kein Apparat kann lügen", sagte Pater Brown, „aber er kann auch nicht die Wahrheit sagen."

„In diesem Fall hat sie es getan, wie ich Ihnen zeigen werde", fuhr Usher zuversichtlich fort. „Ich setzte den Mann in den schlechtpassenden Kleidern in einen bequemen Sessel und schrieb einfach verschiedene Worte auf eine Tafel, und der Apparat verzeichnete einfach die Änderungen seines Pulsschlages, und ich beobachtete einfach sein Verhalten. Der Trick ist, irgendein Wort, das mit dem vermuteten Verbrechen in Zusammenhang steht, in eine Reihe von Worten, die irgendeinen ganz anderen Zusammenhang haben, einzufügen, jedoch so, daß es sich ganz natürlich einfügt. So schrieb ich also ›Reiher‹ und ›Adler‹ und ›Eule‹, und als ich ›Falke‹ schrieb, wurde er schrecklich aufgeregt, und als ich statt ›Falke‹ ›Falkon‹ schrieb, da begann der Zeiger des Apparates einfach zu springen. Wer sonst hätte in dieser Republik Ursache, bei dem Namen eines neu angekommenen Engländers wie Falconroy aufzufahren, wenn nicht der Mann, der ihn erschossen hat? Ist das nicht eine viel bessere Zeugenaussage als eine Menge Geschwätz von Augenzeugen? Die Zeugenaussage des verläßlichen Apparates!"

„Sie vergessen immer“, bemerkte der Gefährte, „daß der verläßliche Apparat stets von einem unverläßlichen Apparat in Betrieb gesetzt werden muß.“

„Wieso, was meinen Sie?“ fragte der Detektiv.

„Ich meine den Menschen“, sagte Pater Brown, „der unverläßlichste Mechanismus, den ich kenne. Ich will nicht unhöflich sein, und ich hoffe, Sie werden das Wort Mensch nicht als beleidigende oder ungenaue Bezeichnung von sich selbst auffassen. Sie sagen, Sie hatten das Verhalten des Mannes beobachtet; aber woher wissen Sie, daß Sie richtig beobachtet haben? Sie sagen, die Worte müßten sich ganz natürlich einfügen; aber woher wissen Sie, daß Sie es so gemacht haben? Woher wissen Sie, wenn es darauf ankommt, daß er nicht Ihr Verhalten beobachtet hat? Wer sollte beweisen, daß Sie nicht schrecklich aufgeregt waren? Es war ja kein Apparat an Ihrem Puls befestigt.“

„Ich sage Ihnen“, schrie der Amerikaner in höchster Aufregung, „daß ich so kühl wie eine Gurke war.“

„Verbrecher können auch so kühl wie Gurken sein“, sagte Brown lächelnd. „Und beinahe so kühl wie Sie.“

„Nun, der war es eben nicht“, sagte Usher und warf die Zeitungen durcheinander. „Oh, Sie langweilen mich!“

„Das tut mir leid“, sagte der andere. „Ich lege nur dar, was eine vernünftige Möglichkeit zu sein scheint. Wenn Sie an dem Benehmen des Mannes erkennen konnten, wann das Wort kam, das ihn an den Galgen bringen würde, warum sollte er nicht an Ihrem Benehmen erkennen, wann das Wort kommen würde, das ihn an den Galgen bringen sollte? Ich würde nach mehr als bloß nach Worten verlangen, bevor ich einen an den Galgen brächte.“

Usher schlug auf den Tisch und erhob sich in einer Anwandlung von Zorn und Triumph zugleich.

„Und das ist es eben, was ich Ihnen geben werde“, rief er. „Ich habe den Apparat zuerst ausprobiert, nur um die Sache nachher auf andere Weise zu prüfen: und der Apparat hatte recht!“

Er hielt einen Augenblick lang inne und fuhr dann weniger aufgeregt fort. „Ich möchte betonen, wenn es darauf ankommt, daß ich bis dahin mit Ausnahme des wissenschaftlichen Experiments sehr wenig Material hatte, mit dem ich etwas anfangen konnte. Es lag wirklich gar nichts gegen den Mann vor. Seine Kleider paßten ihm nicht, wie ich schon erwähnt habe, aber sie waren, wenn überhaupt anders, eher besser als jene der unteren Klassen, denen er sichtlich angehörte. Überdies war der Mann, abgesehen von all den Spuren, welche seine Jagd über geackerte Felder und sein Stürmen durch staubige Hecken hinterlassen hatte, verhältnismäßig sauber. Dies konnte natürlich bedeuten, daß er eben erst aus dem Gefängnis ausgebrochen war; aber es erinnerte mich mehr an die verzweifelte Anständigkeit der verhältnismäßig respektablen Armen. Sein Benehmen stimmte, wie ich gestehen muß, ganz damit überein. Er war schweigsam und würdevoll wie jene; er schien einen großen verborgenen Kummer zu haben wie jene. Er gab völlige Unkenntnis des in Frage stehenden Verbrechens vor und schien nur mit trotziger Ungeduld auf etwas Vernünftiges zu warten, dessen Eintreten ihn aus seiner unsinnigen Klemme befreien würde. Er bat mich mehr als einmal, ob er einem Advokaten telefonieren dürfe, der ihm vor langer Zeit in irgendeiner Geschäftssache behilflich gewesen war, und benahm sich in jeder Beziehung, wie man es von einem Unschuldigen erwarten würde. Es sprach absolut nichts gegen ihn, ausgenommen jener kleine Zeiger auf dem Zifferblatt, der auf die Veränderung des Pulsschlages gedeutet hatte.

Hier also, mein Herr, war der Apparat auf die Probe gestellt; und der Apparat hatte recht. Als ich mit ihm aus jenem Zimmer in den Vorraum kam, wo alle möglichen anderen Leute auf eine Untersuchung warteten, hatte er sich, glaube ich, mehr oder weniger schon entschlossen, die Dinge durch etwas Ähnliches wie ein Geständnis aufzuklären. Er wendete sich an mich und fing in leisem Ton zu sprechen an: ›Oh, ich kann das nicht mehr länger aushalten. Wenn Sie alles wissen wollen …‹

Im selben Augenblick stand eine von den armen Frauen, die auf der langen Bank saßen, auf, kreischte und zeigte mit dem Finger auf ihn. Ich habe in meinem Leben noch nie etwas so dämonisch Deutliches gesehen. Ihr dürrer Finger schien ihn aufs Korn zu nehmen, als zielte sie mit einem Blasrohr. Obwohl das Ganze nur wie ein Geheule klang, tönte jede Silbe so klar und deutlich wie ein einmaliger Schlag auf eine Glocke.

›Drugger Davis!‹ schrie sie. ›Sie haben Drugger Davis gefangene!‹

Von all den elenden Weibern, meist Diebinnen und Straßendirnen, wendeten sich ihm zwanzig Gesichter zu, die ihn voll Schadenfreude und Haß anstarrten. Wenn ich das Wort nie zuvor gehört hätte, so hätte ich aus dem bloßen Entsetzen auf seinem Gesicht gewußt, daß der sogenannte Oscar Rian seinen richtigen Namen nennen gehört hatte. Aber Sie werden sich vielleicht wundern zu hören, daß ich nicht ganz so unwissend bin. Drugger Davis war einer der schrecklichsten und verruchtesten Verbrecher, die unsere Polizei jemals genarrt haben. Sicher hat er mehr als einen Mord begangen, lange vor seiner letzten Heldentat an dem Wachtposten. Aber er konnte seltsamerweise niemals gänzlich überführt werden, weil er es auf dieselbe Art machte wie jene geringfügigeren – oder verächtlicheren – Verbrechen, deren er ziemlich häufig überführt wurde. Er war immer ein hübscher, wohlerzogen aussehender Schuft, wie er es bis zu einem gewissen Grad noch heute ist; er pflegte meist mit Kellnerinnen oder Ladenmädchen umzugehen und ihnen ihr Geld herauszulocken. Sehr oft ging er jedoch viel weiter, man fand die Mädchen mit Zigaretten oder Schokolade betäubt, und all ihr Hab und Gut verschwunden. Dann kam ein Fall, wo das Mädchen tot aufgefunden wurde, aber die Mordabsicht konnte nicht ganz bewiesen werden und, was noch wichtiger war, der Verbrecher konnte nicht aufgefunden werden. Ich hörte ein Gerücht, demzufolge er irgendwo wieder aufgetaucht sein soll, diesmal in der entgegengesetzten Rolle, als Geldverleiher anstatt als einer, der es sich entlieh, aber immer noch in Beziehungen zu armen Witwen, die er persönlich faszinieren konnte, und immer wieder mit demselben üblen Resultat für sie. Nun, das ist unser unschuldiger Mann und seine unschuldige Geschichte. Inzwischen ist er von vier Verbrechern und drei Wachtposten identifiziert und seine Geschichte bestätigt worden. Nun, was haben Sie jetzt gegen meinen armen, kleinen Apparat zu sagen? Hat es der Apparat nicht fertiggebracht, ihn zu überführen? Oder ziehen Sie vor zu sagen, daß jene Frau und ich es fertiggebracht haben?"

„Was Sie fertiggebracht haben?" erwiderte Pater Brown, indem er aufstand und sich behaglich schüttelte, „Sie haben ihn vor dem elektrischen Stuhl gerettet. Ich glaube nicht, daß man Drugger Davis um jener alten vagen Geschichte mit dem Gift hinrichten kann; und was den Sträfling anbelangt, der den Wachtposten getötet hat, glaub' ich, offensichtlich, daß Sie ihn nicht gefangen haben. Herr Davis ist dieses Verbrechens jedenfalls nicht schuldig."

„Was meinen Sie?" fragte der andere. „Warum sollte er dieses Verbrechens nicht schuldig sein?"

„Ja, Gott steh uns bei!" rief der kleine Mann in einer seiner seltenen temperamentvollen Anwandlungen aus, „ja, weil er der anderen Verbrechen schuldig ist! Ich versteh' nicht, aus was ihr Leute gemacht seid! Ihr scheint zu glauben, daß alle Sünden in einem Sack verwahrt werden. Ihr redet, als ob ein Geizhals vom Montag immer am Dienstag ein Verschwender wäre. Sie erzählen mir, daß der Mann, den Sie hier haben, Wochen und Monate damit verbrachte, sparsamen Frauen ihre kleinen Geldsümmchen herauszulocken; daß er bestenfalls ein Betäubungsmittel und schlimmstenfalls ein Gift verwendete; und daß er später als einer der schäbigsten Geldverleiher auftauchte und noch mehr arme Leute auf dieselbe geduldige und friedliche Art betrog. Nehmen wir als erwiesen an – nehmen wir um des Argumentes willen an, daß er all dies getan hat. Wenn dem so ist, dann will ich Ihnen sagen, was er nicht getan hat: er hat keine mit Spitzen versehene Mauer gestürmt, gegen einen Mann mit einem geladenen Gewehr. Er hat nicht mit eigener Hand auf die Mauer geschrieben, daß er es getan hat. Er hat sich nicht damit aufgehalten, als seine Entschuldigung Notwehr anzugeben. Er hat nicht erklärt, daß er nichts gegen den armen Wachtposten habe. Er nannte nicht das Haus des reichen Mannes, in das er mit seinem Gewehr ging. Er schrieb seine eigenen Initialen nicht mit eines Mannes Blut. Oh, ihr Heiligen! Sehen Sie denn nicht, daß es ein ganz anderer Charakter ist, im Bösen wie im Guten? Ja, Sie scheinen nicht ein bißchen so geschaffen zu sein wie ich. Man würde meinen, Sie hätten niemals ein Laster gehabt."

Der bestürzte Amerikaner hatte bereits den Mund geöffnet, um zu protestieren, als in einer so unzeremoniösen Art an der Türe seines privaten Amtsraumes gehämmert und gerüttelt wurde, wie er es noch nie gehört hatte.

Die Türe wurde aufgerissen. Einen Augenblick zuvor war Greywood Usher gerade zu dem Schluß gekommen, daß Pater Brown vielleicht verrückt sei. Einen Augenblick später fing er an zu glauben, daß er selbst verrückt sei. In sein Privatzimmer herein stürzte ein Mann, in den schmutzigsten Fetzen und mit einem speckigen Hut, den er schief aufgesetzt weiter auf dem Kopf behielt, ein blauer Fleck zog sich unter einem seiner Augen hin, und er starrte so wild wie ein Tiger. Das übrige Gesicht war nicht zu sehen, da es zum Teil von einem wirren Bart so sehr verdeckt war, daß die Nase kaum herausgucken konnte, und zum Teil war es mit einem schmutzigen, roten Taschentuch eingebunden. Herr Usher rühmte sich, die übelsten Exemplare der Staatsbürger zu kennen, aber noch niemals hatte er einen solchen als Vogelscheuche verkleideten Pavian gesehen. Doch vor allem hatte er in seinem friedlichen wissenschaftlichen Leben noch niemals gehört, daß ein solcher Mann als erster das Wort an ihn zu richten wagte.

„Schauen Sie einmal, mein lieber alter Usher", schrie der Kerl in dem roten Taschentuch, „jetzt wird mir die Sache zu dumm. Probieren Sie Ihre Versteckspiele an einem anderen aus, aber nicht an mir; ich laß mich nicht zum

Narren halten. Geben Sie meinen Gast frei, und ich werde das Zeichen geben, daß mein Fest weitergehen kann. Halten Sie ihn aber noch einen Augenblick zurück, so wird es Ihnen hübsch übel bekommen. Ich meine, ich bin nicht einer, der keinen Einfluß hätte!“

Der erhabene Usher sah das bellende Ungeheuer mit einem jedes andere Gefühl überwältigenden Erstaunen an. Der bloße Schock, den seine Augen erleiden mußten, machte seine Ohren beinahe gebrauchsunfähig. Endlich läutete er mit größter Heftigkeit an einer Zimmerglocke. Während der schrille Klang noch in der Luft lag, hörte man die sanfte, klare Stimme Pater Browns.

„Ich möchte gerne eine Vermutung aussprechen“, sagte er, „aber es klingt ein wenig verwirrend. Ich kenne diesen Herrn nicht – aber – aber ich glaube, daß ich ihn kenne. Nun, Sie kennen ihn – Sie kennen ihn ganz gut – aber Sie kennen ihn nicht, natürlich. Es klingt paradox, ich weiß.“

„Ich glaube, die Welt hat einen Sprung bekommen“, sagte Usher, ließ sich in seinen runden Schreibtischsessel fallen und spreizte die Beine von sich.

„Nun, hören Sie einmal zu“, brüllte der Fremde und schlug mit der Hand auf den Tisch, und seine Stimme klang um so geheimnisvoller, als seine Worte verhältnismäßig vernünftig waren, zugleich aber überlaut hinausgeschrien wurden. „Ich laß Sie nicht aus. Ich will ...“

„Wer, zum Teufel, sind Sie?“ schrie Usher plötzlich und setzte sich aufrecht in seinem Sessel zurecht.

„Ich glaube, der Name dieses Herrn ist Todd“, sagte der Priester. Dann nahm er das Stückchen Zeitung zur Hand.

„Ich fürchte, Sie haben die Gesellschaftsnotizen nicht genau gelesen“, sagte er und fing an, mit monotoner Stimme vorzulesen: › ... oder ist er in der mit Edelsteinen besetzten Brust des heitersten Führers unserer Stadt verschlossen; doch hat man einiges verlauten hören über eine nette Parodie der einfachen Sitten und Gebräuche von Menschen entgegengesetzter Gesellschaftsklassen‹. Es war heute abend ein großes Spelunkenfest in Pilgrims Pond angesagt, und ein Herr, einer der Gäste, ist verschwunden. Herr Ireton Todd ist ein guter Gastgeber und hat die Spur bis hierher verfolgt, ohne sich auch nur Zeit zu lassen, sein Festkostüm abzulegen.“

„Welchen Herrn meinen Sie?“

„Ich meine den Herrn mit den komischen, schlechtsitzenden Kleidern, den Sie über den gepflügten Acker laufen sahen. Wäre es nicht besser, Sie gingen hin und forschten der Sache nach? Er wird ein wenig ungeduldig darauf warten, bald wieder zu seinem Champagner zurückzukehren, von dem er in so großer Eile fortgelaufen ist, als der Sträfling mit dem Gewehr auftauchte."

„Meinen Sie ernstlich ..." fing der Beamte an.

„Nun, schaun Sie einmal, Herr Usher", sagte Pater Brown ruhig, „Sie haben gesagt, der Apparat könne keinen Fehler machen, und in einem gewissen Sinn hat er das auch nicht getan. Aber der andere Apparat beging den Fehler, der Apparat, welcher ihn in Betrieb setzte. Sie haben angenommen, der Puls des in Fetzen gekleideten Mannes habe bei dem Namen Falconroy zu springen begonnen, weil er Lord Falconroys Mörder war. Er begann bei dem Namen zu springen, weil er Lord Falconroy ist."

„Ja, zum Teufel, warum hat er es dann nicht gesagt?" fragte der verwirrt dreinschauende Usher.

„Er hatte das Gefühl, daß seine Verfassung und der kürzlich ausgestandene Schreck nicht sehr aristokratisch wirkten", erwiderte der Priester, „darum hat er den Namen zuerst verschwiegen. Aber er war eben daran, ihn zu nennen, als –" und Pater Brown sah auf seine Stiefel nieder – „als eine Frau einen anderen Namen für ihn fand."

„Sie werden doch nicht so verrückt sein, zu glauben", sagte Greywood Usher leichenblaß, „daß Lord Falconroy Drugger Davis war."

Der Priester sah ihn sehr ernst, doch mit bedeutsamer und etwas spöttischer Miene an.

„Ich sage weiter nichts", bemerkte er, „den Rest überlasse ich Ihnen. Ihr gutinformiertes Blatt sagt, daß der Titel erst kürzlich wieder für ihn neu aufgefrischt wurde; aber diese Zeitungen sind alle sehr unverläßlich. Es heißt darin auch, daß er schon in seiner Jugend in Amerika gewesen war, aber die ganze Geschichte klingt sehr unwahrscheinlich. Davis und Falconroy sind beide ziemlich große Feiglinge, aber das sind schließlich noch eine Menge andere Menschen auch. Ich würde keinen Hund hängen, auf meine bloße Meinung darüber. Aber ich glaube", fuhr er sanft und nachdenklich fort, „ich glaube, ihr Amerikaner seid zu bescheiden. Ich glaube, ihr idealisiert die englische Aristokratie – selbst in der Annahme, daß sie so aristokratisch wäre. Ihr seht einen gutaussehenden Engländer im Frack; ihr wißt, daß er Herrenhausmitglied ist, und da glaubt ihr auch schon, daß er eine Reihe von Ahnen hat. Sie tragen der Spannkraft und dem Aufschwung unserer Nation nicht genügend Rechnung. Viele unserer einflußreichsten Adeligen sind nicht nur erst kürzlich in die Höhe gekommen, sondern ..."

„Ach, hören Sie auf!" rief Greywood Usher und versuchte verzweifelt, mit einer seiner schlanken Hände den ironischen Zug im Gesicht des anderen abzuwehren.

„Stehen Sie nicht hier, um mit diesem Narren zu reden!" rief Todd grob dazwischen. „Führen Sie mich zu meinem Freund."

Am nächsten Morgen erschien Pater Brown mit derselben scheinheiligen Miene, in der Hand ein Stück von einem anderen bestinformierten Blatt.

„Ich fürchte, Sie vernachlässigen die Gesellschaftsnotizen in den Zeitungen ein wenig", sagte er, „aber dieser Ausschnitt wird Sie vielleicht interessieren."

Usher las die Überschrift: „Letzten-Trick-Todds verirrte Nachtschwärmer. – Eine lustige Szene hat sich vergangene Nacht vor Wilkinsons Autogarage abgespielt. Der diensthabende Polizeibeamte wurde dort auf einen Mann aufmerksam, der in Sträflingskleidern mit bemerkenswerter Ruhe auf dem Chauffeursitz eines sehr eleganten Autos Platz nahm; er war in Begleitung eines Mädchens, das ein Wolltuch um den Kopf gewickelt hatte. Als die Polizei einschritt, schlug das junge Mädchen das Tuch zurück, und alle erkannten die Tochter des Millionärs Todd, die eben von dem Spelunkenfest in Pilgrims Pond kam, wo alle auserlesensten Gäste in ähnlichem Aufzug zusammengekommen waren. Sie und der Herr, der Gefängniskleider angelegt hatte, begaben sich auf die gebräuchliche Scherzspazierfahrt."

Unter der Meldung dieses bestinformierten Blattes fand Herr Usher eine Notiz aus einer später erschienenen Zeitung angeheftet mit der Überschrift: „Sensationelle Flucht der Millionärstochter mit dem Sträfling. Sie hatte das Maskenfest arrangiert. Jetzt sicher in ..."

Herr Greywood Usher hob die Augen, aber Pater Brown war verschwunden.

Der Kopf Cäsars

Irgendwo in Brompton oder Kensington draußen gibt es eine unendlich lange Straße von hohen, stattlichen, doch größtenteils leeren Häusern, die wie eine Reihe von Grabmälern aussieht. Sogar die Stufen, die zu den dunklen Eingangstüren hinaufführen, gleichen den Stufen an den Seiten der Pyramiden; und man zögert, an eine dieser Türen zu klopfen, aus Angst, sie würde von einer Mumie geöffnet. Doch einen noch deprimierenderen Anblick bietet die teleskopische Länge und abwechslungslose Kontinuität dieser grauen Fassaden. Der Pilger, der diese Straße hinabwandert, fängt an zu glauben, er würde nie mehr zu einer Unterbrechung oder einer Ecke gelangen. Doch eine Ausnahme gibt es – eine sehr kleine, doch begrüßt sie der Pilger beinahe mit einem Freudenschrei. Zwischen zweien dieser hohen Gebäude befindet sich eine Art Käfig, eine bloße Spalte, wie eine Türritze im Vergleich zur Straße, doch eben groß genug, um in diesem Winkel ein winziges Bierhaus oder Wirtshaus unterzubringen, das die Reichen gerade noch ihren Stallburschen gestatten. Sogar das schmutzige Aussehen der Schenke hat etwas Fröhliches an sich, und gerade in ihrer Unscheinbarkeit liegt etwas Freies, Zauberhaftes. Zu Füßen jener grauen Steinriesen sieht die Schenke wie ein hellerleuchtetes Zwergenhäuschen aus.

Irgendein hier Vorübergehender hätte an einem gewissen Herbstabend – der selbst schon etwas Märchenhaftes an sich hatte – bemerken können, wie eine Hand den roten kleinen Vorhang hinter dem Fenster beiseite schob – der zusammen mit den weißen Buchstaben einer Aufschrift das Innere des Raumes gegen die Straße zu halb verbarg – und ein Gesicht hervorguckte, nicht unähnlich dem eines unschuldigen Kobolds. Tatsächlich aber war es das Gesicht eines Mannes mit dem harmlos menschlichen Namen Brown, ehemals Priester von Cobhole in Essex und jetzt in London tätig. Sein Freund Flambeau, ein halboffizieller Detektiv, saß ihm gegenüber und war damit beschäftigt, die letzten Notizen über einen Fall aufzuzeichnen, den er in der Umgebung aufgeklärt hatte. Die beiden saßen an einem kleinen Tischchen, ganz nahe dem Fenster, als der Priester den Vorhang beiseite schob und hinausschaute. Er wartete, bis ein Fremder auf der Straße draußen am Fenster vorbeigegangen war, um den Vorhang dann wieder an seine frühere Stelle zurückfallen zu lassen. Hierauf rollten seine runden Äuglein zu der weißen Aufschrift des Fensters oberhalb seines Kopfes hinauf und schweiften dann zum Nebentisch hinüber, an dem ein Matrose bei Bier und Käse saß und ein rothaariges junges Mädchen vor einem Glas Milch. Dann, als er sah, daß sein Freund das Notizbuch einsteckte, sagte er sanft:

„Wenn Sie zehn Minuten Zeit hätten, möchte ich Sie bitten, jenem Mann da mit der falschen Nase nachzugehen."

Flambeau sah voll Verwunderung auf; aber auch das Mädchen mit dem roten Haar sah auf, und zwar mit einem Gesichtsausdruck, der ein gewöhnliches Erstaunen weit übertraf. Sie war einfach, ja beinahe nachlässig gekleidet; sie trug einen braunen Leinenkittel; doch war sie eine Dame, und auf den zweiten Blick hin sogar eine unnötig hochmütige Dame.

„Ein Mann mit einer falschen Nase?" fragte Flambeau. „Wer ist das?"

„Ich habe keine Ahnung", antwortete Pater Brown. „Ich möchte eben, daß Sie es herausfinden; ich bitte Sie darum. Er ist dort hinuntergegangen", und dabei deutete der Priester mit einer seiner undefinierbaren Bewegungen mit dem Daumen über seine Schulter hin – „und er kann noch keine drei Laternenpfähle weit gekommen sein. Ich möchte nur die Richtung wissen."

Flambeau starrte seinen Freund eine Weile lang mit halb erstauntem und halb belustigtem Ausdruck an, dann stand er vom Tische auf, zwängte seine riesige Gestalt durch die kleine Türe der Zwergenherberge und verschwand im Dämmerlicht.

Pater Brown zog ein kleines Büchlein aus der Tasche und fing aufmerksam zu lesen an; nicht durch die leiseste Bewegung verriet er sein Gewahrwerden der Tatsache, daß die rothaarige Dame ihren Tisch verlassen und sich ihm gegenüber niedergesetzt hatte. Endlich beugte sie sich vor und sagte mit leiser, doch klarer Stimme: „Warum sagen Sie das? Woher wissen Sie, daß sie falsch ist?"

Brown hob seine etwas schweren Augenlider, die in nicht geringer Verlegenheit zitterten. Dann streiften seine zweifelnden Blicke wieder die weiße Aufschrift auf dem Fenster des Wirtshauses. Die Blicke des jungen Mädchens folgten ihm und ruhten dort in völligem Unverständnis.

„Nein", sagte Pater Brown in Beantwortung ihrer Gedanken. „Es heißt nicht ›SELA‹ wie in den Psalmen. Ich habe es vorhin in der Zerstreutheit selbst erst so gelesen; es ist englisch und heißt einfach ›ALES‹, Bier."

„Nun und?“ fragte die verwunderte Dame. „Was hat das für eine Bedeutung, was es heißt?“

Seine herumirrenden Blicke trafen auf die Manschetten ihrer Ärmel, die mit einer schmalen Spitzenkante ihre Handgelenke umschlossen, eben genug, um das Gewand von dem Arbeitskittel einer Frau aus dem Volke zu unterscheiden und es eher zu dem Arbeitskittel einer Malerin zu stempeln. Der Priester schien darin reichliche Nahrung für seine Gedanken zu finden, doch seine Antwort kam sehr langsam und zögernd: „Ja, sehen Sie, Madame“, sagte er, „von draußen sieht das Lokal – nun, es ist ja sicherlich ein ganz anständiges Lokal – aber Damen wie Sie halten es – halten es gewöhnlich nicht dafür. Sie gehen niemals freiwillig in solche Lokale, ausgenommen ...“

„Nun?“ fragte sie.

„Ausgenommen einige wenige Unglückliche, die nicht hineingehen, um dort Milch zu trinken.“

„Sie sind ein sehr merkwürdiger Mensch“, sagte die junge Dame. „Was bezwecken Sie eigentlich mit all dem?“

„Nichts, worüber Sie sich Sorgen machen sollten“, erwiderte er sehr freundlich. „Ich möchte mich nur mit einigem Wissen wappnen, um Ihnen helfen zu können, wenn Sie mich jemals aus freiem Willen bitten sollten, Ihnen behilflich zu sein.“

„Aber warum sollte ich der Hilfe bedürfen?“

Er fuhr in seinem träumerischen Monologe fort. „Sie konnten nicht gut hereingekommen sein, um ›protégées‹ zu besuchen, bescheidene Freunde aus einer niedrigeren Gesellschaftsklasse oder dergleichen, sonst wären Sie ins Wohnzimmer hineingegangen ... und Sie konnten nicht hereingekommen sein, weil Sie sich unwohl fühlten, sonst hätten Sie mit der Wirtin gesprochen, die offenbar eine sehr anständige Frau ist ... außerdem sehen Sie auch nicht im gewöhnlichen Sinne unwohl aus, Sie sehen nur unglücklich aus ... Diese Straße ist die einzige ursprünglich lange Straße, die keine Nebengassen hat, und die Häuser zu beiden Seiten sind verschlossen ... Ich konnte nur vermuten, daß Sie jemand kommen gesehen haben, dem Sie nicht begegnen wollten, und darum in diesem Wirtshaus den einzigen Zufluchtsort inmitten dieser Steinwüste erkannten ... Ich glaube nicht, daß ich mir mehr herausnahm, als einem Fremden zukommt, wenn ich den einzigen Menschen, der kurz darauf vorbeikam, näher ansah … Und da ich den Eindruck hatte, daß er einem üblen Typus angehöre … während Sie einem guten Typus angehören … so hielt ich mich bereit, Ihnen zu helfen, falls er Sie belästigen sollte; das ist alles. Was meinen Freund anbelangt, so wird er bald zurückkommen; und sicherlich kann er nichts herausfinden dadurch, daß er eine Straße wie diese hier hinunterstapft … Ich habe das auch gar nicht vermutet."

„Warum haben Sie ihn dann fortgeschickt?" rief sie und beugte sich in noch brennenderer Neugier vor. Sie hatte eines von jenen stolzen, ungestümen Gesichtern, die häufig bei Rothaarigen zu finden sind, und eine römische Nase, wie Marie Antoinette.

Zum erstenmal sah ihr Pater Brown ruhig und entschlossen in die Augen und sagte: „Weil ich hoffte, Sie würden mit mir sprechen."

Nun wieder blickte sie ihn eine Weile lang mit erhitztem Gesicht an, in dem ein rötlicher Schimmer von Zorn lag; dann, trotz aller Bemühungen, verrieten Augen und Mundwinkel ihren Sinn für Humor, und sie antwortete beinahe spöttisch: „Nun, wenn Sie auf meine Unterhaltung so erpicht sind, werden Sie vielleicht auch meine Frage beantworten." Nach einer Pause fügte sie noch hinzu: „Ich hatte die Ehre, Sie zu fragen, warum Sie die Nase jenes Mannes für falsch halten."

„Das Wachs wird bei solchem Wetter immer ein wenig fleckig", antwortete Pater Brown ganz schlicht.

„Aber es ist doch eine so krumme Nase", wendete das rothaarige Mädchen ein.

Der Priester lächelte nun seinerseits. „Ich sage ja nicht, daß es eine Nase ist, die man nur so zum Vergnügen trägt", gab er zu. „Dieser Mann trägt sie, glaube ich, weil seine wirkliche Nase um so vieles hübscher ist."

„Aber warum?" fragte sie beharrlich weiter.

„Wie geht doch das Ammenverschen?" bemerkte Brown zerstreut. „›Es war ein krummer Mann, der ging einen krummen Weg …‹ Ich glaube, dieser Mann hat eine sehr krumme Straße eingeschlagen – indem er seiner Nase nach ging."

„Wieso? Was hat er getan?" fragte sie ein wenig unsicher.

„Ich möchte Ihr Vertrauen gewiß nicht um Haaresbreite erzwingen", sagte Pater Brown sehr ruhig. „Aber ich glaube, Sie könnten mir hierüber viel mehr erzählen als ich Ihnen."

Das Mädchen erhob sich und stand eine Weile vollkommen still, doch mit geballten Fäusten da; es machte den Eindruck, als wollte sie sich schnell entfernen. Dann öffneten sich ihre zusammengepreßten Hände langsam, und sie setzte sich wieder nieder. „Sie sind ein noch größeres Geheimnis als all die übrigen“, sagte sie verzweifelt; „aber ich habe das Gefühl, als stecke in Ihrem Geheimnis ein Herz.“

„Was wir alle am meisten fürchten“, sagte der Priester mit leiser Stimme, „ist ein Nebel ohne Zentrum. Das ist es, was den Atheismus zum Nachtmahr macht.“

„Ich werde Ihnen alles erzählen“, sagte das rothaarige Mädchen trotzig, „bis auf das eine, warum ich es Ihnen sage; das weiß ich nämlich selbst nicht.“

Sie zupfte an dem fleckigen Tischtuch herum und fuhr dann fort: „Sie sehen aus, als könnten Sie unterscheiden, was kein Snobismus ist und was einer ist. Und wenn ich sage, ich stamme aus einer guten alten Familie, so werden Sie wohl verstehen, daß dies ein wesentlicher Teil meiner Geschichte ist. In der Tat liegt für mich die größte Gefahr in der hohen und harten Meinung, die mein Bruder in bezug auf ›noblesse oblige‹ und derlei Dinge hat. Nun, mein Name ist Christabel Carstairs, und mein Vater war der Oberst Carstairs, von dem Sie sicherlich schon gehört haben, der die berühmte Sammlung römischer Münzen, die Carstairs-Sammlung, zusammengebracht hat. Ich könnte Ihnen meinen Vater nie beschreiben; das beste, was ich sagen könnte und was der Sache am nächsten käme, wäre, daß er selbst einer römischen Münze glich. Er war ebenso schön, ebenso echt, ebenso wertvoll, ebenso metallrein und ebenso veraltet. Er war auf seine Sammlung stolzer als auf seinen Waffenrock – nichts könnte mehr sagen als das. Sein ungewöhnlicher Charakter zeigte sich so recht in seinem Testament. Er hatte zwei Söhne und eine Tochter. Er hatte mit dem einen Sohn, meinem Bruder Giles, einen Streit gehabt und ihn mit einer kleinen Rente nach Australien geschickt. Dann machte er ein Testament und hinterließ die Carstairs-Sammlung mit einer tatsächlich noch geringeren Rente meinem Bruder Arthur. Er meinte es als Belohnung, als die höchste Ehre, die er zu vergeben hatte, in Anerkennung von Arthurs Ehrlichkeit und Rechtschaffenheit und der Auszeichnungen, die er auf der Universität in Cambridge in Mathematik und Nationalökonomie errungen hatte. Mir hinterließ er eigentlich sein ganzes, ziemlich großes Vermögen; und ich bin überzeugt, daß er das als Zeichen von Verachtung meinte.

Darüber hätte sich Arthur wohl beklagen können, werden Sie vielleicht sagen, aber Arthur ist ganz wie mein Vater. Obwohl er in früher Jugend einige Meinungsverschiedenheiten mit ihm hatte – kaum war er im Besitze der Sammlung, so wurde er sofort wie ein heidnischer Priester, der sich einem Tempel weiht. Er vermischte diese römischen Halbpfennig-Stücke mit der Ehre der Carstairs-Familie in genau derselben steifen, abgöttischen Art und Weise, wie es vorher sein Vater getan hatte. Er handelte so, als müßte römisches Geld von allen römischen Tugenden bewacht werden. Er gönnte sich kein Vergnügen; er gab nichts für sich aus; er lebte nur mehr für die Sammlung. Oft nahm er sich nicht einmal mehr die Mühe, zu seinen einfachen Mahlzeiten Toilette zu machen, sondern kramte unter den verschnürten, braunen Papierpäckchen, die niemand anderer berühren durfte, in einem alten, braunen Schlafrock mit Schnur und Quaste herum, so daß er mit dem blassen, schmalen, feingeschnittenen Gesicht wie ein alter, asketischer Mönch aussah. Von Zeit zu Zeit jedoch pflegte er wie ein ausgesprochen fashionabel gekleideter Herr zu erscheinen; aber das geschah immer nur, wenn er zu den Londoner Auktionen oder Antiquitätenhändlern ging, um der Carstairs-Sammlung irgendwelche interessanten Neuerwerbungen hinzuzufügen.

Nun, wenn Sie jemals junge Menschen gekannt haben, werden Sie hoffentlich nicht entsetzt sein, zu hören, daß ich von all dem in einen etwas gedrückten Gemütszustand geriet; in einen Zustand, in dem man zu sagen beginnt, das alles wäre ganz recht und schön mit den alten Römern, aber in vernünftigen Grenzen. Ich bin nicht wie mein Bruder Arthur; ich kann nicht umhin, mich bei Unterhaltungen zu unterhalten. Ich habe eine Menge Romantik und all den Unsinn mitbekommen, vermutlich von der anderen Seite der Familie her, von der ich auch meine roten Haare habe. Der arme Giles war geradeso, und ich glaube, die Atmosphäre der Münzensammlung mag als Entschuldigung für ihn gelten, obwohl er wirkliches Unrecht beging und beinahe eingesperrt wurde. Aber er hatte sich nicht schlechter benommen als ich, wie Sie gleich hören sollen.

Jetzt komme ich nämlich zu dem dummen Teil der Geschichte. Ich glaube, ein so kluger Mann wie Sie kann erraten, was für eine Art von Ereignis eintreten mußte, um das monotone Leben eines unbändigen Mädchens von siebzehn Jahren in einer solchen Lage zu unterbrechen. Aber ich bin von so vielen schrecklichen Dingen erschüttert, daß ich meine eigenen Gefühle kaum mehr verstehe; und ich weiß nicht, ob ich es heute als Flirt verachte oder als das Leid eines gebrochenen Herzens ertrage. Wir wohnten damals in einem kleinen Badeort am Meer in Süd-Wales, und ein pensionierter Kapitän, der einige Häuser weit entfernt wohnte, hatte einen Sohn, der um fünf Jahre älter war als ich; er war mit meinem Bruder Giles befreundet gewesen, bevor dieser nach den Kolonien ging. Sein Name tut nichts zur Sache, aber ich will Ihnen sagen, daß er Philip Hawker hieß, einfach darum, weil ich Ihnen alles sage. Wir pflegten zusammen auf den Garnelenfang zu gehen und sagten und glaubten, daß wir ineinander verliebt wären; zumindest sagte er es bestimmt, und ich glaubte es bestimmt. Wenn ich Ihnen nun noch erzähle, daß er bronzefarbenes, lockiges Haar und ein falkenähnliches, von der Meerluft gleichfalls bronzefarbenes Gesicht hatte, so geschieht dies, wie ich Ihnen versichern kann, nicht um seinetwillen, sondern um der Geschichte willen, denn es war die Ursache eines sehr seltsamen Zusammentreffens.

Eines Sommernachmittags, an dem ich Philip versprochen hatte, mit ihm zum Strand hinunter auf den Garnelenfang zu gehen, wartete ich ein wenig ungeduldig im Wohnzimmer vorne und sah Arthur zu, der mit einigen neuerworbenen Münzenpäckchen herumhantierte und sie langsam, je eines oder zwei auf einmal, in sein dunkles Studierzimmer oder Museum forttrug, das an der Hinterseite des Hauses lag. Sobald ich schließlich die schwere Türe hinter ihm zufallen hörte, ergriff ich schnell mein Fischernetz und wollte eben hinausschlüpfen, als ich sah, daß mein Bruder eine Münze zurückgelassen hatte, die glitzernd auf einer langen Bank vor dem Fenster lag. Es war eine Bronzemünze; und die Farbe zusammen mit der scharfgeschnittenen Linie der römischen Nase und irgend etwas in der Haltung des langen, sehnigen Nackens machten den Kopf Cäsars, der auf der Münze abgebildet war, zu einem wahren Porträt Philip Hawkers. Da erinnerte ich mich plötzlich, daß Giles Philip einmal von einer Münze erzählt hatte, die ihm so ähnlich sähe, und daß Philip sie hatte haben wollen. Vielleicht können Sie sich die närrischen Gedanken vorstellen, die mir zu Kopfe stiegen; ich hatte das Gefühl, als wäre ich im Besitze eines Zaubermittels. Es schien mir, als wäre es eine Art ewiger Bund zwischen Philip und mir, wenn ich nur mit dieser Münze davonlaufen und sie ihm geben könnte; ich empfand tausend solcher Dinge zugleich. Dann wieder gähnte unter mir wie ein ungeheuerlicher Abgrund die entsetzliche Vorstellung dessen, was ich tun wollte. Vor allem der unerträgliche Gedanke, vor dem ich wie vor der Berührung heißen Eisens zurückschreckte, was Arthur davon denken würde: ein Carstairs ein Dieb! Und ein Dieb an dem Schatze der Carstairs! Ich glaubte, mein Bruder könnte mich dafür wie eine Hexe verbrennen lassen. Aber dann wieder verschärfte eben der Gedanke an diese fanatische Grausamkeit meinen alten Haß gegen seine schmierige, alte Antiquitäten-Wichtigtuerei, sowie meine Sehnsucht nach Jugend und Freiheit, die mich vom Meere her zu rufen schienen. Draußen war heller Sonnenschein und Wind, und der gelbe Kopf irgendeines Stechginsterzweiges schlug an das Glas des Fensters. Ich dachte an jenes lebendige; wachsende Gold, das mir von allem Heideland der Welt aus zurief – und dann an jenes tote, matte Gold meines Bruders, an die Bronze, das Kupfer, die in dem Maße, wie das Leben vorbeiging, nur immer staubiger und staubiger wurden. Die Natur und die Carstairs-Sammlung waren einander schließlich in die Haare geraten.

Die Natur ist älter als die Carstairs-Sammlung. Als ich die Straße zum Meer hinunterlief, die Münze in der festgeballten Faust, lastete das ganze römische Reich auf meinen Schultern mitsamt dem ganzen Stammbaum der Carstairs. Nicht nur der alte silberne Löwe brüllte in meinen Ohren, sondern alle Adler Cäsars schienen flügelschlagend und kreischend hinter mir her zu sein.

Und doch schlug mein Herz immer höher und höher; wie ein Papierdrache schwang sich mein Mut empor, bis ich über die weichen, trockenen Sandhügel kam und zu dem flachen, nassen Küstensand hinunter, wo Philip schon, bis über die Knöchel im seichten, glitzernden Wasser, einige hundert Ellen weit draußen im Meer stand. Der Himmel war rot im Schein der untergehenden Sonne, und die weite Fläche seichten Wassers, das eine halbe Meile weit kaum fußtief war, glich einem See rubinroter Flammen. Erst als ich meine Schuhe und Strümpfe heruntergerissen hatte und zu ihm hinausgewatet war – er stand ziemlich weit vom trockenen Land entfernt –, wendete ich mich um und sah zurück. Wir waren ganz allein, umgeben von Meerwasser und nassem Sand, und ich gab ihm den Kopf Cäsars.

In demselben Augenblick durchzuckte mich die Angstvorstellung, daß mich ein Mann weit draußen auf den Sandhügeln angestrengt anstarrte. Im nächsten Augenblick mußte ich wohl wieder das Gefühl gehabt haben, es sei nur die Spannung meiner unvernünftigen Nerven gewesen, denn der Mann war nur ein dunkles Fleckchen in weiter Ferne, und ich konnte eben nur erkennen, daß er, den Kopf leicht zur Seite geneigt, ganz still stand und in die Ferne blickte. Es gab keinen erdenklichen logischen Anhaltspunkt, um zu meinen, daß er nach mir hinschaute; er mochte ein Schiff oder den Sonnenuntergang betrachten oder irgendwelche anderen Leute, die da und dort am Ufer umherschlenderten.

Nichtsdestoweniger, woher auch immer die schreckhafte Ahnung mir gekommen sein mochte, sie erwies sich als prophetisch; denn als ich zu ihm hinauf starrte, fing er plötzlich an, weit auszuschreiten, und kam schnurstracks über die weite, nasse Sandfläche auf uns zu. Als er näher und näher kam, bemerkte ich, daß er dunkelhaarig und bärtig war und eine schwarze Brille trug. Er war ärmlich, doch anständig gekleidet, von dem alten schwarzen Zylinderhut an, den er auf dem Kopfe trug, bis zu den starken schwarzen Stiefeln an seinen Füßen. Ungeachtet dieser Stiefel jedoch schritt er geradeswegs ins Wasser, ohne einen Augenblick zu zögern, und kam mit der Unbeirrbarkeit einer abgeschossenen Kugel auf mich zu.

Ich kann Ihnen die Empfindung von Widernatürlichkeit und Wunder nicht schildern, die mich überkam, als er so gelassen die Schranken zwischen Land und Wasser durchbrach. Es war, als wäre er geradeswegs über eine Klippe geschritten und spazierte nun ruhig mitten durch die Luft weiter. Es war, als wäre ein Haus in den Himmel hinaufgeflogen oder der Kopf eines Menschen herabgefallen. Er ließ doch einfach nur seine Schuhe naß werden, aber es hatte den Anschein, als wäre er ein Dämon, der ein Gesetz der Natur mißachtete. Hätte er nur einen Augenblick am Rande des Wassers gezögert, so wäre das Ganze völlig bedeutungslos geworden. Doch so, wie es geschah, schien er so sehr einzig und allein auf mich zu schauen, daß er des Ozeans nicht achtete. Philip stand einige Ellen weiter mit dem Rücken zu mir und beugte sich über sein Netz. Der Fremde kam näher, bis er nur noch zwei Ellen weit von mir entfernt war und das Wasser ihm bis in halbe Kniehöhe reichte. Dann sagte er mit klarer, doch etwas gezierter Betonung: ›Würde es Sie belästigen, eine Münze mit etwas anderer Aufschrift anderweitig zu vergeben?‹

Es war mit einer einzigen Ausnahme eigentlich nichts Abnormes an ihm. Die farbigen Gläser waren nicht wirklich undurchsichtig, sondern aus ganz gewöhnlichem blauem Brillenglas, auch die Augen dahinter waren nicht unbeständig, sondern ruhig auf mich gerichtet. Sein dunkler Bart war nicht besonders lang oder wild; der Mann sah nur so haarig aus, weil der Bart sehr hoch oben im Gesicht angewachsen war, knapp unter den Backenknochen. Die Gesichtsfarbe war weder bleich noch fahl, sondern gerade im Gegenteil eher frisch und jugendlich; doch das eben gab ihm ein weiß und rosenrotes Wachspuppenaussehen, was das Schauerliche an ihm, ich weiß nicht warum, noch vermehrte. Das einzig Seltsame, das man tatsächlich an ihm feststellen konnte, war die Nase, die – im übrigen gut geformt – an der Spitze ein wenig zur

Seite gedreht war, als wäre sie im weichen Zustand mit einem Hämmerchen ein wenig zur Seite geklopft worden. Man konnte es kaum eine Verunstaltung nennen, und doch kann ich Ihnen nicht schildern, wie er dadurch für mich zu einem wahren Nachtmahr wurde. Als er so in dem vom Sonnenuntergang rot gefärbten Wasser vor mir stand, erweckte er in mir die Vorstellung eines höllischen Seeungeheuers, das eben brüllend aus einem Meer von Blut aufgestiegen war. Ich weiß nicht, warum die Form einer Nase meine Phantasie so stark erregte. Ich glaube, es schien, als könnte er die Nase wie einen Finger bewegen und als hätte er sie eben in diesem Augenblick bewegt.

›Irgendeine kleine Unterstützung‹, fuhr er mit dem gleichen, merkwürdig affektierten Akzent fort, ›die mich der Notwendigkeit enthebt, Ihrer Familie direkte Mitteilungen zu machen.‹

Da wurde es mir plötzlich klar, daß man einen Erpressungsversuch an mir machte, gegründet auf die Entwendung der Bronzemünze; alle meine abergläubischen Befürchtungen und Zweifel wurden da mit einemmal von der überwältigend praktischen Frage verschlungen: wie konnte er es herausgebracht haben? Ich hatte das Ding, einem plötzlichen Impuls folgend, gestohlen; ich war bestimmt allein gewesen, denn ich vergewisserte mich immer erst der Tatsache, daß ich unbeobachtet war, bevor ich hinausschlüpfte, um Philip zu treffen. Es war mir, allem Anschein nach, auf der Straße niemand gefolgt, und selbst wenn dies geschehen wäre, hätte man mich nicht durchstrahlen können, um die Münze in meiner geschlossenen Faust zu sehen. Der Mann auf den Sandhügeln oben hatte unmöglich erkennen können, was ich Philip gab.

›Philip‹, rief ich hilflos, ›bitte frage diesen Menschen, was er will.‹

Als Philip, nachdem er sein Netz geflickt hatte, endlich den Kopf hob, sah er ziemlich rot aus, als schämte er sich; doch es mochte vielleicht auch die Anstrengung des Bückens oder das rote Abendlicht sein; es mochte vielleicht wieder nur eine meiner krankhaften Einbildungen gewesen sein, die mich zu bedrängen schienen. Er sagte nur grob zu dem Mann: ›Gehen Sie da fort.‹ Dann winkte er mir, ihm zu folgen, und wir machten uns auf, um ans Land zu waten; ohne dem Mann irgendwelche Beachtung zu schenken, folgte Philip einem steinernen Wellenbrecher, der vom Fuß des Sandhügels aus emporlief, und schlug so die Richtung unseres Heimwegs ein. Vielleicht glaubte er auch, daß es unserem bösen Geist nicht so leichtfallen würde wie uns, über diese groben Steine zu gehen, die von Seegras und Algen grün und schlüpfrig waren; denn wir waren jung und daran gewöhnt. Aber mein Verfolger schritt ebenso zierlich dahin, wie er seine Rede zu setzen verstand, und er folgte mir nach, seine Worte und seine Steine richtig wählend. Ich hörte, wie er mir mit seiner zarten, verhaßten Stimme über meine Schulter hin zuredete, bis endlich, sobald wir die Höhe der Sandhügel erreicht hatten, Philips Geduld ganz gegen seine sonstige Gewohnheit riß. Er drehte sich plötzlich um und sagte: ›Gehen Sie zurück! Ich kann jetzt nicht mit Ihnen reden.‹ Und als der Mann zögerte und den Mund auftat, schlug ihn Philip ins Gesicht, daß er vom höchsten Sandhügel bis ganz unten hinunterkollerte. Ich sah, wie er unten hervorkroch, ganz mit Sand bedeckt.

Dieser Schlag erleichterte mich einigermaßen, obwohl er meine Gefahr vergrößern konnte. Doch Philip schien auf seine Heldentat nicht besonders stolz zu sein. Obwohl er ebenso zärtlich war wie immer, schien er doch niedergeschlagen, und bevor ich ihn um eine Völlige Aufklärung bitten konnte, verabschiedete er sich vor seiner Türe von mir mit zwei Bemerkungen, die mir als sonderbar auffielen. Er sagte, daß ich – wenn man die Sache richtig erwöge – die Münze eigentlich in die Sammlung zurückgeben müsse, daß er sie aber ›für den Augenblick‹ selbst behalten wolle. Dann fügte er ganz plötzlich und wie nebenbei hinzu: ›Du weißt doch, daß Giles aus Australien zurück ist?‹“

Die Türe der Schenke wurde geöffnet, und der riesenhafte Schatten des Detektivs Flambeau fiel auf den Tisch. Pater Brown stellte ihn der Dame in der ihm eigenen schlichten, überzeugenden Art vor und hob die Geschicklichkeit und das Mitgefühl des anderen für solche Fälle hervor. Beinahe ohne sich dessen genau bewußt zu sein, wiederholte das Mädchen nun seine Geschichte vor den beiden Zuhörern. Doch Flambeau reichte, als er sich verbeugt und niedergesetzt hatte, dem Priester einen kleinen Zettel hin. Brown nahm ihn ein wenig erstaunt in Empfang und las die darauf verzeichneten Worte: „Wagen nach Haus Wagga Wagga, 379 Mafeking Avenue, Putney.“ Das Mädchen fuhr in seiner Erzählung fort.

„Während ich die steile Straße zu unserem Hause hinaufging, drehte sich mir alles im Kopfe. Meine Gedanken waren immer noch nicht klar, als ich an die Türschwelle kam, vor der ich eine Milchkanne stehen fand und – den Mann mit der krummen Nase. Die Milchkanne erzählte mir, daß niemand von der Dienerschaft zu Hause sei und mich infolgedessen auch niemand ins Haus einlassen könnte, ausgenommen mein Bruder Arthur, dessen Hilfe mein Ruin wäre. In heller Verzweiflung warf ich dem schrecklichen Wesen zwei Schillinge in die Hand und sagte ihm, er möge in ein paar Tagen wieder vorsprechen, bis ich mir alles ein wenig überlegt hätte. Er ging brummend davon, aber gutwilliger, als ich erwartet hatte – und ich beobachtete mit schrecklich rachsüchtigem Vergnügen, wie sich der sternartige Sandfleck auf seinem Rücken die Straße hinab entfernte. Etwa sechs Häuser weiter bog er um eine Ecke.

Dann ließ ich mir die Türe öffnen, goß mir eine Tasse Tee auf und versuchte, die Sache in Ruhe zu überlegen. Ich saß im Wohnzimmer am Fenster und sah in den Garten hinaus, der noch im letzten Schein der Abendsonne glühte. Doch ich war zu zerstreut und verträumt, um mit einiger Aufmerksamkeit auf die Wiesen und Blumentöpfe und Blumenbeete zu sehen. Darum traf mich der Schock um so unvermittelter, weil ich es erst so spät bemerkte.

Der Mann oder das Ungeheuer, das ich fortgeschickt hatte, stand ganz regungslos mitten im Garten. Oh, wir haben alle eine Menge gelesen über bleichgesichtige Gespenster im Dunkel; aber das war entsetzlicher als alles andere dieser Art, eben weil er noch im warmen Sonnenlicht stand, wenn er auch selbst einen langen Schatten warf, und weil sein Gesicht nicht bleich war, sondern diese wachsfarbene Röte einer Friseurpuppe trug. Er stand ganz regungslos still, das Gesicht mir zugewandt; und ich kann Ihnen gar nicht sagen, wie entsetzlich er aussah inmitten der Tulpen und all der prunkhaft strahlenden Blumen, die aus Glashäusern zu stammen schienen. Es sah aus, als hätten wir eine Wachsfigur statt einer Statue in der Mitte unseres Gartens aufgestellt.

Doch beinahe im selben Augenblick, als er sah, daß ich mich am Fenster regte, drehte er sich um und lief durch das offenstehende hintere Gartentor hinaus, durch das er zweifellos eingetreten war. Diese plötzliche Schüchternheit seinerseits war so unvereinbar mit der Unentwegtheit, mit der er ins Meerwasser geschritten war, daß ich ein unbestimmtes Gefühl der Beruhigung empfand. Ich dachte, er habe vielleicht größere Angst, Arthur zu begegnen, als ich wüßte. Jedenfalls ließ ich mich endlich in Ruhe nieder, um friedlich meine Abendmahlzeit einzunehmen – denn es war gegen alle Regel, Arthur zu stören, wenn er damit beschäftigt war, das Museum immer und immer wieder umzuräumen –, und meine etwas erleichterten Gedanken flohen zu Philip und verloren sich schließlich in der Ferne. Ich starrte gedankenlos, doch eher vergnügt auf ein anderes Fenster, das zwar durch keinen Vorhang verhängt, doch diesmal schwarz wie eine Schiefertafel war, denn die Nacht war endlich eingefallen. Es schien mir, daß etwas wie eine Schnecke an der Außenseite des Fensters klebte. Doch als ich aufmerksamer hinsah, war es mehr so, als preßte jemand den Daumen gegen die Scheibe. Angst und Mut stiegen zugleich in mir auf; ich stürzte zum Fenster und fuhr mit einem unterdrückten Schrei zurück, den wohl jeder mit Ausnahme meines Bruders Arthur hätte hören müssen.

Es war ebensowenig ein Daumen wie eine Schnecke. Es war die Spitze einer verbogenen Nase, die an die Scheibe gepreßt wurde; die Nase war weiß vom Druck, und das dahinterliegende, hereinstarrende Gesicht mit den Augen war zuerst unsichtbar, dann aber grau, wie das eines Gespenstes. Ich schlug irgendwie die Fensterläden zu, stürzte in mein Zimmer hinauf und sperrte mich ein. Aber selbst im bloßen Vorbeieilen gewahrte ich ein zweites Fenster, und ich hätte schwören können, daß darauf irgend etwas wie eine Schnecke war.

Es mochte vielleicht das klügste sein, trotz allem zu Arthur zu gehen. Wenn dieses Geschöpf wie eine Katze so dicht ums Haus schlich, konnte es schließlich noch schlimmere Absichten haben, als nur zu erpressen. Mein Bruder mochte mich hinauswerfen und für immer verfluchen, aber er war ein Gentleman und würde mich auf der Stelle verteidigen. Nachdem ich zehn Minuten lang überlegt hatte, ging ich hinunter, klopfte an die Türe und trat ein: um den letzten und schrecklichsten Anblick zu erleben.

Der Stuhl meines Bruders war leer, und er selbst war offenbar fort. Doch der Mann mit der verbogenen Nase saß da und wartete auf seine Rückkehr, den Hut immer noch unverschämterweise auf dem Kopf und tatsächlich in einem der Bücher meines Bruders unter der Lampe meines Bruders lesend. Der Ausdruck seines Gesichts war gelassen und beschäftigt, doch seine Nasenspitze erweckte immer noch den Anschein, als sei sie der beweglichste Teil seines Gesichtes, als hätte sie sich eben von rechts nach links gedreht wie der Rüssel eines Elefanten. Ich hatte den Mann entsetzlich genug gefunden, als er mich verfolgte und mir nachspähte, doch dieses Nichtgewahrwerden meiner Anwesenheit war noch erschreckender. Ich glaube, ich habe laut und lang aufgeschrien; aber das tut nichts zur Sache. Was ich dann tat, das zählt: ich gab ihm alles Geld, was ich hatte, einschließlich einer Menge Papiere, die ich – obzwar sie mir gehörten – anzugreifen eigentlich nicht berechtigt war. Der Mann ging endlich fort, mit ekelhaft taktvollen Entschuldigungen in langen Sätzen und Wendungen; und ich setzte mich nieder mit dem Gefühl, in jeder Beziehung ruiniert zu sein. Und doch wurde ich noch in derselben Nacht durch einen bloßen Zufall gerettet. Arthur war plötzlich, wie er dies öfters tat, in Geschäften nach London gereist und kehrte spät, doch strahlend zurück. Er hatte sich einen Schatz, der sogar für die Familiensammlung einen neuen Glanz bedeutete, so gut wie gesichert. Er war so glücklich, daß ich schon Mut fassen wollte, um die Entwendung des weniger wertvollen Stückes zu gestehen. Doch er ließ mit seiner überwältigenden Besessenheit kein anderes Thema aufkommen. Da der Plan der Neuerwerbung immer noch mißlingen konnte, bestand er darauf, ich sollte sofort die Koffer packen und mit ihm nach Fulham übersiedeln, wo er bereits Zimmer gemietet hatte, um in der Nähe des Antiquitätenladens zu sein. So entfloh ich ohne mein Zutun, beinahe mitten in der Nacht, meinem Feinde – doch gleichzeitig auch Philip ... Mein Bruder ging oft in das South Kensington Museum, und ich belegte, um irgendeine Art Nebenbeschäftigung zu finden, einige Vorlesungen auf der Kunstakademie. Ich kam jetzt eben von dort zurück, und da sah ich dieses lebendige Scheusal der Trostlosigkeit die lange Straße herunterkommen.

Ich habe nur noch eines zu sagen: ich verdiene keine Hilfe, und ich beklage mich nicht, wenn mich verdiente Strafe ereilt; es ist nur gerecht und mußte so kommen. Aber immer noch zerbreche ich mir den Kopf, wie es so hat kommen können. Hat mich die Strafe durch ein Wunder ereilt? Oder wie konnte irgend jemand, ausgenommen Philip oder ich, wissen, daß ich ihm mitten im Meer eine winzige Münze gegeben habe?"

„Das ist ein ungewöhnliches Problem", gab Flambeau zu.

„Nicht so ungewöhnlich wie die Lösung", bemerkte Pater Brown ein wenig düster. „Werden Sie zu Hause sein, Fräulein Carstairs, wenn wir Sie in etwa ein und einer halben Stunde in Ihrer Wohnung in Fulham aufsuchen?"

Das Mädchen sah ihn an, erhob sich dann und begann die Handschuhe anzuziehen. „Ja", sagte sie, „ich werde dort sein", und sehr eilig verließ sie das Lokal.

Der Detektiv und der Priester besprachen immer noch den Fall, als sie sich am selben Abend dem Hause in Fulham näherten; es war sogar für einen nur vorübergehenden Aufenthalt ein auffallend armseliger Wohnort für die Familie Carstairs.

„Natürlich würde man bei oberflächlicher Betrachtung zuerst an jenen Bruder aus Australien denken, der schon früher einmal in Schwierigkeiten war", sagte Flambeau, „weil er so unerwartet heimgekommen ist und gerade der Mann wäre, der gemeine Helfershelfer haben könnte. Aber ich kann keine Möglichkeit sehen, wie immer ich die Sache auch betrachte, wie er da hereinkommt, wenn nicht ..."

„Nun?“ fragte sein Begleiter geduldig.

Flambeau senkte die Stimme. „Wenn nicht auch dieser Freund des Mädchens mit drinsteckt, und zwar wäre der noch der größere Schurke. Der Mensch aus Australien wußte, daß Hawker die Münze haben wollte. Aber ich kann nicht begreifen, wie er hätte erfahren können, daß Hawker sie auch tatsächlich bekommen habe, wenn nicht Hawker ihm oder seinem Komplicen über den Strand ein Zeichen gegeben hätte.“

„Das ist wahr“, gab der Priester anerkennend zu.

„Haben Sie eines noch bemerkt?“ fuhr Flambeau eifrig fort. „Dieser Hawker hört, daß seine Freundin belästigt und beleidigt wird, aber er schlägt erst zu, als er zu den weichen Sandhügeln gekommen ist, wo er in einem Scheinkampf Sieger bleiben kann. Hätte er inmitten der Felsen im Meer zugeschlagen, so hätte er seinen Verbündeten leicht verletzen können.“

„Auch das ist richtig“, sagte Pater Brown und nickte zustimmend.

„Und dann, wenn man vom Anfang der Sache ausgeht: es kommen nur ein paar Menschen in Betracht, aber doch zumindest drei. Wenn es sich um Selbstmord handelt, genügt ein Mensch: bei einem Mord handelt es sich um zwei, aber für Erpressungen braucht man mindestens drei Personen.“

„Warum?“ fragte der Priester sanft.

„Ja, das ist doch klar“, rief der Freund; „es muß einer da sein, der bloßgestellt wird, einer, der die Bloßstellung androht, und einer zumindest, der über die Bloßstellung entsetzt ist.“

Nach einer langen Pause der Überlegung sagte der Priester: „Sie machen einen logischen Fehler. Der Idee nach brauchen Sie drei Personen. Zur Ausführung genügen zwei.“

„Was meinen Sie?“ fragte der andere.

„Warum sollte der Erpresser dem Opfer nicht mit sich selbst drohen?“ fragte Brown leise. „Nehmen Sie an, daß eine Frau eine wütende Abstinenzlerin wäre und ihren Mann so weit in Angst versetzte, daß er seine Wirtshausbesuche vor ihr verheimlicht; und sie würde ihm dann mit verstellter Schrift Erpressungsbriefe schreiben, in denen sie ihm drohen würde, es seiner Frau zu sagen! Warum sollte das nicht gehen? Nehmen Sie an, ein Vater verbietet seinem Sohn zu spielen und geht ihm dann gut verkleidet nach und droht dem Jungen mit seiner eigenen väterlichen Rechtschaffenheit! Nehmen Sie an ... aber wir sind am Ziel, mein Lieber."

„Du lieber Gott!" rief Flambeau, „Sie wollen doch nicht etwa sagen ..."

Ein lebhafter junger Mann kam die Stufen des Hauses heruntergelaufen und wandte ihnen im goldenen Lichtschein der Laterne den unverkennbaren Kopf zu, welcher der römischen Münze glich. „Fräulein Carstairs wollte das Haus nicht betreten, bevor Sie kämen", sagte Hawker ohne weitere Förmlichkeiten.

„Nun", bemerkte Brown vertraulich, „finden Sie nicht auch, daß es das beste ist, was sie tun konnte, einfach draußen zu warten – solange Sie auf sie achtgeben? Sehen Sie, ich vermute, daß Sie schon alles erraten haben."

„Ja", sagte der junge Mann leise, „ich habe es schon am Strand vermutet, und jetzt weiß ich es bestimmt; darum habe ich ihn absichtlich weich fallen lassen."

Flambeau nahm einen Schlüssel aus der Hand des Mädchens und die Münze von Hawker, öffnete die Tür und betrat mit seinem Freund das Haus; sie gingen über den Korridor ins Wohnzimmer. Es war nur ein Mensch darinnen: der Mann, den Pater Brown an dem kleinen Wirtshaus hatte vorbeigehen sehen. Er stand, als gälte es sich zur Wehr zu setzen, gegen die Mauer gelehnt; er hatte den schwarzen Mantel gegen einen braunen Schlafrock vertauscht, sonst war er unverändert.

„Wir sind gekommen", sagte Pater Brown höflich, „um die Münze ihrem Eigentümer zurückzustellen." Und er reichte sie dem Manne mit der Nase hin.

Flambeau rollte die Augen. „Ist dieser Mann ein Münzensammler?" fragte er.

„Dieser Mann ist Herr Arthur Carstairs", sagte der Priester voll Überzeugung, „und er ist ein Münzensammler von etwas seltsamer Art."

Der Mann erbleichte so furchtbar, daß die krumme Nase wie ein selbständiges und komisches Ding aus seinem Gesicht hervorragte. Trotzdem sprach er mit einer gewissen verzweifelten Würde. „Und doch sollen Sie sehen", sagte er, „daß ich nicht alle Familieneigenschaften verloren habe." Dann drehte er sich plötzlich um, eilte in ein anderes Zimmer und schlug die Tür hinter sich zu.

„Halten Sie ihn auf!" schrie Pater Brown, stolperte und fiel halb über einen Sessel, während Flambeau nach einem oder zwei Rucken die Tür aufstieß. Aber es war zu spät. Flambeau schritt schweigend zum Telefon hinüber, um die Polizei und einen Arzt zu verständigen.

Eine leere Medizinflasche lag auf dem Boden. Über den Tisch gelehnt, lag der Körper des Mannes im braunen Schlafrock inmitten seiner aufgeplatzten, mit braunem Packpapier umwickelten Päckchen, aus denen zwar keine römischen, doch ganz moderne englische Münzen hervorquollen.

Der Priester hob die Bronzemünze mit dem Kopf Cäsars empor und sagte: „Das war alles, was von der Carstairs-Sammlung übriggeblieben war."

Nach einigem Schweigen fuhr er mit noch größerer Sanftmut als sonst fort: „Das Testament dieses bösen Vaters war eine grausame Sache, und – sehen Sie – der Sohn nahm es nicht gut auf. Er haßte das römische Geld, das er besaß, und sein Verlangen nach wirklichem Geld, das ihm versagt war, wuchs immer mehr. Nicht nur, daß er die Sammlung Stück um Stück verkaufte, sondern er sank auch Schritt um Schritt zu immer niedrigeren Mitteln herab, sich Geld zu verschaffen – ja sogar bis zu Erpressungsversuchen an seiner eigenen Familie, die er in dieser Verkleidung vornahm. Er erpreßte seinen Bruder aus Australien auf Grund jenes kleinen, längst vergessenen Vergehens, darum ist er mit dem Wagen nach dessen Haus in Putney gefahren; er erpreßte seine Schwester auf Grund jenes Diebstahls, den er allein bemerkt haben konnte. Und darum hatte sie – nebenbei gesagt – jene übernatürliche Ahnung, als er dort oben auf dem Sandhügel stand. Gestalt und Haltung bloß, selbst aus der Entfernung, erinnern uns eher an eine bestimmte Person als ein gut nachgeahmtes Gesicht ganz in der Nähe."

Wieder entstand ein Schweigen. „Nun also", brummte der Detektiv, „so war dieser große Münzensammler und Münzenkenner schließlich nichts anderes als ein gewöhnlicher Geizhals?"

„Sind das so verschiedene Dinge?" fragte Pater Brown in demselben, seltsam nachsichtigen Ton. „Was ist an einem Geizhals so Schlimmes, das nicht oft an einem Sammler ganz ebenso schlimm wäre? Was ist Schlimmes daran, ausgenommen ... ›Du sollst dir kein Bildnis machen dessen, was oben im Himmel oder unten auf der Erde ist; du sollst sie nicht anbeten und ihnen nicht dienen, denn ich, der Herr ...‹, aber wir müssen gehen und schauen, wie es den armen jungen Leuten geht."

„Ich glaube", sagte Flambeau, „daß es ihnen trotz alledem sehr gut geht."

Die purpurfarbene Perücke

Herr Edward Nutt, der rührige Chefredakteur der Zeitung „The Daily Reformer“, saß an seinem Schreibtisch, las Briefe und korrigierte Bürstenabzüge, begleitet von den heiteren Klängen einer Schreibmaschine, die von einer kraftvollen jungen Dame bearbeitet wurde.

Er war ein etwas beleibter, blonder Mann in Hemdsärmeln; seine Bewegungen waren energisch, sein Mund entschlossen und sein Ton gebieterisch; doch seine runden, beinahe kindlich blauen Augen sahen verwirrt, ja oft sogar ängstlich in die Welt, was mit seinem sonstigen Gesichtsausdruck in heftigem Widerspruch stand. Dieser Eindruck war auch nicht ganz irreführend. Denn man konnte von ihm, wie von beinahe allen Journalisten, mit vollem Recht sagen, daß seine gewöhnliche Gemütsverfassung die einer ununterbrochenen Angst war: Angst vor Verleumdungsklagen, Angst vor entgangenen Sensationen, Angst vor Druckfehlern, Angst vor Entlassung.

Sein Leben war eine Reihe von aufreibenden Kompromissen zwischen dem Eigentümer der Zeitung, einem senilen Seifensieder mit drei unausrottbaren fixen Ideen im Kopf, und dem sehr tüchtigen Stab von Mitarbeitern, den er sich zur Führung der Zeitung gesammelt hatte; einige davon waren wirklich erfahrene und ausgezeichnete Leute, die sogar, was noch schlimmer war, einen aufrichtigen Enthusiasmus für die politische Überzeugung des Blattes hatten.

Ein Brief von einem dieser Männer lag in diesem Augenblick vor ihm und – so entschlossen und schnell er sonst in seinen Handlungen war – jetzt schien er beinahe zu zögern, bevor er den Brief öffnete. Er nahm statt dessen einen kurzen Bürstenabzug zur Hand, überflog ihn mit blauen Augen und einem blauen Bleistift, änderte das Wort „Unzucht“ in „Ungehörigkeit“ um und das Wort „Jude“ in „Ausländer“, läutete dann und schickte die Korrektur in die Druckerei hinauf.

Hierauf riß er mit etwas nachdenklicheren Blicken den Brief eines seiner hervorragenderen Mitarbeiter auf; der Poststempel war von Devonshire, und der Brief lautete folgendermaßen:

> „Lieber Nutt, da ich sehe, daß Sie Spuk- und Geistergeschichten bringen, wie wärs mit einem Artikel über jene Affäre der Eyres von Exmoor oder, wie die alten Weiber hier sagen: ›Das Teufelsohr der

Eyres‹? Das Haupt der Familie ist, wie Sie wissen, der Herzog von Exmoor; er ist einer der wenigen wirklich alten, steifen Tory-Aristokraten, die wir noch haben, ein verkrusteter, alter wirklicher Tyrann, und es läge so richtig auf unserer Linie, mit ihm Streit anzufangen. Ich glaube, ich bin auf der Spur einer Geschichte, die Staub aufwirbeln wird.

Natürlich glaube ich nicht an die alte Legende von James I., und was Sie anbelangt, so glauben Sie ja überhaupt an nichts, nicht einmal an den Journalismus. Die Legende handelt, wie Sie sich wohl erinnern werden, von jenem dunkelsten Stückchen der englischen Geschichte, der Vergiftung Overburys durch diese behexte Schlange Frances Howard und dem ganz unerklärlichen, geheimnisvollen Schrecken, der den König zwang, den Mördern zu verzeihen. Es wurden da noch eine Menge durch Zeugenaussagen beglaubigte Hexereien mit der Geschichte in Zusammenhang gebracht, und man erzählte sich, daß ein Diener, der während einer Unterredung zwischen dem König und Carr am Schlüsselloch gehorcht hatte, die Wahrheit erfuhr; doch das Geheimnis, das der Mann erlauschte, war so entsetzlich, daß sein Ohr zu riesenhafter und monströser Gestalt anwuchs. Und wenn man ihn auch mit Ländereien und mit Gold überschütten mußte und ihn zum Ahnen eines Herzogsgeschlechtes machte, so ist das durch Zauberkraft geformte Ohr doch in der Familie geblieben. Nun, Sie glauben nicht an Zauberei, und wenn Sie es täten, so könnten Sie es nicht als Manuskript verwenden. Wenn in Ihrem Büro ein Wunder geschähe, so müßten Sie es vertuschen, jetzt, da so viele Bischöfe Agnostiker sind. Aber das gehört nicht zur Sache. Tatsache ist, daß mit dem Exmoor und seiner Familie wirklich etwas

Merkwürdiges los ist; irgend etwas ganz Natürliches wahrscheinlich, aber etwas ganz Abnormes. Und das Ohr spielt irgendeine Rolle dabei, glaube ich; entweder als Symbol oder als Täuschung oder als Mißgestalt oder Verkrüppelung oder sonst etwas. Es gibt auch noch eine andere Legende, die besagt, daß die Kavaliere kurz nach James I. anfingen, das Haar lang zu tragen, nur um das Ohr des ersten Lords von Exmoor zu bedecken. Das ist sicherlich auch nur Einbildung.

Der Grund, warum ich Ihnen das erzähle, ist der: ich halte es für einen Fehler, wenn wir die Aristokratie immer nur um ihres Champagners und ihrer Diamanten willen angreifen. Die meisten Leute bewundern die vornehme Gesellschaft darum, weil es ihr so gut geht; und ich glaube, wir ergeben uns zu früh, wenn wir zugeben, daß die Aristokratie auch nur die Aristokraten glücklich gemacht hat. Ich schlage eine Reihe von Artikeln vor, in denen dargelegt wird, wie trübselig, wie unmenschlich, ja wie geradezu diabolisch auch nur der Hauch der Atmosphäre einiger dieser großen Häuser ist. Es gibt eine Menge von Beispielen, aber man könnte kaum mit einem besseren beginnen als mit dem Ohr der Eyres. Ende der Woche hoffe ich Ihnen die Wahrheit über diese Sache mitteilen zu können.

Mit besten Grüßen Ihr ergebener Francis Finn."

Herr Nutt starrte auf seinen linken Stiefel und überlegte einen Augenblick lang; dann rief er mit starker, lauter und vollkommen lebloser Stimme, in der eine Silbe wie die andere klang: „Fräulein Barlow, bitte, nehmen Sie einen Brief für Herrn Finn auf.

›Lieber Finn, ich glaube, es wird gehen. Das Manuskript müßte Samstag mit der zweiten Post hier sein.

Ihr E. Nutt.‹"

Diese vollendete Epistel sprach er so aus, als bestünde sie aus einem einzigen Wort, und Fräulein Barlow ratterte sie nieder, als bestünde sie aus einem einzigen Wort. Dann nahm er einen anderen kleinen Bürstenabzug und einen blauen Bleistift zur Hand und machte aus dem Wort „übernatürlich" ein „wunderbar" und änderte den Ausdruck „niederreißen" in „Einhalt tun".

Mit derlei nützlichen und heiteren Arbeiten verbrachte Herr Nutt seine Zeit, bis ihn der darauffolgende Samstag an demselben Schreibtisch, wo er demselben Schreibmaschinenfräulein diktierte und denselben blauen Bleistift benützte, vor der ersten Teillieferung der Enthüllungen des Herrn Finn sitzen fand. Der Anfang war ein gesundes Stück zermalmender Schmähungen über die üblen Geheimnisse der Fürsten und die in den höchsten Kreisen der Gesellschaft herrschende Verrottung. Der Artikel war, obwohl wuchtig und temperamentvoll, in tadellosem Englisch geschrieben. Doch der Chefredakteur hatte, wie gewöhnlich, jemand anderem die Aufgabe zugewiesen, diese Einleitung in einzelne überschriftartige Sätze zu zerstückeln, die etwas würziger klangen, wie „Verbrechen und Verdienst", „Adel und Angst", „Ohr und Orden" oder „Die Eyres und ihr Eigentum" und so weiter in hundert glücklichen Wendungen. Dann folgte die Legende des Ohrs, ausgemalt nach dem Inhalt von Finns erstem Brief, und dann der Bericht seiner späteren Entdeckungen, wie folgt:

„Ich weiß, das Wesen des Journalismus besteht darin, das Ende einer Geschichte an den Anfang zu stellen und das eine Überschrift zu nennen. Ich weiß, Journalismus besteht zum größten Teil darin, zu sagen: ›Tod des Lord Jones‹, und zwar zu Leuten, die niemals wußten, daß Lord Jones gelebt hat. Ihr augenblicklicher Mitarbeiter ist jedoch der Meinung, daß dies, wie viele andere journalistische Gewohnheiten, schlechter Journalismus ist und daß der ›Daily Reformer‹ ein besseres Beispiel in derlei Dingen geben sollte. Ich unternehme es daher, die Geschichte so zu erzählen, wie sie sich Schritt für Schritt zugetragen hat. Ich werde die wirklichen Namen der Personen nennen, die gewiß bereit wären, meine Aussage zu bezeugen. Was nun die Überschriften und die sensationellen Ankündigungen anbelangt – so werden diese erst zum Schluß kommen.

Ich schritt einen öffentlichen Weg entlang, der durch einen privaten Obstgarten in Devonshire führte und ganz den Anschein erweckte, zu einem guten Devonshire-Apfelwein hinzuführen, als ich plötzlich schon vor einem ebensolchen Ort stand. Es war ein langes, niedriges Wirtshaus oder eigentlich ein Häuschen und zwei Schuppen; das Stroh ihrer Dächer sah aus wie bräunlichgraues Haar aus irgendwelcher vorsintflutlichen Zeit. Vor der Türe war ein Schild, wonach das Wirtshaus ›Zum blauen Drachen‹ hieß, und unter dem Schild stand einer jener langen Bauerntische, die früher vor den meisten guten, freien englischen Wirtshäusern zu stehen pflegten, bevor Abstinenzler und Bierbrauer miteinander die Freiheit zerstörten. Und an diesem Tisch saßen drei Herren, die vor hundert Jahren hätten leben können.

Jetzt, da ich sie näher kenne, ist es nicht schwer, die Eindrücke zu entwirren; aber gerade damals sahen sie wie drei leibhaftige Gespenster aus. Die dominierende Gestalt – dominierend, weil der Mann nach allen drei Dimensionen hin der größte war, und auch, weil er in der Mitte des langen Tisches gerade mir gegenübersaß – war ein großer, dicker Mann, ganz schwarz gekleidet, mit einem runden, apoplektischen Gesicht und kahler, bekümmerter Stirne. Als ich ihn genauer ansah, konnte ich nicht mit Bestimmtheit sagen, was eigentlich diesen Eindruck des Altertümlichen an ihm erwecke, ausgenommen der altmodische Schnitt seiner weißen, priesterlichen Krawatte und die querlaufenden Falten über seiner hohen Stirne.

Noch schwerer zu definieren war der Eindruck in bezug auf den Mann am rechten Tischende, der, offen gestanden, ein ganz alltäglich aussehender Mensch war, wie man ihn stündlich allüberall sehen kann, mit einem runden, braunhaarigen Kopf und einer runden Stumpfnase, doch war auch er in kirchliches Schwarz gekleidet. Erst als ich seinen breiten, geschwungenen Hut auf dem Tisch neben ihm liegen sah, wurde es mir klar, warum er in mir die Vorstellung von etwas Altertümlichem erweckt hatte. Er war ein römisch-katholischer Priester.

Vielleicht hatte der dritte Mann am anderen Ende des Tisches eigentlich mehr damit zu tun als alle übrigen, obwohl er in physischer Hinsicht schmächtiger und in seiner Kleidung unauffälliger war. Seine hageren Glieder steckten in enganliegenden grauen Ärmeln und Hosenbeinen, oder besser gesagt, sie waren hineingezwängt; er hatte ein langes, adlerartiges Gesicht, welches irgendwie darum noch melancholischer aussah, weil seine hohlwangigen Züge von einem Kragen und Halstuch umschlossen waren, wie sie von vergangenen Geschlechtern getragen wurden, und sein Haar hatte einen trüben, rötlichen Schimmer, der im Verein mit seinem gelben Gesicht mehr purpurn als rot wirkte. Die zwar nicht auffallende, aber doch ungewöhnliche Farbe war um so bemerkenswerter, als sein Haarwuchs beinahe unnatürlich gesund war und er das Haar lang und lockig trug. Doch wenn ich recht überlege, rührte mein erster Eindruck des Altmodischen wohl hauptsächlich von den hohen, altmodischen Weingläsern her, die neben einigen Zitronen und langen Pfeifen auf dem Tisch standen.

Da es anscheinend ein öffentliches Wirtshaus war, mußte ich als abgehärteter Reporter nicht erst viel von meiner Unverschämtheit zusammenraffen, um an dem langen Tisch Platz zu nehmen und ein Glas Apfelwein zu bestellen. Der große Mann in Schwarz schien sehr gelehrt, insbesondere in bezug auf die lokalen Altertümer; der kleine Mann in Schwarz überraschte mich, obwohl er weit weniger sprach, durch sein noch größeres Wissen, so daß wir uns bald ganz gut miteinander unterhielten. Doch der dritte Mann, der alte Herr mit der engen Hose, schien ein wenig unnahbar und hochmütig, bis ich auf das Thema des Herzogs von Exmoor und seiner Ahnen zu sprechen kam.

Es kam mir so vor, als brächte dieses Thema die beiden anderen ein wenig in Verlegenheit, doch jedenfalls brach es in sehr erfolgreicher Weise bei eben diesem Dritten den Bann des Schweigens. Er sprach zurückhaltend und mit dem Gehaben eines ungemein wohlerzogenen Herrn, paffte von Zeit zu Zeit an seiner langen Pfeife und erzählte mir einige der entsetzlichsten Geschichten, die ich je in meinem Leben gehört habe: wie einer der Eyres in früheren Zeiten einmal seinen eigenen Vater erhängt und ein anderer seine Frau, an einen Wagen gebunden, durchs Dorf hatte schleifen lassen; wie ein anderer wieder eine Kirche angezündet hatte, die voller Kinder war, und so weiter.

Einige von diesen Geschichten sind wirklich nicht zur Veröffentlichung geeignet. So zum Beispiel die Geschichte von der scharlachroten Nonne oder die abscheuliche Geschichte von dem gefleckten Hund, oder das Geschehnis im Steinbruch. Und diese ganze rote Sündenliste kam in beinahe geziertem Ton von seinen schmalen, vornehmen Lippen, während er dasaß und den Wein in kleinen Schlückchen aus dem hohen, dünnen Glase schlürfte.

Ich sah wohl, daß der große Mann mir gegenüber sich bemühte, ihn womöglich zu unterbrechen. Doch augenscheinlich hatte er zu großen Respekt vor dem alten Herrn und wagte es nicht, plötzlich einzufallen. Auch der kleine Priester am anderen Ende des Tisches, obwohl er von ähnlichen Gefühlen der Angst oder Verlegenheit frei zu sein schien, blickte unverwandt auf den Tisch und hörte der Erzählung scheinbar mit großem Unbehagen zu – was ja begreiflich war.

›Sie scheinen‹, sagte ich zu dem Erzähler, ›dem Geschlecht der Exmoor nicht sehr wohlgesinnt zu sein?‹

Er sah mich einen Augenblick lang an, den Mund anfangs noch zu liebenswürdigem Lächeln verzogen, doch bald wurden seine Lippen bleich und schmal. Dann plötzlich zerschlug er seine Pfeife und sein Glas auf dem Tisch und erhob sich – das wahre Bild des vollendeten Edelmannes im aufflammenden Zorn eines Unholdes.

›Diese Herren‹, rief er, ›werden Ihnen sagen, ob ich Grund habe, dies Geschlecht zu lieben. Der Fluch der alten Eyres lag schwer über diesem Lande, und viele hatten darunter zu leiden. Sie wissen, daß keiner von ihnen so sehr darunter zu leiden hatte wie ich!‹ Und damit zertrat er einen herabgefallenen Splitter des zerbrochenen Weinglases mit dem Absatz, während er im grünen Zwielicht der flimmernden Apfelbäume davonschritt.

›Das ist ein merkwürdiger alter Herr‹, sagte ich zu den beiden anderen. ›Wissen Sie vielleicht, was die Familie der Exmoor ihm angetan hat? Wer ist er?‹

Der große Mann in Schwarz starrte mich mit der bestürzten Miene eines erschreckten Stieres an; er schien es anfangs gar nicht zu begreifen. Dann endlich sagte er: ›Wissen Sie nicht, wer er ist?‹

Ich versicherte, keine Ahnung zu haben, worauf abermals ein Schweigen eintrat. Dann sagte der kleine Priester, immer noch auf den Tisch starrend: ›Das ist der Herzog von Exmoor.‹

Hierauf, bevor ich mich noch sammeln konnte, fügte er ebenso ruhig, doch in einem Tonfall, als wolle er die Dinge nun in Ordnung bringen, hinzu: ›Mein Freund hier ist Dr. Mull, Bibliothekar des Herzogs. Mein Name ist Brown.‹

›Aber‹, stammelte ich, ›wenn das der Herzog ist, warum verdammt er die alten Herzöge so sehr?‹

›Er scheint wirklich der Meinung zu sein‹, antwortete der Priester namens Brown, ›daß sie ihm einen Fluch hinterlassen haben.‹ Dann fügte er anscheinend zusammenhanglos hinzu: ›Darum trägt er auch eine Perücke.‹

Es dauerte einige Augenblicke, bevor der Sinn dieser Worte in mir aufzudämmern begann. ›Sie meinen doch nicht jenes Märchen von dem Ohr?‹ fragte ich. ›Ich habe natürlich davon gehört, aber es kann doch nur eine abergläubische Geschichte sein, die aus einer viel einfacheren Tatsache entstanden ist. Ich habe manches Mal daran gedacht, ob es nicht irgendeine phantastische Version einer jener Verstümmlungsgeschichten ist. Man pflegte doch im sechzehnten Jahrhundert den Verbrechern oft ein Ohr abzuhauen.‹

›Ich glaube nicht, daß es das war‹, antwortete der kleine Mann nachdenklich, ›doch widerspricht es weder dem Naturgesetz noch der gewöhnlichen wissenschaftlichen Erfahrung, daß irgendeine Deformation in einer Familie häufig wiederkehrt – und zum Beispiel ein Ohr größer ist als das andere.‹

Der große Bibliothekar hatte seine große kahle Stirn in seine großen roten Hände gelegt wie einer, der sich bemüht, ernstlich seine Pflicht zu erwägen. ›Nein‹, stöhnte er endlich, ›Sie tun dem Mann eigentlich unrecht. Ich habe keine Ursache, ihn zu verteidigen, verstehen Sie mich wohl, und auch keine Verpflichtungen ihm gegenüber. Er war gegen mich, ebenso wie gegen alle anderen Leute, immer ein richtiger Tyrann. Glauben Sie nur ja nicht einfach darum, weil Sie ihn hier sitzen sahen, daß er nicht im übelsten Sinn des Wortes ein großer Herr sei. Er würde einen Menschen eine Meile weit herbeiholen, um an einer Glocke zu läuten, die eine Elle weit entfernt ist – wenn er damit einen anderen Mann aus einer drei Meilen weiten Entfernung herbeirufen könnte, um sich eine Zündholzschachtel bringen zu lassen, die drei Ellen weit liegt. Er braucht einen Diener, der seinen Spazierstock trägt; einen Kammerdiener, um sich sein Opernglas halten zu lassen ...‹

›Aber keinen Bedienten, der seine Kleider bürstet‹, warf der Priester in seltsam trockenem Tone ein, ›denn sonst würde dieser Bediente auch die Perücke bürsten wollen.‹

Der Bibliothekar wendete sich dem Priester zu und schien meine Anwesenheit gänzlich vergessen zu haben. Er war sehr erregt und wohl ein wenig vom Wein erhitzt. ›Ich weiß nicht, woher Sie es wissen, Pater Brown‹, sagte er, ›aber Sie haben recht. Er läßt die ganze Welt alles für sich tun – mit einer Ausnahme: ihm beim Ankleiden behilflich zu sein. Das muß in einer Einsamkeit geschehen, die einer Einöde gleichkommt. Jeder wird ohne Zeugnis aus dem Hause gejagt, der auch nur in der Nähe der Tür zu seinem Ankleidezimmer angetroffen wird.‹

›Scheint ein lustiger alter Kauz zu sein‹, bemerkte ich.

›Nein‹, erwiderte Dr. Mull ganz schlicht. ›Und das eben meinte ich, als ich sagte, Sie täten ihm unrecht. Meine Herren, der Herzog empfindet wirklich all diesen Groll über den alten Fluch, so wie er es eben zeigte. Mit aufrichtiger Scham und ungeheucheltem Schrecken verbirgt er unter dieser purpurfarbenen Perücke irgend etwas, dessen Anblick seiner Meinung nach jeden Sterblichen vernichten müßte. Ich weiß, daß es so ist. Und ich weiß auch, daß es keine gewöhnliche, natürliche Verunstaltung ist wie zum Beispiel die Verstümmelung eines Verbrechers oder die vererbte Mißgestaltung eines Körperteils. Ich weiß, daß es schlimmer ist als all dies, ich weiß es von dem Augenzeugen einer Szene, die kein Mensch erfunden haben konnte, wo ein stärkerer Mann als irgendeiner von uns versucht hatte, dem Geheimnis zu trotzen und davor zu Tode erschrocken ist.‹

Ich öffnete den Mund, um zu sprechen, doch Mull fuhr – meine Anwesenheit gänzlich vergessend – aus der Höhlung seiner Hände hervor zu sprechen fort. ›Ich sage es Ihnen unverhohlen, Pater Brown, weil es eigentlich mehr den Herzog verteidigen heißt als ihn verraten. Haben Sie je von jener Zeit gehört, da er beinahe alle seine Güter verlor?‹

Der Priester schüttelte den Kopf, und der Bibliothekar fuhr fort, seine Geschichte zu erzählen, wie er sie von seinem Amtsvorgänger gehört hatte, seinem Vorgesetzten und Lehrer, dem er vorbehaltlos zu vertrauen schien. Bis zu einem gewissen Punkt war es die gewöhnliche Geschichte des Vermögensverfalls einer großen Familie, die Geschichte des Advokaten einer großen Familie. Doch dieser Advokat war klug genug, wenn man so sagen darf, auf ehrliche Weise zu betrügen. Anstatt anvertrautes Gut anzutasten, machte er sich die Nachlässigkeit des Herzogs zunutze und versetzte die Familie in eine finanzielle Zwangslage; so daß es für den Herzog notwendig werden mochte, den Advokaten die Besitztümer tatsächlich übernehmen zu lassen.

Der Advokat hieß Isaak Green, doch der Herzog nannte ihn Eliesa, wahrscheinlich im Hinblick auf die Tatsache, daß er, obwohl sicherlich nicht älter als dreißig, vollständig kahl war. Er war sehr schnell aus sehr schmutzigen Verhältnissen emporgewachsen, Spion und Denunziant gewesen und dann Wucherer; aber als Rechtsfreund der Eyres war er klug genug, nach außen hin korrekt zu bleiben, bis er soweit war, den entscheidenden Schlag zu führen. Dies geschah eines Tages beim Abendessen; und der damalige Bibliothekar erzählte, er werde niemals das Bild vergessen, wie der kleine Advokat vor den Lampenschirmen und Weinkaraffen mit ruhigem Lächeln dem großen Gutsherrn vorschlug, den Besitz mit ihm zu teilen. Die Folge war jedenfalls nicht zu übersehen; denn der Herzog schlug, ohne ein Wort zu sagen, mit einem plötzlichen Ruck dem kleinen Advokaten eine Weinflasche an den kahlen Kopf, genau so, wie wir es ihn eben hier im Obstgarten haben tun sehen, als er das Glas auf dem Tisch zerschlug. Eine große, dreieckige Wunde blieb am Schädel des Advokaten zurück, seine Augen wurden trübe, doch nicht sein Lächeln.

Er erhob sich taumelnd und schlug zurück, wie solche Leute zurückzuschlagen pflegen. ›Ich bin froh, daß es so gekommen ist‹, sagte er, ›denn jetzt kann ich den ganzen Besitz nehmen. Ich werde ihn von Gesetzes wegen bekommen.‹

Exmoor soll aschfahl gewesen sein, nur seine Augen funkelten. ›Das Gesetz wird Ihnen den Besitz zusprechen‹, sagte er, ›aber Sie werden ihn nicht nehmen ... Warum nicht? Nun, weil das für mich der Jüngste Tag wäre; und wenn Sie ihn nehmen, so nehme ich meine Perücke ab ... Sehen Sie, Sie erbärmlicher, gerupfter Vogel, jeder kann Ihren kahlen Schädel sehen. Aber niemand wird je den meinen schauen und weiterleben!‹

Nun, Sie mögen sagen, was Sie wollen, und darüber denken, was Sie wollen. Mull beschwört feierlich die Tatsache, daß der Advokat, nachdem er eine Weile lang verzweifelt die geballten Fäuste in der Luft geschüttelt hatte, einfach aus dem Zimmer hinausrannte und nie mehr wieder in der ganzen Umgebung auftauchte. Und seither wurde Exmoor, der Zauberer und der Hexenmeister, mehr gefürchtet als vorher der Gutsherr und der Beamte.

Doktor Mull erzählte wohl die ganze Geschichte mit etwas übertrieben theatralischen Bewegungen und mit einer Leidenschaft, die ich zumindest für parteilich hielt. Ich war mir der Möglichkeit wohl bewußt, daß das Ganze die Übertreibung einer alten Aufschneiderei und eines überlieferten Geschwätzes sei. Doch ehe ich diese erste Hälfte meiner Entdeckungen beschließe, halte ich es für meine Pflicht, zu berichten, daß meine ersten beiden Nachforschungen diese Erzählung bestätigt haben. Ich erfuhr von einem alten Apotheker im Dorfe, daß einmal des Nachts ein kahlköpfiger Mann, der sich Green nannte, im Frack zu ihm gekommen war, um sich eine dreieckige Wunde auf der Stirne mit einem Pflaster schließen zu lassen. Und ich fand aus alten Zeitungen und Gerichtsdokumenten, daß ein gewisser Green einmal ein gerichtliches Verfahren gegen den Herzog von Exmoor angestrengt oder zumindest in die Wege geleitet hatte."

Herr Nutt, Chefredakteur des „Daily Reformer", schrieb einige im höchsten Grade unangemessene Worte an die Spitze des Manuskriptes und einige im höchsten Grade geheimnisvolle Zeichen an den Rand desselben, dann rief er mit derselben lauten, monotonen Stimme wie sonst zu Fräulein Barlow hinüber: „Bitte, nehmen Sie einen Brief an Herrn Finn auf.

›Lieber Finn, Ihr Manuskript wird gehen, aber ich mußte einige Überschriften dazusetzen lassen; auch würde unser Publikum niemals einen römischen Priester in der Geschichte dulden – man darf die Vorstadt nicht aus dem Auge verlieren. Ich habe einen Spiritisten namens Brown aus ihm gemacht.

Ihr E. Nutt.‹"

Einen oder zwei Tage später befand sich derselbe rührige und kritische Redakteur mit immer runder und runder werdenden blauen Augen bei der Überprüfung der zweiten Teilsendung von Herrn Finns Schauergeschichte aus der höchsten Gesellschaft. Sie begann mit den Worten:

„Ich habe eine erstaunliche Entdeckung gemacht. Allerdings ist es ganz etwas anderes, als was ich mir vorgestellt habe, aber es wird das Publikum noch weit mehr in Erstaunen setzen, als ich gedacht hatte. Ich wage ohne allzu große Eitelkeit zu behaupten, daß man die Worte, die ich hier schreibe, in ganz Europa und sicherlich in ganz Amerika und in allen Kolonien lesen wird. Und doch erfuhr ich alles, was ich zu erzählen habe, noch bevor ich jenen unscheinbaren hölzernen Tisch in jenem Apfelbaumgarten verließ.

Ich verdanke alles jenem kleinen Priester Brown. Das ist ein ganz ungewöhnlicher Mensch. Der große Bibliothekar hatte den Tisch verlassen, vielleicht ein wenig beschämt wegen seiner Geschwätzigkeit, vielleicht auch beunruhigt ob des Zorns, in dem sein geheimnisvoller Herr verschwunden war. Jedenfalls folgte er schweren Schrittes den Spuren des Herzogs und entschwand zwischen den Bäumen. Pater Brown hatte eine der auf dem Tisch liegenden Zitronen zur Hand genommen und besah sie mit merkwürdigem Vergnügen.

›Was für eine wunderschöne Farbe so eine Zitrone hat!‹ sagte er. ›Der Herzog hat etwas an sich, was mir nicht gefällt: die Farbe seiner Perücke.‹

›Ich glaube, ich verstehe Sie nicht recht‹, antwortete ich.

›Er muß wohl seinen guten Grund haben, warum er seine Ohren bedecken will wie König Midas‹, fuhr der Priester in einem heiteren, schlichten Ton fort, der mich unter den gegebenen Umständen als ein wenig oberflächlich berührte. ›Ich kann mir gut vorstellen, daß es hübscher ist, seine Ohren mit Haaren zu bedecken als mit Messingplättchen oder Lederlappen. Aber wenn er Haare verwendet, warum will er dann nicht, daß es wie Haar aussieht? Es hat noch niemals auf der ganzen Welt Haare von dieser Farbe gegeben. Es sieht eher aus wie eine Abendwolke, die bei Sonnenuntergang durch die Bäume schimmert. Warum versteckt er den Familienfluch nicht geschickter, wenn er sich dessen wirklich so sehr schämt? Darum, weil er sich dessen nicht schämt. Er ist sogar stolz darauf.‹

›Es ist eine häßliche Perücke, auf die man nicht stolz zu sein brauchte – und eine häßliche Geschichte‹, sagte ich.

›Überlegen Sie einmal‹, sagte der merkwürdige kleine Mann, ›wie Sie selbst über derlei Dinge denken. Ich nehme an, Sie sind nicht mehr versnobt und nicht angekränkelter als wir anderen; aber haben Sie nicht irgendwie das Gefühl, daß es eigentlich eine ganz feine Sache ist, einen echten alten Familienfluch zu besitzen? Würden Sie sich dessen schämen, oder wären Sie nicht eher ein wenig stolz darauf, wenn der Erbe aller Schrecken der Glamis Sie seinen Freund hieße oder wenn Byrons Familie Ihnen allein die üblen Abenteuer ihres Geschlechtes anvertraut hätte? Seien Sie nicht zu streng mit den Aristokraten, wenn ihre Köpfe ebenso schwach sind, wie die unseren es sein würden, und sie bezüglich ihrer eigenen Sorgen und Kümmernisse Snobs sind.‹

›Bei Gott!‹ rief ich, ›das ist wirklich wahr. In der Familie meiner Mutter gab es einen Geist, und wenn ich es mir ehrlich überlege, so hat mich das in mancher trüben Stunde getröstet.‹

›Und denken Sie nur‹, fuhr er fort, ›was für ein Strom von Blut und Gift bereitwillig von seinen schmalen Lippen drang, sowie Sie nur seine Ahnen erwähnten! Warum sollte er jedem Fremden gleich jene Schreckenskammern zeigen, wenn er nicht stolz auf sie wäre? Er verbirgt weder seine Perücke noch sein Blut, noch den Familienfluch, noch die Verbrechen seiner Familie – aber …‹

Die Stimme des kleinen Mannes veränderte sich so plötzlich, seine Hände krampften sich so schnell zusammen, und seine Augen blitzten auf einmal so eulenhaft rund und leuchtend auf, daß das Ganze wie eine kleine Explosion am Tische wirkte.

›Aber‹, schloß er, ›er verbirgt wirklich das Geheimnis seiner Toilette.‹

Es paßte irgendwie zu dem Schauer, der meine erregten Nerven ergriffen hatte, daß der Herzog in diesem Augenblick wieder unter den flimmernden Bäumen auftauchte. Er kam mit leisen Schritten und seinem abendrotfarbenen Haar in Gesellschaft des Bibliothekars um die Ecke des Hauses. Ehe er in Hörweite gelangte, hatte Pater Brown noch vollkommen ruhig und erwägend hinzugefügt: ›Warum verbirgt er das wirkliche Geheimnis mit dieser purpurfarbenen Perücke? Weil es nicht solcherart ist, wie wir vermuten.‹

Der Herzog kam näher und nahm mit der ganzen ihm angeborenen Würde seinen Platz am Tische wieder ein. Der Bibliothekar tanzte vor lauter Verlegenheit wie ein großer Bär auf den Hinterbeinen. Der Herzog wendete sich mit tiefem Ernst an den Priester. ›Pater Brown‹, sagte er, ›wie mir Doktor Mull mitteilt, sind Sie hergekommen, um irgendwelche Nachforschungen anzustellen. Ich will nicht vorgeben, daß ich die Religion meiner Väter hochhalte. Doch um ihretwillen und um der früheren Tage willen, da wir einander schon begegneten, bin ich gerne bereit, Sie anzuhören. Aber ich nehme an, es wird Ihnen lieber sein, wenn dies privat geschähe.‹

Alles, was ich noch von einem Gentleman in mir habe, hieß mich aufstehen und den Tisch verlassen. Doch alles, was ich von einem Journalisten in mir hatte, hieß mich bleiben. Noch ehe dieser Augenblick des Schwankens entschieden war, hatte der Priester eine Bewegung gemacht, die mich zurückhielt. ›Wenn Euer Gnaden meine eigentliche Bitte erfüllen wollten‹, sagte er, ›oder wenn ich das Recht hätte, einen Rat zu erteilen, so würde ich darauf dringen, daß so viele Leute wie nur irgend möglich anwesend sein sollten. Ich habe in dieser ganzen Gegend Hunderte von Leuten gefunden, sogar unter meiner eigenen Gemeinde, deren ganzes Denken vergiftet wird von diesem Bann, den zu brechen ich Sie beschwöre. Ich wollte, wir könnten ganz Devonshire hier haben, um zuzusehen, wenn Sie es tun.‹

›Wenn ich was tue?‹ fragte der Herzog mit emporgezogenen Augenbrauen.

›Wenn Sie die Perücke herunternehmen‹, sagte Pater Brown.

Das Gesicht des Herzogs blieb unverändert, aber der gläserne, stiere Blick, mit dem er den Bittsteller ansah, gab seinem Gesicht einen so entsetzlichen Ausdruck, wie ich ihn nie zuvor an einem Menschen gesehen hatte. Ich sah, wie die langen Beine des Bibliothekars unter ihm zu schwanken anfingen gleich den Schatten von Zweigen über einem Teich; und ich konnte die Vorstellung nicht loswerden, daß in der herrschenden Stille die Bäume ringsumher sich langsam mit Teufeln an Stelle von Vögeln füllten.

›Ich will Sie verschonen‹, sagte der Herzog schließlich mit dem Tonfalle übermenschlichen Mitleides. ›Ich weigere mich. Gäbe ich Ihnen den schwächsten Wink all jener Last des Entsetzens, die ich allein zu tragen habe, so lägen Sie jammernd zu meinen Füßen und schrien, daß Sie nicht mehr wissen wollten. Ich will Sie mit diesem Wink verschonen. Sie sollen den ersten Buchstaben dessen nicht entziffern, was auf dem Altar des unbekannten Gottes geschrieben steht!‹

›Ich kenne den unbekannten Gott‹, sagte der kleine Priester mit der unbewußten Gebärde einer unbedingten Sicherheit, die wie ein granitner Turm emporragt. ›Ich kenne seinen Namen, er heißt Satan. Der wahre Gott war aus Fleisch und Blut geschaffen und lebte in unserer Mitten. Und ich sage Ihnen, wo immer Sie Menschen finden, die bloß von einem Geheimnis beherrscht werden, so können Sie sicher sein, daß es das Geheimnis des Bösen und der Sünde ist. Wenn Ihnen der Teufel sagt, daß etwas zu schrecklich sei, um geschaut zu werden, so schauen Sie es an! Wenn er sagt, daß es zu schrecklich sei, um gehört zu werden, so hören Sie es an! Wenn Sie etwas für unerträglich halten, so ertragen Sie es! Ich beschwöre Euer Gnaden, diesem Nachtmahr jetzt ein Ende zu machen, gleich hier an dem Tische.‹

›Wenn ich es täte‹, sagte der Herzog mit leiser Stimme, ›so würden Sie und all Ihr Glaube und all das, wodurch allein Sie leben, als erstes zunichte. Es würde einen Augenblick lang das große Nichts über Sie kommen, bevor Sie stürben.‹

›Das Kreuz Christi stehe zwischen mir und irgendwelchem Übel‹, sagte Pater Brown. ›Nehmen Sie Ihre Perücke ab!‹

Ich beugte mich in unbeherrschbarer Erregung weit über den Tisch. Während ich diesem Wortgefecht lauschte, war ein halber Gedanke in mir erwacht. ›Euer Gnaden‹, rief ich, ›Sie bluffen. Nehmen Sie die Perücke ab, oder ich reiße sie herunter!‹

Ich glaube, man kann mich wegen Überfalls belangen, aber ich bin sehr froh, daß ich es getan habe. Als er mit derselben steinernen Stimme wiederholte: ›Ich weigere mich‹, da sprang ich einfach auf ihn los. Drei lange Sekunden lang wehrte er sich, als hülfe ihm die ganze Hölle, doch ich beugte seinen Kopf so weit zurück, bis die Haarmütze abfiel. Ich gebe zu, daß ich während des Ringens die Augen schloß, als die Perücke herunterfiel.

Ein Schrei des Doktor Mull, der in diesem Augenblick auch neben dem Herzog stand, erweckte mich. Doktor Mulls Kopf war zusammen mit dem meinen über den kahlen Schädel des Herzogs gebeugt. Dann wurde das Schweigen plötzlich durch den Ausruf des Bibliothekars unterbrochen: ›Was soll das bedeuten? Ja, der Mann hatte doch nichts zu verbergen. Seine Ohren sind genau so wie die aller anderen Menschen!‹

›Gewiß‹, sagte Pater Brown, ›das war es, was er zu verbergen hatte.‹

Der Priester ging geradewegs auf den Herzog zu, doch blickte er seltsamerweise gar nicht nach seinen Ohren. Er starrte mit beinahe komischem Ernst auf seine kahle Stirn. Dann deutete er auf eine dreieckige, längst verheilte, doch noch wahrnehmbare Narbe und sagte höflich: ›Herr Green, glaube ich, und er hat also doch den ganzen Besitz bekommen.‹

Und jetzt will ich den Lesern des ›Daily Reformer‹ sagen, was ich an der ganzen Geschichte für das Merkwürdigste halte. Diese Verwandlungsszene, die Ihnen so verworren und purpurfarben wie ein persisches Märchen vorkommen wird, war von allem Anfang an – bis auf meinen regelrechten Überfall – streng gesetzmäßig und rechtlich. Dieser Mann mit der wunderlichen Narbe und den gewöhnlichen Ohren ist kein Betrüger. Obwohl er in einem gewissen Sinn eines anderen Mannes Perücke trägt und vorgibt, eines anderen Mannes Ohr zu besitzen, so hat er doch nicht eines anderen Mannes Adelstitel gestohlen. Er ist tatsächlich der einzige Herzog von Exmoor, den es gibt. Es ist folgendes geschehen: Der alte Herzog hatte wirklich ein leicht verunstaltetes Ohr, was wirklich mehr oder weniger in der Familie erblich war. Er war in dieser Beziehung etwas angekränkelt, und es ist sehr wahrscheinlich, daß er diese körperliche Mißbildung als eine Art Fluch anrief in jener heftigen, zweifellos vorgefallenen Szene, in der er Green die Flasche an den Kopf warf. Doch der Streit endete ganz anders. Green bestand auf seiner Forderung und bekam den Besitz; der enteignete Edelmann erschoß sich und starb ohne Nachkommen. Nach einem angemessenen Zeitablauf ließ unsere schöne englische Regierung den ›erloschenen‹ Adelstitel der Exmoor wieder erneuern und verlieh ihn, wie gewöhnlich, dem bedeutendsten Mann, dem Mann, dem die Besitztümer der alten Exmoors gehörten.

Dieser Mann machte sich die alte Familienlegende zunutze – wahrscheinlich beneidete und bewunderte er in seinem versnobten Herzen die Leute wirklich darum. Und so zittern Tausende von armen englischen Leuten vor einem geheimnisvollen Oberhaupt mit einem Ahnenschicksal und einem Diadem von Sündensternen – während sie in Wirklichkeit vor einem Schurken aus der Gosse zittern, der erst Winkeladvokat und vor noch kaum zwölf Jahren ein Pfandleiher war. Dieser Fall erscheint mir ungemein bezeichnend für den wirklichen Stand unserer Aristokratie, wie sie heute ist und wie sie immer sein wird bis zu dem Tage, da Gott uns tapferere Männer schickt.“

Herr Nutt legte das Manuskript beiseite und rief mit ungewöhnlicher Strenge: „Fräulein Barlow, bitte, nehmen Sie einen Brief an Herrn Finn auf.

> ›Lieber Finn, Sie müssen verrückt sein; auf so etwas können wir uns nicht einlassen. Ich wollte Vampire und die schlechte alte Zeit und die Aristokratie Hand in Hand mit dem Aberglauben. Das hat man gern. Aber es muß Ihnen doch klar sein, daß die Exmoors uns das nie verzeihen würden. Und was würden unsere Leute dann sagen, möcht ich nur wissen? Ja, Sir Simon ist einer der besten Freunde der Exmoors; und es wäre der Ruin jenes Vetters der Eyres, der für uns in Bradford arbeitet. Außerdem war der alte Seifensieder unglücklich genug, daß er im vergangenen Jahr keinen Adelstitel bekommen konnte; er würde mich telegrafisch hinauswerfen lassen, wenn ich es ihm mit solchen Verrücktheiten für diesmal verdürbe. Und was wäre mit Duffey? Der schreibt einige klingende Artikel für uns über „Die Fußstapfen der Normannen“. Und wie kann er über die Normannen schreiben, wenn der Mann ein Advokat ist? So seien Sie doch bitte vernünftig!
>
> Ihr E. Nutt.‹“

Während Fräulein Barlow den Brief lustig herunterratterte, knüllte Nutt das Manuskript zusammen und warf es in den Papierkorb, doch erst, nachdem er ganz mechanisch und nur infolge der Macht der Gewohnheit das Wort „Gott“ in „die Umstände“ korrigiert hatte.

Der Fluch auf dem Hause Pendragon

Pater Brown war nicht in Abenteuerstimmung. Er war kürzlich infolge von Überarbeitung krank gewesen, und als er sich zu erholen anfing, hatte ihn sein Freund Flambeau auf eine Vergnügungsfahrt in seiner kleinen Jacht mitgenommen. Sie kreuzten zusammen mit Sir Cecil Fanshaw, einem jungen cornischen Squire und begeisterten Liebhaber cornischer Küstenlandschaften. Doch Brown war immer noch sehr schwach; auch war er kein fanatischer Seemann; und obwohl er niemals murrte oder mißlaunig war, konnte er doch nicht mehr aufbringen als Geduld und Höflichkeit. Wenn die beiden anderen die Wolkenfetzen im violetten Abendschein oder die zerrissenen Klippen der vulkanischen Bergformationen priesen, stimmte er ihnen zu. Wenn Flambeau auf einen Felsen deutete, der einem Drachen glich, so schaute auch er hin und fand, daß es wirklich ganz wie ein Drachen aussah. Wenn Fanshaw in seiner noch leichter erregten Phantasie auf einen Felsen wies, der ihm wie Merlin vorkam, so sah auch Pater Brown hin und nickte Beifall. Wenn Flambeau fragte, ob dieses Felsentor über dem gewundenen Fluß nicht wie das Tor ins Märchenland aussähe, sagte Pater Brown: „Ja." Er hörte die wichtigsten und die trivialsten Dinge mit derselben teilnahmslosen Versunkenheit an. Er hörte, daß die Küste für jeden, ausgenommen den erfahrensten und vorsichtigsten Seemann, den sicheren Tod bedeutete; er hörte auch, daß die Katze eingeschlafen sei. Er hörte, daß Fanshaw seine Zigarrenspitze nirgends finden konnte; er hörte auch den Steuermann seinen Orakelspruch verkünden: „Beide Augen klar, gute Fahrt fürwahr; scheint nur eins der Augen, wird's ihr nimmer taugen." Er hörte Flambeau zu Fanshaw sagen, dies bedeute zweifellos, daß der Steuermann beide Augen offenhalten und wachsam bleiben müsse. Und er hörte Fanshaw zu Flambeau sagen, daß es seltsamerweise etwas anderes bedeute; es bedeute nämlich folgendes: solange man zwei Küstenlichter, ein nahes und ein entferntes, genau nebeneinander sähe, solange liefe das Schiff den richtigen Kurs im Fluß; wenn aber ein Licht hinter dem anderen versteckt wäre, so würde man auf den Felsen auffahren. Er hörte Fanshaw noch hinzufügen, diese ganze Gegend sei voll von derlei seltsamen Fabeln und Redensarten, es wäre die wahre Heimat der Romantik; ja er erhob für diesen Landstrich von Cornwall sogar gegenüber dem von Devonshire den ernsthaften Anspruch auf den Siegeslorbeer Elisabethanischer Seefahrtskunst. Seiner Meinung nach hätte es in diesen Buchten und Inselchen hier Schiffskapitäne gegeben, im Vergleich zu denen sogar Drake eigentlich nur eine Landratte gewesen wäre. Brown hörte Flambeau lachen und fragen, ob vielleicht der abenteuerlustige Seemannsruf „Nach Westen, ho!“ im Grunde nur bedeute, daß alle Leute aus Devonshire in Cornwall zu leben wünschten. Er hörte Fanshaw sagen, es sei kein Grund vorhanden, dummes Zeug zu reden, es habe nicht nur früher wirkliche Helden unter den cornischen Kapitänen gegeben, sondern sie wären es auch heute noch; hier ganz in der Nähe lebe ein alter Admiral, der sich jetzt zurückgezogen habe, der aber noch die Narben der schauerlichsten Abenteuerfahrten trüge; in seiner Jugend hätte er die letzte Gruppe von acht Inseln des Pazifischen Ozeans entdeckt, die auf der Landkarte der Welt eingezeichnet worden wären. Cecil Fanshaw gehörte zu den Leuten, die noch solchen stürmischen, doch sympathischen Enthusiasmus aufbringen; er war ein sehr junger, blonder Mann mit einem kühnen Profil, knabenhaft erregbarer Phantasie und einem beinahe mädchenhaft zarten Teint. Flambeaus breite Schultern, seine schwarzen Augenbrauen und sein derbes Gehaben eines alten Musketiers bildeten dazu den denkbar stärksten Gegensatz.

Brown hörte und sah all diese Trivialitäten; doch er hörte sie, wie ein müder Mann eine Melodie aus dem gleichmäßigen Geräusch der Räder eines fahrenden Eisenbahnzuges heraushört, und sah sie, wie ein Kranker das Muster der Zimmertapete zu sehen pflegt. Niemand kann den Stimmungswechsel eines Rekonvaleszenten voraussagen. Pater Browns Niedergeschlagenheit hing vielleicht auch damit zusammen, daß er so wenig seegewohnt war. Denn je mehr sich die Flußmündung wie ein Flaschenhals verengte, das Wasser stiller und die Luft wärmer wurde, und je mehr der rauhe Seewind in einen Landwind umschlug, um so mehr schien der Priester aufzuwachen und wie ein Kind an den ihn umgebenden Dingen Anteil zu nehmen. Man hatte diese Phase knapp nach Sonnenuntergang erreicht, da Luft und Wasser hell zu leuchten pflegen, während die Erde mit all ihren Gewächsen im Vergleich dazu beinahe schwarz erscheint. An diesem besonderen Abend jedoch war es anders. Die Luft war so seltsam klar, als sei ein rauchgeschwärztes Glas, das sonst die Natur verhüllte, plötzlich beiseite geschoben, so daß an diesem Tage sogar dunkle Farben prunkvoller zu leuchten schienen als glänzende Farben an bewölkteren Tagen. Die niedergetrampelte Erde des Flußufers mit ihren Tümpeln sah nicht gelbgrau aus wie sonst, sondern braun wie Eschenholz, und die dunklen Bäume, die sich im Winde bewegten, sahen nicht, wie gewöhnlich in der Ferne, trübblau aus, sondern glichen eher sturmgetriebenen Massen irgendwelcher leuchtendvioletten Blüten. Diese magische Klarheit und Intensität der Farben ließ für die langsam wiedererwachenden Sinne Pater Browns das Romantische, ja sogar Geheimnisvolle der Landschaft noch deutlicher hervortreten.

Der Fluß war immer noch breit und tief genug für ein so kleines Luxusboot, wie das ihre war; doch die Biegungen des Ufers erweckten die Vorstellung, als wollte es sich von beiden Seiten vor ihnen schließen. Die Bäume schienen flüchtige und schwache Versuche zu machen, eine Brücke zu schlagen, als glitte das Boot allmählich aus der romantischen Szenerie eines Flußtals in die noch romantischere Umgebung einer Schlucht und endlich durch die höchste Romantik eines Tunnels hindurch. Außer dem Anblick dieser Dinge erhielt Pater Browns neubelebte Phantasie wenig Nahrung; er sah keine menschlichen Wesen bis auf einige Zigeuner, die an der Küste mit Bündeln und Körben voll abgeschnittener Äste hinzogen, und einmal genoß er den zwar nicht mehr ungewöhnlichen, doch in so abseits gelegenen Gegenden immerhin unerwarteten Anblick einer dunkelhaarigen, barhäuptigen jungen Dame, die allein ihr Kanoe paddelte. Wären Pater Brown diese Dinge im Augenblick auch aufgefallen, so hätte er sie doch sicherlich bei der nächsten Biegung des Flusses sofort vergessen, wo plötzlich ein höchst merkwürdiges Ding vor ihnen auftauchte.

Der Fluß schien sich hier zu verbreitern und zu teilen, während eine kleine, bewaldete Insel von schiffsähnlicher Gestalt ihn in der Mitte wie ein Keil spaltete. Je mehr sie sich der kleinen Insel näherten, schien diese wie ein Schiff auf sie zuzukommen – ein Schiff mit einem sehr hohen Bug oder, genauer gesagt, mit einem sehr hohen Rauchfang. Denn an dem äußersten, ihnen zunächst liegenden Ende der Insel ragte ein seltsam aussehendes Gebäude empor, unähnlich jedem anderen Gebäude, dessen sie sich entsinnen konnten, und unvereinbar mit irgendeinem Zweck, den sie sich ausdenken mochten. Das Ding war nicht besonders hoch, doch war es im Vergleich zu seiner Breite zu hoch, um irgendwie anders als ein Turm genannt zu werden. Es schien ganz aus Holz gebaut zu sein, doch in einer sehr ungleichmäßigen und exzentrischen Art und Weise. Einige Planken und Balken waren aus gutem, ausgetrocknetem Eichenholz, andere wieder zwar aus demselben Holz, doch erst kürzlich geschnitten und nur roh zugehauen; einige waren aus weißem Fichtenholz, die meisten waren aber zwar aus Fichtenholz, doch mit Teer geschwärzt. Diese schwarzen Balken waren kreuz und quer nach allen Seiten eingefügt und gaben so dem Ganzen ein sehr fleckiges und verwirrendes Aussehen. Es waren ein oder zwei Fenster da, deren farbige Gläser mehr einen altertümlichen und sorgfältiger gearbeiteten Eindruck erweckten. Die Reisenden blickten das Ding mit jenem wunderlichen Gefühl an, wie man es hat, wenn einen etwas an Bekanntes erinnert und man doch sicher ist, etwas ganz anderes vor sich zu haben.

Pater Brown verstand es, selbst wenn er getäuscht wurde, diese Täuschung geschickt zu analysieren. Und so überlegte er, ob nicht vielleicht die Merkwürdigkeit darin bestünde, daß eine eigenartige Form aus einem sonst nicht gebräuchlichen Material geschaffen war; als sähe man einen Zylinderhut aus Blech oder einen Frack aus schottischem Stoff. Er war davon überzeugt, daß er verschiedengefärbtes Bauholz schon anderswo in dieser Art verwendet gesehen hatte, doch niemals in derlei architektonischen Proportionen. Im nächsten Augenblick belehrte ihn ein Blick durch die dunklen Bäume über alles, was er wissen wollte, und er lachte vergnügt auf. Durch eine Lücke in den dichten Baumkronen sah man einen Augenblick lang eines jener hölzernen Häuser mit einer Fassade aus schwarzen Balken, wie man sie hin und wieder noch in England findet, während man sie meist nur von Ausstellungen kennt, wo sie unter dem Titel „Das alte London“ oder „England zur Zeit Shakespeares“ nachgebildet sind. Der Priester konnte das Haus eben nur lange genug sehen, um festzustellen, daß es – so altmodisch es auch aussah – ein bequemes und gut gehaltenes Landhaus war, mit schönen Blumenbeeten davor. Es bot durchaus nicht den scheckigen und verrückten Anblick des Turmes, der aus den Überbleibseln des Hauses erbaut zu sein schien.

„Was ist das, um's Himmels willen?“ fragte Flambeau, der immer noch den Turm anstarrte.

Fanshaw sprach triumphierend und mit leuchtenden Augen: „Aha, so etwas haben Sie wohl noch nie gesehen, nicht wahr? Darum eben habe ich Sie hierhergeführt, mein Lieber. Jetzt sollen Sie sehen, ob ich übertreibe mit meinen Seeleuten von Cornwall! Dieser Besitz gehört dem alten Pendragon, den wir Admiral nennen, obwohl er sich zurückzog, bevor er diesen Rang erlangte. Der Geist Raleighs und Hawkins ist für die Leute aus Devon zu einer Erinnerung geworden; für die Pendragons ist das eine moderne Tatsache. Würde die Königin Elisabeth aus dem Grabe auferstehen und in einer goldenen Barke den Fluß heraufkommen, so könnte sie von dem Admiral in einem Hause empfangen werden, das in jeder Ecke und jedem Fensterflügel, in jeder Wandtäfelung und jedem Teller auf dem Tische genau den Häusern gleicht, an die sie gewöhnt war. Und sie würde einen englischen Kapitän vorfinden, der immer noch begeistert von der Entdeckung neuer Länder spräche, ganz ebenso als speiste sie mit Drake.“

„Sie fände aber auch ein närrisches Ding im Garten, das ihrem Renaissance-Geschmack nicht gefiele“, sagte Pater Brown. „Jene Elisabethanische Architektur ist in ihrer Art ganz reizend, aber es ist gegen ihre Natur, in Türmchen auszuarten.“

„Und doch“, entgegnete Fanshaw, „ist das der romantischste und Elisabethanischste Teil des Ganzen. Der Turm wurde zur Zeit der spanischen Kriege von den Pendragons erbaut, und obwohl er renoviert und sogar aus einem gewissen Grund neu aufgebaut werden mußte, wurde er immer nach dem alten Muster neu errichtet. Es heißt, daß die Gattin Sir Peter Pendragons ihn an dieser Stelle und in der jetzigen Höhe hat erbauen lassen, weil man von seiner Spitze aus gerade die Biegung sehen kann, an der die Schiffe in die Flußmündung einlaufen, und sie als erste das Schiff ihres Gatten sehen wollte, wenn er aus dem Kampf mit der spanischen Armada heimkehrte.“

„Aus welchem Grunde“, fragte Pater Brown, „glauben Sie, wurde der Turm wieder neu aufgebaut?“

„Ach, auch darüber gibt es eine merkwürdige Geschichte“, erzählte der junge Squire bereitwillig. „Sie sind wirklich in dem Lande der wunderlichsten Geschichten. Hier ist König Arthur gewesen und Merlin und vor ihm die Feen und Nymphen. Es heißt, daß Sir Peter Pendragon, der – wie ich fürchte – die Laster eines Piraten ebenso wie die Tugenden eines Seemannes besaß, drei spanische Edelleute in ehrenvoller Gefangenschaft heimführte, um sie an den Hof der Königin Elisabeth zu bringen. Doch er war ein hitziger, jähzorniger Mann, und als er mit dem einen dieser Leute in Streit geriet, packte er ihn an der Gurgel und warf ihn – ob absichtlich oder zufällig – ins Meer. Darauf zog der Bruder dieses Spaniers sofort sein Schwert und drang auf Pendragon ein. Nach kurzem und wildem Kampf, in dem jeder der beiden in drei Minuten ebenso viele Wunden davontrug, rannte Pendragon dem anderen die Klinge in den Leib, wodurch es um den zweiten Spanier geschehen war. Zufällig lenkte das Schiff eben in die Flußmündung ein, so daß es dem verhältnismäßig seichten Wasser nahe war. Da sprang der dritte Spanier über Bord, schwamm dem Ufer zu und war bald nahe genug an dasselbe herangekommen, um aufrecht stehen zu können, ohne daß das Wasser ihm weiter als bis zur Mitte reichte. Dann drehte er sich um, streckte, das Gesicht dem Schiffe zugewendet, beide Arme zum

Himmel empor und rief, wie ein Prophet, der eine Plage über eine böse Stadt herabbeschwört, mit durchdringender und schrecklicher Stimme Pendragon zu, daß er zumindest noch lebe und weiterleben werde bis in alle Ewigkeit; das Haus der Pendragons solle Generation um Generation weder ihn noch seinesgleichen jemals wiedererblicken, aber doch an unverkennbaren Zeichen gewahr werden, daß er und seine Rache lebendig wären. Damit tauchte er unter und fand entweder in den Wellen den Tod oder schwamm so lange unter Wasser, daß auch nicht ein Haar seines Hauptes je wieder zum Vorschein kam."

„Da ist dieses Mädchen im Kanoe wieder", unterbrach ihn Flambeau höchst unehrerbietig, denn hübsche junge Damen vermochten ihn jederzeit von jedem Thema abzulenken. „Sie scheint über den merkwürdigen Turm ebenso erstaunt zu sein wie wir."

In der Tat ließ die schwarzhaarige junge Dame ihr Kanoe langsam und leise an der seltsamen Insel vorbeigleiten und blickte aufmerksam zu dem merkwürdigen Turm empor, während unverhohlene Neugier aus ihrem ovalen, olivenfarbenen Gesicht sprach.

„Kümmern Sie sich nicht um junge Mädchen", sagte Fanshaw ungeduldig, „es gibt ihrer eine Menge auf dieser Welt, aber es gibt wenige Dinge, die dem Turm der Pendragons gleichen. Sie können sich leicht vorstellen, daß viele abergläubische Versionen und Klatschgeschichten sich an diesen Fluch des Spaniers knüpfen, und zweifellos hat – wie Sie es nennen werden – die Leichtgläubigkeit der bäuerlichen Bevölkerung jedes zufällige Unglück dieser cornischen Familie mit jenem Fluch in Verbindung gebracht. Sicherlich aber ist es wahr, daß dieser Turm zwei- oder dreimal niedergebrannt ist; auch kann man die Familie nicht eben glücklich preisen, denn zwei der nächsten Verwandten des Admirals sind, glaube ich, durch Schiffbruch zugrunde gegangen, und einer zumindest, soviel ich weiß, tatsächlich an derselben Stelle, wo Sir Peter den Spanier über Bord warf."

„Wie schade!" rief Flambeau aus, „jetzt verschwindet sie dort drüben."

„Wann hat Ihnen der Admiral diese Familiengeschichte erzählt?" fragte Pater Brown, während das Mädchen im Kanoe davonpaddelte, ohne die geringste Absicht zu verraten, ihr Interesse an dem Turm auch auf die Jacht zu übertragen, die Fanshaw bereits an der Insel hatte landen lassen.

„Vor vielen Jahren schon", erwiderte Fanshaw; „er war jetzt schon lange nicht mehr auf hoher See, obwohl er ganz ebenso erpicht darauf ist wie ehemals. Ich glaube, es gibt da ein Familienabkommen oder etwas Ähnliches. Nun, hier ist der Landungssteg. Kommen Sie ans Land, wir wollen den alten Knaben aufsuchen."

Sie folgten ihm ans Ufer unmittelbar unterhalb des Turmes. Pater Brown schien seine alte Lebhaftigkeit seltsam schnell wiedergewonnen zu haben, sei es durch die bloße Berührung mit dem Festlande, sei es durch das Interesse an irgend etwas drüben am anderen Ufer des Flusses – wohin er nämlich seit einigen Sekunden angestrengt starrte. Die drei Männer betraten nun eine Allee, die zwischen zwei Reihen graubrauner Hecken hinführte, wie man sie oft am Rande von Gärten oder Parkanlagen findet. Und darüber hin sah man die Kronen der dunklen Bäume hin und her schwanken wie purpurrote und schwarze Federn am Leichenwagen eines Riesen. Der Turm, den sie nun hinter sich ließen, sah jetzt um so merkwürdiger aus, da ähnliche Zugänge meist von zwei Türmen flankiert sind, während dieser hier einseitig erschien. Mit Ausnahme davon glich die Allee dem gewöhnlichen Zugang zu einem Herrensitz. Eine Biegung der Allee, die das Haus zeitweilig verdeckte, ließ den Park irgendwie weit größer erscheinen, als es auf einer so kleinen Insel eigentlich möglich war. Pater Brown, dessen Phantasie vielleicht durch seine Übermüdung noch ein wenig erregbar war, meinte beinahe zu spüren, daß alles ringsumher fortwährend zu wachsen schien wie in einem bösen Traum. Immerhin war eine gewisse geheimnisvolle Monotonie das einzig Charakteristische dieses Marsches, bis Fanshaw plötzlich stehenblieb und auf etwas hindeutete, das aus dem grauen Gebüsch hervorragte – es sah aus, als habe sich da das Horn irgendeines Tieres verfangen. Bei genauerer Betrachtung jedoch erwies es sich als eine gebogene Metallklinge, die schwach im untergehenden Lichtschein schimmerte.

Flambeau, der, wie alle Franzosen, Soldat gewesen war, beugte sich darüber und sagte verwundert: „Ja, das ist ein Säbel! Ich denke, ich kenne dergleichen Dinge; schwer und gebogen, doch kürzer, als die Kavalleriesäbel sind; sie wurden bei der Artillerie verwendet und ..."

Während er sprach, wurde die Klinge aus der Kerbe, in die sie sich eingehauen hatte, herausgezogen und sauste mit einem noch kräftigeren Hieb abermals nieder, wobei das dicht verzweigte Geäst der Hecke krachend von oben bis unten geteilt wurde. Wieder wurde die Klinge zurückgezogen, blitzte einige Fuß weiter wieder oberhalb der Hecke auf und schlug sie wieder mit einem Hieb halb durch; dann wurde sie nach einigem Hinundherrücken wieder herausgerissen, was von Flüchen aus der darunterliegenden Dunkelheit begleitet wurde, und hieb die

Hecke mit einem zweiten Schlag ganz durch. Hierauf schleuderte ein verteufelt kräftiger Fußtritt die ganze losgehauene Masse des Gebüsches mitten auf den Weg, und eine große dunkle Lücke klaffte in der dichten Heckenmauer.

Fanshaw guckte in die finstere Öffnung und ließ einen Ausruf des Erstaunens hören. „Oh, mein lieber Admiral! Pflegen Sie sich immer erst eine neue Ausgangstür zu hauen, sooft Sie einen Spaziergang unternehmen wollen?“

Wieder hörte man aus der Dunkelheit eine Stimme fluchen, dann brach sie in ein lautes Lachen aus. „Nein“, sagte sie, „ich mußte diese Hecke wirklich ein wenig niederhauen. Sie hindert hier alles Wachstum, und es ist außer mir niemand da, der es machen kann. Ich will das Tor nur noch ein wenig größer machen, dann komme ich hinaus, um Sie zu begrüßen.“

Und wirklich schwang er nochmals seine Waffe und hackte mit zwei Hieben ein ähnlich großes Stück der Hecke nieder, so daß die Öffnung nun im ganzen ungefähr vierzehn Fuß breit war. Dann trat er durch dieses weite Waldtor in das Abendlicht heraus, während ein Stückchen graues Holz an seiner Säbelspitze baumelte.

Seine Erscheinung erfüllte im ersten Augenblick alle Erwartungen, die man nach Fanshaws Schilderung mit der Vorstellung eines alten Piraten-Admirals verband, obwohl es sich später zeigte, daß die Einzelheiten nur dem Zufall zu verdanken waren. Zum Beispiel trug er einen gewöhnlichen, breitkrempigen Hut wie zum Schutz gegen die Sonne; doch der vordere Teil der Krempe war kerzengerade in die Höhe gebogen, während die Krempe an beiden Seiten bis unter die Ohren herabgezogen war, so daß sie sich halbmondartig über seiner Stirn wölbte wie Nelsons Hut. Er trug einen gewöhnlichen dunkelblauen Rock mit ganz gewöhnlichen Knöpfen, der aber in Verbindung mit der weißen Leinenhose an die Kleidung eines Matrosen erinnerte. Der Mann war groß, hatte eine freie Haltung und wiegte sich leicht beim Gehen. Es war nicht eigentlich der Gang eines Matrosen, doch erinnerte er daran. In der Hand trug der Mann einen kurzen Säbel, der einem Matrosenmesser glich, nur doppelt so lang war. Sein adlerartiges Gesicht mit den durchdringenden, ein wenig vorstehenden Augen sah mit einem Ausdruck von Neugier unter dem Hut hervor, ein Eindruck, der dadurch erweckt wurde, daß das Gesicht nicht nur glattrasiert, sondern auch ohne Augenbrauen war. Es schien beinahe, als wären alle Haare aus diesem Gesicht verschwunden, weil es durch den Ansturm aller Elemente gejagt worden sei. Besonders auffallend, ja beinahe tropisch war seine Gesichtsfarbe; rötlich und sanguinisch, erinnerte die Farbe vage an eine Blutorange mit einem Stich ins Gelbliche, der keineswegs kränklich wirkte, sondern eher golden leuchtete wie die Äpfel der Hesperiden. Pater Brown überlegte, daß er noch nie ein Gesicht gesehen hätte, das so deutlich alles Märchenhafte aus den Ländern der Sonne wiedergab.

Nachdem Fanshaw seine beiden Freunde dem Gastgeber vorgestellt hatte, begann er wieder über die an der Hecke angerichtete Verwüstung zu scherzen, die nur dem Wüten eines Kreuzritters gegen die Ungläubigen zu vergleichen wäre. Der Admiral versuchte erst, leicht über die Sache hinwegzugehen, und gab vor, daß es ein Stück notwendige, wenn auch ärgerliche Gartenarbeit sei, doch schließlich drang sein früheres kraftvoll-aufrichtiges Lachen wieder durch, und er rief halb ungeduldig, halb vergnügt: „Nun, vielleicht packe ich die Sache ein wenig wütend an und empfinde eine gewisse Freude daran, alles niederzuhauen. Sie täten es auch nicht anders, wenn Sie eigentlich nur daran Vergnügen hätten, auf dem Meere zu kreuzen, um eine neue Kannibaleninsel zu entdecken, und statt dessen auf diesem schlammigen Felsennest inmitten eines Tümpels sitzen müßten. Wenn ich daran denke, wie ich mich einst anderthalb Meilen durch grünes, giftiges Dschungelgestrüpp durchgehauen habe, mit einem alten Matrosenmesser, das halb so scharf war wie dieses hier, und wenn ich dann überlege, daß ich hier bleiben und dieses Brennholz kleinhacken soll wegen irgendeiner verfluchten Bestimmung, die man in eine Familienbibel hineingekritzelt hat, ja, dann ..."

Wieder schwang er den schweren Säbel, und diesmal hieb er die Hecke mit einem Schlag von oben bis unten durch.

„So ist mir zumute", sagte er lachend. Dann schleuderte er den Säbel wütend einige Ellen weit über den Fußweg hin. „Aber jetzt wollen wir ins Haus gehen, damit Sie etwas zu essen bekommen."

Der halbkreisförmige Rasen vor dem Hause war durch drei kreisrunde Blumenbeete unterbrochen; das eine war mit roten Tulpen besetzt, das andere mit gelben, und das dritte mit irgendwelchen weißen, wachsartigen, offenbar exotischen Blüten, die den Besuchern nicht bekannt waren. Ein plumper, mürrisch dreinschauender Gärtner mit struppigem Barte wickelte das verwirrte Knäuel eines Spritzschlauches auf. Die letzten Strahlen des Abendrotes, die um die Ränder des Hauses spielten, erhellten hier und da noch die Farben weiter abliegender Blumenbeete, und in einer baumleeren Öffnung, durch die man von der einen Seite des Hauses zum Fluß hinuntersah, stand ein hohes, dreifüßiges Messinggestell mit einem großen Messingteleskop darauf. Unmittelbar vor den Stufen zum Hauseingang stand ein kleiner grüner Gartentisch, als hätte jemand dort eben Tee getrunken. Zu beiden Seiten der Tür standen zwei jener halbbearbeiteten Steinklumpen mit Löchern statt Augen, die man für Götzenbilder aus den Ländern der Südsee hält; und auf dem braunen Eichenholzbalken oberhalb der Tür waren einige undeutliche Zeichen eingegraben, die beinahe ebenso barbarisch aussahen.

Als die Herren im Begriffe waren einzutreten, sprang der kleine Priester plötzlich auf den Tisch und starrte von dort aus unbefangen durch seine Brillengläser auf die Schnitzerei in dem Holzbalken. Admiral Pendragon sah sehr erstaunt, wenn auch nicht gerade ärgerlich drein, während Fanshaw über diesen Anblick, der ihn an eine Zwergenvorführung erinnerte, so belustigt war, daß er das Lachen nicht zurückhalten konnte. Doch Pater Brown kümmerte sich natürlich weder um das Lachen noch um das Erstaunen.

Er starrte drei eingeschnitzte Darstellungen an, die, obzwar sehr verwittert und dunkel, für ihn doch irgendeinen Sinn ergaben. Das erste Bild sollte wohl den Umriß eines Turmes oder eines anderen Gebäudes darstellen, um dessen Spitze eingerollte Bänder zu flattern schienen. Das zweite Bild war deutlicher: eine alte Galeere aus der Zeit Elisabeths, darunter stilisierte Wellen, mitten darin aber ein seltsam zackiger Fels, der entweder nur ein Fehler im Holz oder irgendeine konventionelle Darstellung des in das Schiff eindringenden Wassers sein mochte. Das dritte Bild stellte den Oberkörper einer menschlichen Gestalt dar, die ebenfalls von einer wellenartigen Linie überschnitten war. Die Gesichtszüge waren verwischt und unkenntlich und beide Arme sehr steif in die Höhe gestreckt.

„Nun“, brummte Pater Brown blinzelnd, „hier ist die Legende von dem Spanier ganz deutlich zu sehen. Hier steht er im Meer und streckt seine Arme empor und verkündet seinen Fluch; und das sind die beiden Flüche: das zerschellte Schiff und der brennende Turm der Pendragons.“

Pendragon schüttelte mit einer gewissen ehrfurchtsvollen Belustigung den Kopf. „Wie viele andere Dinge kann es noch bedeuten?“ sagte er. „Wissen Sie nicht, daß solche halben Menschengestalten ebenso wie halbe Löwen oder halbe Hirsche sehr gebräuchliche Wappengestalten sind? Auch sieht der Turm auf dem Bilde hier eher aus, als wäre er mit Lorbeeren umkränzt, nicht, als stünde er in Flammen."

„Aber es ist doch auffallend, daß es genau mit der alten Legende übereinstimmt", sagte Flambeau.

„Ach", erwiderte der skeptische alte Weltumsegler, „Sie wissen doch nicht, wieviel von der alten Legende nach diesen alten Figuren zusammengedichtet wurde. Außerdem ist es gar nicht die einzige alte Legende. Fanshaw hier, der derlei Dinge liebt, wird Ihnen bestätigen, daß es noch andere Versionen dieser Geschichte gibt, und sogar noch weit schauerlichere. Eine Erzählung besagt, daß mein unglücklicher Vorfahre den Spanier mit dem Schwerte mitten entzwei geschlagen habe; das würde auch zu dem hübschen Bildchen passen. Einer anderen Sage zufolge war meine Familie im Besitze eines Turmes voller Schlangen, worauf diese kleinen geringelten Gebilde auch hindeuten könnten. Eine dritte Theorie hält diese gezackte Linie auf dem Schiff für eine konventionelle Darstellung des Blitzes; doch das allein, ernstlich betrachtet, würde zeigen, wie wenig mit diesen unglücklichen Zufällen eigentlich anzufangen ist."

„Warum, wie meinen Sie das?" fragte Fanshaw.

„Zufällig", erwiderte der Gastgeber überlegen, „hat es bei den zwei oder drei Fällen von Schiffbruch, die ich in unserer Familie kenne, weder Blitz noch Donner gegeben."

„Oh!" sagte Pater Brown und sprang von dem kleinen Tisch herunter.

Es entstand wieder ein Schweigen, in dem man nur das ununterbrochene Murmeln des Flusses hörte. Dann sagte Fanshaw in zweifelndem und vielleicht enttäuschtem Tonfall:

„Dann glauben Sie also nicht, daß an den Geschichten von dem brennenden Turm etwas dran ist?"

„Es bleiben schließlich immerhin noch die überlieferten Geschichten", sagte der Admiral achselzuckend; „und einige davon stützen sich – was ich nicht leugnen will – auf so verläßliche Zeugenaussagen, wie man sie in derlei Dingen nur überhaupt bekommen kann. Irgend jemand sah einen Feuerschein hier in der Gegend, wissen Sie, während er durch den Wald heimging; und ein anderer, der landeinwärts auf den Höhen drüben die Schafe hütete, meinte oberhalb des Turms der Pendragons die Flammen auflodern zu sehen. Nun, ein nasser

Erdhaufen wie diese verdammte Insel hier wäre doch sicherlich der letzte Ort, an dem man von Feuer träumen würde."

„Was ist das dort drüben für ein Feuer?" fragte Pater Brown sanft und unvermittelt, während er auf den Wald am linken Flußufer deutete. Alle waren durch diese Bemerkung ein wenig aus dem Gleichgewicht gebracht, und Fanshaw, dem phantasievollsten unter ihnen, fiel es sogar ein wenig schwer, sich zu fassen, denn man sah eine lange, dünne, blaue Rauchsäule langsam und lautlos in das schwindende Abendlicht emporsteigen.

Dann brach Pendragon in ein spöttisches Lachen aus. „Zigeuner!" sagte er. „Sie kampieren hier seit ungefähr einer Woche. Meine Herren, Sie werden hungrig sein", und er wendete sich um in der Absicht, ins Haus zu gehen.

Doch in Fanshaw bebte noch die Vorliebe für Aberglauben und Altertümer; hastig fragte er: „Aber was ist das für ein zischendes Geräusch hier ganz nahe der Insel, Admiral? Es klingt wie Feuersbrunst."

„Nein, eher wie das, was es wirklich ist", sagte der Admiral lachend, während er seinen Gästen voranging, „es ist irgendein vorbeifahrendes Kanoe."

Noch während er sprach, erschien ein Diener in der Türöffnung, ein hagerer, schwarzgekleideter Mann mit auffallend schwarzem Haar und einem sehr langen, gelben Gesicht, und kündigte an, daß das Essen aufgetragen sei.

Das Speisezimmer sah so schiffsmäßig aus wie eine Kabine an Bord, doch hatte sie mehr die Note eines modernen als eines Elisabethanischen Kapitäns an sich. Oberhalb des Kamins hingen zwar in der Tat drei alte Säbel an der Wand und eine braune Landkarte aus dem sechzehnten Jahrhundert mit pünktchenartig eingezeichneten Tritonen und Schiffen in dem wellenartig dargestellten Wasser. Aber diese Dinge waren an der weißen Täfelung nicht so auffallend wie einige Kästen mit seltsam gefärbten und kunstvoll ausgestopften südamerikanischen Vögeln, phantastischen Muscheln aus dem Pazifischen Ozean und einigen Werkzeugen, so absonderlich und grob gestaltet, daß die Wilden sie ebensogut zum Erschlagen wie zum Braten der Feinde verwendet haben mochten. Doch am meisten trug zu dem Eindruck des Fremdartigen zweifellos bei, daß außer dem Kammerdiener nur noch zwei Bedienstete des Admirals zu sehen waren, zwei Neger, die in seltsam enganliegende gelbe Livreen gekleidet waren. Pater Browns instinktiver Trick, die eigenen Eindrücke zu analysieren, sagte ihm, daß die gelbe Farbe und die kleinen geschwänzten Röcke dieser Zweifüßler ihm das Wort „Kanarienvogel" suggeriert hatten, was sich durch freie Gedankenassoziation mit

Reisen nach südlichen Ländern verband. Gegen Ende der Mahlzeit verschwanden die gelben Anzüge und schwarzen Gesichter aus dem Zimmer und ließen dort nur den schwarzen Anzug und das gelbe Gesicht des alten Dieners zurück.

„Es tut mir ein wenig leid, daß Sie die Dinge so leicht nehmen", sagte Fanshaw zu dem Gastgeber, „denn ich habe meine beiden Freunde hier eigentlich in der Absicht hergebracht, Ihnen womöglich behilflich zu sein, denn sie verstehen beide sehr viel von derlei Dingen. Glauben Sie wirklich gar nicht an diese Familiengeschichte?"

„Ich glaube an gar nichts", antwortete Pendragon abweisend und starrte geradeaus zu einem Tropenvogel empor. „Ich bin ein Mann der Wissenschaft."

Zu Flambeaus nicht geringem Erstaunen nahm sein kirchlicher Freund, der nun völlig aufgewacht zu sein schien, das Stichwort auf und unterhielt sich mit dem Gastgeber in einem wahren Redeschwall und mit unerwarteter Sachkenntnis zunächst über naturgeschichtliche Fragen so lange, bis das Dessert und die Weinflaschen auf den Tisch gestellt wurden und auch der letzte Diener aus dem Zimmer verschwand. Dann sagte er in unverändertem Tone:

„Nehmen Sie es mir bitte nicht übel, Herr Admiral. Ich frage nicht aus Neugierde, sondern wirklich nur zu meiner Belehrung und zu Ihrem Wohl. Irre ich mich, wenn ich annehme, daß Sie diese uralten Geschichten nicht gern in Gegenwart Ihres Dieners erörtern wollen?"

Der Admiral zog die augenbrauenlose Stirne in die Höhe und rief: „Nun, ich weiß nicht, woher Sie es wissen, aber es ist wahr, ich kann den Kerl nicht leiden, obwohl ich keinen triftigen Grund habe, einen alten Familiendiener zu entlassen. Fanshaw mit seinem Märchenglauben würde sagen, mein Blut sträubte sich gegen Leute mit diesem schwarzen Haar, das an die Spanier erinnert."

Flambeau schlug mit seiner schweren Faust auf den Tisch. „Bei Gott!" rief er, „das Mädchen hatte auch solches Haar!"

„Ich hoffe, heute nacht wird sich alles entscheiden", fuhr der Admiral fort, „sobald mein Neffe heil und gesund von seiner Seefahrt heimkehrt. Sie sehen so verwundert drein? Ja, das können Sie auch nicht verstehen, bevor ich Ihnen nicht die ganze Geschichte erzähle. Sehen Sie, mein Vater hatte zwei Söhne; ich blieb Junggeselle, doch mein älterer Bruder heiratete und hatte einen Sohn, der, wie wir alle, Seemann wurde und diesen ganzen Grundbesitz erben wird. Nun, mein Vater war ein merkwürdiger Mann; in ihm vermischte sich irgendwie Fanshaws Aberglaube mit einem guten Teil meines Skeptizismus; beides kämpfte stets in ihm. Nach meiner ersten Reise hatte er sich eine Methode zurechtgelegt, welche, wie er meinte, endgültig entscheiden würde, ob dieser Fluch wahr sei oder leeres Gewäsch. Wenn alle Pendragons immerfort umhersegelten, dachte er, dann bestünde eine zu große Wahrscheinlichkeit, daß sie durch natürliche Katastrophen ums Leben kämen, und man könnte daraus keine Beweise folgern. Doch wenn wir in genau festgelegter Reihenfolge, jeweils nur einer zur selben Zeit, zur See gingen, so könnte es sich, dachte er, zeigen, ob ein besonderes übles Schicksal die Familie als solche verfolge. Es war natürlich eine dumme Idee, finde ich, und ich stritt ziemlich heftig mit meinem Vater darüber; denn ich war ein ehrgeiziger Mann, und es war so ziemlich meine letzte Chance, da ich im Erbrecht hinter meinem eigenen Neffen stehe."

„Und Ihr Vater und Ihr Bruder", fragte der Priester sehr sanft, „starben, fürchte ich, auf hoher See?"

„Ja", seufzte der Admiral. „Durch einen jener grausamen Zufälle, auf denen all die verlogene Mythologie der Menschheit aufgebaut ist, gingen sie beide durch Schiffbruch zugrunde. Mein Vater wurde auf seiner Heimreise vom Atlantischen Ozean auf diesen cornischen Felsen ans Land geworfen. Das Schiff meines Bruders sank, niemand weiß wo, auf seiner Heimfahrt von Tasmanien. Seine Leiche wurde nie gefunden. Ich sage Ihnen, es waren einfache und ganz natürliche Unglücksfälle. Eine Unmenge anderer Leute außer den Pendragons sind schon ertrunken; und beide Unglücksfälle werden von Seeleuten als durchaus normal angesehen. Aber natürlich fing dieser Wald von Aberglauben sofort Feuer daran, und die Menschen wollten überall den brennenden Turm gesehen haben. Darum sage ich, daß alles in Ordnung sein wird, sobald nur mein Neffe Walter zurückkommt. Das Mädchen, mit dem er verlobt ist, sollte heute kommen; aber ich hatte solche Angst, sie könnte über irgendeine zufällige Verspätung zu Tode erschrecken, daß ich ihr telegrafierte, sie möchte erst kommen, wenn sie wieder etwas von mir hörte. Doch ist es ziemlich sicher, daß Walter irgendwann heute nacht hier ankommt, und dann wird sich alles in Rauch auflösen – in Tabaksrauch nämlich. Wir werden dieser alten Lüge den Kragen brechen, wenn wir gemeinsam einer dieser alten Weinflaschen den Hals brechen."

„Ein guter Wein“, sagte Pater Brown ernst und hob sein Glas, „doch, wie Sie sehen, ein sehr schlechter Zechbruder. Ich bitte vielmals um Entschuldigung“, denn er hatte bei diesen Worten ein wenig Wein auf das Tischtuch vergossen. Dann trank er und stellte das Glas mit unbefangener Miene nieder, doch beim ersten Heben des Glases hatte er genau in demselben Augenblick ein Gesicht wahrgenommen, das durch ein Fenster hinter dem Rücken des Admirals vom Garten aus hereingeschaut hatte –, es war das Gesicht einer dunkelfarbenen Frau gewesen, mit den Haaren und Augen der Südländerinnen, jung, doch gleich einer Maske tiefster Tragik.

Nach einer Pause sprach der Priester in seiner sanften Art weiter. „Admiral Pendragon“, sagte er, „wollen Sie mir einen Gefallen tun? Lassen Sie mich und meine Freunde, wenn Sie wollen, nur für die eine heutige Nacht in Ihrem Turm schlafen. Wissen Sie, daß Sie in meinen Augen in erster Linie ein Teufelsaustreiber sind?“

Pendragon sprang auf und ging schnellen Schrittes vor dem Fenster auf und ab, hinter dem das Gesicht augenblicklich verschwunden war. „Ich sage Ihnen doch, daß nichts dahintersteckt“, rief er in höchster Aufregung. „Eines weiß ich ganz genau in dieser Sache. Sie mögen mich einen Atheisten nennen. Ich bin ein Atheist.“ Bei diesen Worten schwang er sich herum und sah Pater Brown mit einem Gesichtsausdruck erschreckender Konzentration fest ins Auge. „Die Sache ist vollkommen natürlich. Es ist auch nicht der Schimmer eines Fluches daran.“

Pater Brown lächelte. „In diesem Falle“, sagte er, „könnte doch nicht das mindeste dagegen sprechen, daß ich in Ihrem entzückenden Sommerhäuschen schlafe.“

„Das ist eine ganz lächerliche Idee“, erwiderte der Admiral und hämmerte wild mit den Fingern auf die Lehne eines Stuhles.

„Bitte verzeihen Sie mir alle meine Verstöße“, sagte Pater Brown in seinem teilnehmendsten Ton, „einschließlich das Verschütten des Weines. Aber es kommt mir vor, als wären Sie, was den brennenden Turm anbelangt, nicht so ruhig, wie Sie gerne sein möchten.“

Admiral Pendragon setzte sich ebenso plötzlich nieder, wie er aufgesprungen war; doch er saß vollkommen still, und als er wieder sprach, geschah es mit ruhiger Stimme. „Sie tun es auf Ihre eigene Gefahr“, sagte er, „aber würden Sie nicht auch zu einem Atheisten werden, um in dieser ganzen Teufelsgeschichte nicht den Verstand zu verlieren?“

+++

Etwa drei Stunden später strichen Fanshaw, Flambeau und der Priester noch im Finstern im Garten umher; auch wurde es den beiden andern langsam klar, daß Pater Brown nicht die Absicht hatte, zu Bett zu gehen, weder im Turm noch im Hause.

„Ich glaube, man sollte auf dieser Wiese das Unkraut ausjäten“, sagte er träumerisch; „wenn ich ein Jätmesser oder irgend etwas Ähnliches finden könnte, täte ich es selbst.“

Die beiden anderen folgten ihm lachend und ein wenig widersprechend; doch er antwortete mit der größten Feierlichkeit und erklärte ihnen in einer kleinen Predigt, die einen rasend machen konnte, es sei stets möglich, irgendeine kleine Beschäftigung zu finden, die für andere von Nutzen sei. Er fand zwar kein Jätmesser, doch fand er einen alten Reisigbesen, und mit diesem fing er energisch an, die abgefallenen Blätter von der Wiese wegzukehren.

„Es gibt immer irgendeine Kleinigkeit zu tun“, sagte er mit idiotischer Heiterkeit, „so wie George Herbert sagt: ›Wer den Garten eines Admirals in Cornwall fegt um Deinetwillen, heiliget sich und seine Werke zugleich.‹ Und nun“, fügte er hinzu, den Besen plötzlich fortschleudernd, „wollen wir die Blumen gießen gehen.“

Mit derselben Verwunderung und Unschlüssigkeit sahen die Freunde ihm zu, wie er ein beträchtlich langes Stück des Spritzschlauches abwickelte und ernstlich erwägend bemerkte: „Zuerst die roten Tulpen, glaube ich. Sehen sie nicht ein wenig trocken aus?“

Er drehte den Hahn auf, und das Wasser schoß gerade und stark hervor wie eine Stange aus Stahl.

„Wach auf, Simson!“ rief Flambeau, „schau, du hast die Tulpen geköpft.“

Pater Brown stand und besah reumütig die enthaupteten Pflanzen.

„Meine Methode, Blumen zu bewässern, scheint ja eine wahre Roßkur zu sein“, gab er zu, während er sich den Kopf kratzte. „Ich denke, es ist doch schade, daß ich kein Jätmesser gefunden habe. Ihr hättet mich mit einem Jätmesser umgehen sehen sollen! Da wir übrigens von Werkzeugen reden – Sie haben doch den Stockdegen bei sich, Flambeau, den Sie immer tragen? Das ist gut, und Sir Cecil könnte jenes Schwert haben, das der Admiral dort an der Hecke fortwarf. Wie grau alles aussieht!“

„Der Nebel steigt vom Fluß auf", sagte Flambeau, in die Dunkelheit starrend.

Noch während er sprach, erschien die riesige, haarige Gestalt des Gärtners weiter oben auf dem terrassenförmig angelegten Rasen und rief ihnen, einen Rechen schwingend, mit schrecklicher, wütender Stimme zu: „Lassen Sie die Spritze liegen und scheren Sie sich zum ..."

„Ich bin so entsetzlich ungeschickt", erwiderte der hochwürdige Herr zaghaft. „Wissen Sie, ich habe schon bei Tisch ein wenig Wein ausgegossen." Dabei wendete er sich mit einer halben Drehung dem Gärtner zu, den spritzenden Schlauch immer noch in der Hand. Der kalte starke Wasserstrahl traf den Gärtner mitten ins Gesicht wie eine Kanonenkugel; er schwankte, glitt aus und fiel nieder, die Beine hoch in der Luft.

„Das ist ja schrecklich!" sagte Pater Brown und sah verwundert um sich. „Ja, jetzt hab' ich diesen Mann getroffen!"

Er stand einen Augenblick mit vorgebeugtem Kopfe still, als horche er oder blicke aufmerksam in die Ferne, dann setzte er sich im Laufschritt in der Richtung auf den Turm zu in Bewegung, den Schlauch immer noch hinter sich herschleifend. Der Turm stand ganz nahe, doch waren seine Umrisse merkwürdig verschwommen.

„Ihr Flußnebel", sagte Pater Brown, „hat einen merkwürdigen Geruch."

„Ja, bei Gott, das hat er", rief Fanshaw, kreidebleich im Gesicht. „Aber Sie wollen doch nicht sagen ..."

„Ich will sagen", erwiderte Pater Brown, „daß eine der wissenschaftlichen Prophezeiungen des Admirals sich heute nacht erfüllen wird. Diese Geschichte wird sich in Rauch auflösen."

Bei diesen Worten brach ein wunderschönes rosenrotes Licht hervor, als wäre eine gigantische Rose erblüht, doch war dies von einem krachenden, knisternden Geräusch begleitet, das wie das Lachen aller Teufel der Hölle klang.

„Mein Gott! Was ist das?" schrie Sir Cecil Fanshaw.

„Das Zeichen des brennenden Turmes", sagte Pater Brown und sandte den Wasserstrahl seines Spritzschlauches mitten in das Herz des roten Fleckes.

„Es ist ein Glück, daß wir nicht schlafen gegangen sind!" rief Fanshaw. „Ich denke, das Feuer kann nicht auf das Haus übergreifen?"

„Sie werden sich wohl noch erinnern“, sagte der Priester ruhig, „daß die Hecke, welche es hätte hinüberleiten können, niedergehauen wurde.“

Flambeau starrte seinen Freund mit funkelnden Augen an, doch Fanshaw sagte nur wie geistesabwesend, „nun, dann kann wenigstens niemand ums Leben kommen.“

„Das ist ein sehr merkwürdiger Turm“, bemerkte Pater Brown, „sooft er sich darauf verlegte, Leute zu töten, tötete er immer solche, die irgendwo anders waren.“

Im selben Augenblick stand die riesige Gestalt des Gärtners mit dem wallenden Bart wieder auf der Höhe der Wiese, wo sie sich scharf gegen den Himmel abhob; er winkte Leute herbei, doch diesmal nicht mit einem Rechen, sondern mit einem Säbel.

Hinter ihm kamen die zwei Neger, ebenfalls mit Säbeln, den beiden alten gebogenen Waffen von der Wand des Speisezimmers. Doch in dem blutroten Schein sahen sie mit ihren schwarzen Gesichtern und gelben Gestalten wie Teufel aus, die Folterwerkzeuge trugen. Aus dem trüb erhellten Garten hinter ihnen hörte man eine Stimme, die ihnen kurze Befehle zurief. Als der Priester diese Stimme vernahm, glitt eine schreckliche Veränderung über seine Züge.

Doch behielt er seine Fassung und blickte nicht ein einziges Mal auf von dem Flammenherd, der zuerst aufgelodert war, doch jetzt ein wenig einzuschrumpfen schien unter dem Zischen des langen silberfarbenen Wasserstrahls. Er hielt den Finger an der Öffnung des Schlauches, um genau zielen zu können, und hatte auf nichts anderes acht; nur dem Geräusch nach und mit dem halben Auge erkannte er die aufregenden Vorgänge, die sich in dem Inselgarten abspielten. Zwei kurze Weisungen gab er seinen Freunden. Die eine lautete: „Haut diese Kerle irgendwie nieder und bindet sie, wer sie auch immer sein mögen; dort unten bei den Reisigbündeln sind Stricke. Sie wollen mir meinen schönen Spritzschlauch wegnehmen.“ Die zweite Weisung war: „Sobald ihr könnt, ruft jenes Mädchen aus dem Kanoe an, sie ist mit den Zigeunern drüben auf dem anderen Flußufer. Fragt sie, ob sie einige Eimer herüberbringen und sie beim Fluß unten füllen könnte.“ Dann schwieg er und fuhr fort, die neue rote Blume ebenso unbarmherzig zu bewässern, wie er es mit den roten Tulpen getan hatte.

Er wendete nicht ein einziges Mal den Kopf, um den seltsamen Kampf zu verfolgen, der sich zwischen den Freunden und Feinden dieses geheimnisvollen

Feuers entspann. Er spürte beinahe die Erde unter sich schwanken, als Flambeau mit dem riesigen Gärtner zusammenstieß; er konnte nur erraten, wie alles aufgewirbelt wurde rings um die beiden Ringenden. Er hörte den krachenden Sturz und das triumphierende Atemholen, als sein Freund dann auf den einen Neger losstürzte, und er hörte endlich die beiden Schwarzen schreien, als Flambeau und Fanshaw sie banden. Flambeaus ungeheure Körperstärke machte die kleine Ungleichheit in der Kräfteverteilung der Kämpfenden mehr als wett, insbesondere, da der vierte Mann sich noch zögernd in der Nähe des Hauses herumtrieb – ein bloßer Schatten mit einer Stimme. Pater Brown hörte auch das Geräusch des Wassers, das von dem Paddelruder eines Kanoes geteilt wurde; die Stimme des Mädchens, welche Anordnungen gab, die Stimmen der Zigeuner, die antworteten und herbeikamen, das gurgelnde Geräusch leerer Eimer, welche in die Strömung des Flusses getaucht wurden, und schließlich das Geräusch vieler Füße um das Feuer herum. Aber all dies beschäftigte ihn weniger als die Tatsache, daß die rote Spalte, die erst wieder breiter geworden war, nun immer mehr an Größe und Lichtstärke abgenommen hatte.

Dann ertönte ein Schrei, der ihn beinahe zwang, den Kopf zu wenden. Flambeau, Fanshaw und einige der neu hinzugekommenen Zigeuner waren auf die geheimnisvolle Gestalt in der Nähe des Hauses eingedrungen. Vom anderen Ende des Gartens herüber hörte Brown den Schrei des Entsetzens und der Verwunderung, den der Franzose ausstieß. Darauf folgte ein nicht mehr menschlich zu nennendes Aufheulen, als das Geschöpf sich gewaltsam losriß und durch den Garten davonrannte. Dreimal zumindest liefen sie um die ganze kleine Insel, und das Ganze war ebenso grauenhaft anzusehen wie die Jagd auf einen Verrückten; diese Vorstellung wurde noch verstärkt durch die Schreie des Verfolgten und dadurch, daß die Verfolger Stricke trugen; das Grauenhafteste daran war jedoch, daß es zugleich an ein Fangenspielen von Kindern im Garten erinnerte. Dann, als die Gestalt sah, daß sie von allen Seiten abgeschnitten war, sprang sie von einer der höhergelegenen Stellen des Ufers hinab und verschwand unter dem Aufspritzen des Wassers in dem dunklen, dahinströmenden Fluß.

„Ich fürchte, Sie können nichts mehr machen“, sagte Brown mit schmerzerstickter Stimme. „Er ist jetzt sicherlich schon zu den Felsen hinuntergeschwemmt worden, wohin er so viele andere geschickt hat. Er kannte die Anwendungsmöglichkeit einer Familienlegende.“

„Ach, reden Sie doch nicht in solchen Parabeln“, rief Flambeau ungeduldig. „Können Sie es nicht in gewöhnlichen, eindeutigen Worten sagen?“

„Ja“, antwortete Brown, den Blick auf die Spritze gerichtet. „›Beide Augen klar, gute Fahrt fürwahr; scheint nur eins der Augen, wirds ihr nimmer taugen.‹“

Das Feuer zischte und pfiff immer mehr und mehr, wie etwas, das dem Ersticken nahe ist, je mehr es unter dem einströmenden Wasser aus Spritze und Eimern kleiner und kleiner wurde; doch Pater Brown hielt weiter seine Blicke darauf gerichtet, während er zu sprechen fortfuhr.

„Ich habe daran gedacht, die junge Dame hier zu bitten, sobald es Morgen würde, durch das Fernrohr nach der Flußmündung hinzuschauen. Sie könnte vielleicht etwas sehen, was sie interessieren dürfte: ein Schiff oder auch Herrn Walter Pendragon auf seiner Heimreise. Er ist um Haaresbreite der Gefahr eines neuerlichen Schiffbruches entronnen und wäre niemals entronnen, wenn die junge Dame nicht genug Verstand gehabt hätte, dem alten Admiral zu mißtrauen und trotz seines Telegramms herzukommen, um ihn im Auge zu behalten. Aber wir wollen nicht von dem alten Admiral reden. Wir wollen von gar nichts reden. Es genügt zu sagen, daß, wann immer dieser Turm, der aus Pech und harzigem Holz besteht, Feuer fing, der Widerschein am Himmel stets wie das Zwillingslicht des Leuchtturms am Ufer aussah.“

„Und so“, sagte Flambeau, „ist der Vater und der Bruder zugrunde gegangen? Der böse Onkel aus dem Märchen hätte schließlich beinahe doch den Besitz geerbt.“

Pater Brown antwortete nicht; in der Tat sprach er bis auf einige Höflichkeiten nichts mehr, bis alle wieder ruhig und gesund um eine Kiste Zigarren in der Kabine der Jacht beisammensaßen. Er sah, daß das Feuer rechtzeitig erstickt worden war und weigerte sich, dann noch länger zu bleiben, obwohl er den jungen Pendragon, von einer begeisterten Schar geleitet, tatsächlich vom Ufer anmarschieren hörte; auch hätte er, wenn er von romantischer Neugierde bewegt gewesen wäre, die gemeinsamen Danksagungen des Mannes aus dem Schiff und des Mädchens aus dem Kanoe entgegennehmen können. Aber er war neuerlich von seiner früheren Müdigkeit befallen worden und wachte nur einmal auf, als ihm Flambeau unvermittelt sagte, daß er ein wenig Zigarrenasche auf seine Hose habe fallen lassen.

„Das ist keine Zigarrenasche“, sagte er müde. „Das ist vom Brand; aber daran denkt ihr nicht, weil ihr alle Zigarren raucht. Eben auf diese Weise habe ich zuerst Verdacht gegen die Karte gefaßt.“

„Meinen Sie Pendragons Karte von seinen Inseln im Pazifischen Ozean?“ fragte Fanshaw.

„Sie haben geglaubt, daß es eine Karte vom Pazifischen Ozean sei“, antwortete Brown. „Legen Sie eine Feder zu einem Stückchen Mineral und einer Koralle, so wird jedermann es für irgendwelche naturwissenschaftlichen Probestücke halten. Legen Sie dieselbe Feder zu einem Stückchen Band und einer künstlichen Blume, so wird es jedermann für den Hutschmuck einer Dame ansehen. Legen Sie dieselbe Feder zu einem Tintenfaß, einem Buch und einem Stück Löschpapier, so werden die meisten Leute glauben, daß sie eine Schreibfeder gesehen haben. So haben Sie diese Karte unter tropischen Vögeln und Muscheln gesehen und sie für eine Karte des Pazifischen Ozeans gehalten. Es war die Karte dieses Flusses.“

„Aber woher wissen Sie das?“ fragte Fanshaw.

„Ich sah den Felsen, der Sie an einen Drachen erinnerte, und den, der Ihnen wie Merlin vorkam, und ...“

„Sie scheinen eine Menge Dinge bemerkt zu haben, während wir einfuhren“, rief Fanshaw. „Wir dachten, Sie wären zerstreut gewesen.

„Ich war seekrank“, sagte Pater Brown schlicht. „Mir war entsetzlich übel. Aber das hat nichts damit zu tun, daß man die Dinge nicht sieht“, und er schloß die Augen.

„Glauben Sie, daß die meisten anderen Leute das gesehen hätten?“ fragte Flambeau.

Er erhielt keine Antwort. Pater Brown war eingeschlafen.

Der Gott des Gongs

Es war an einem jener kalten, leeren Nachmittage zu Anfang des Winters, an denen das Tageslicht eher silberfarben als golden und eher zinnfarben als silbern zu nennen ist. Eine trübselige Stimmung lag über Hunderten von öden Büroräumen und gähnenden Wohnzimmern, und noch trübseliger sah es längs der flachen Küste in Essex aus; die Monotonie erschien hier um so unmenschlicher, als sie in sehr großen Abständen unterbrochen war, bald von einem Laternenpfahl, der noch unzivilisierter aussah als ein Baum, bald von einem Baum, der noch häßlicher aussah als ein Laternenpfahl. Ein wenig Schnee war bis auf einige Streifen wieder weggeschmolzen, und auch diese sahen an Stellen, wo sie vom Frost festgehalten worden waren, eher bleifarben als silberglänzend aus. Es war kein neuer Schnee gefallen, doch ein schmales Band des alten Schnees lief knapp am Uferrand parallel dem schmalen Streifen von Wogenschaum entlang.

Der Ufersaum des Meeres schien trotz seines leuchtend violettblauen Schimmers gefroren zu sein wie die Adern eines erfrorenen Fingers. Meilenweit und meilenweit vor- und rückwärts war keine lebende Seele zu sehen bis auf zwei Fußgänger, die schnellen Schrittes nebeneinander einhergingen, obwohl einer von ihnen weit längere Beine hatte, mit denen er viel weiter ausholen konnte als der andere.

Weder Ort noch Zeit schienen für einen Ferientag sehr geeignet; doch Pater Brown hatte wenige Ferientage und mußte sie nehmen, wann sie eben kamen, auch zog er es immer vor, sie, wenn möglich, in Gesellschaft seines alten Freundes Flambeau, des ehemaligen Verbrechers und ehemaligen Detektivs, zu verbringen. Der Priester hatte sein altes Kirchspiel in Cobhole wieder einmal aufsuchen wollen und wanderte nun nordöstlich die Küste entlang.

Nach etwa einer oder zwei Meilen bemerkten sie, daß das Ufer von da an ausgemauert war und so eine richtige Esplanade bildete; die häßlichen Laternenpfähle wurden zahlreicher und standen näher beieinander, sie waren auch reicher verziert, wenngleich nicht weniger häßlich.

Nach einer weiteren halben Meile wurde Pater Brown durch den Anblick eines kleinen Labyrinthes von blumenleeren Blumentöpfen verwirrt, die mit kurzstieligen, flachen, ganz farblosen Blattpflanzen gefüllt waren und so weniger einer Gartenanlage als einem gewürfelten Pflaster glichen. Pater Brown spürte die Atmosphäre einer gewissen Sorte von Badeorten, die er nicht besonders liebte, und als er etwas weiter auf der Esplanade vor sich hinschaute, sah er etwas, das jeden Zweifel ausschloß. Grau durch die Entfernung, ragte das überdachte Podium eines Musikpavillons wie ein Riesenpilz auf sechs Beinen empor.

„Ich glaube", sagte Pater Brown, indem er den Rockkragen in die Höhe klappte und seinen Wollschal etwas fester um den Hals zog, „wir nähern uns einer Zufluchtsstätte von Freuden und Vergnügungen aller Art."

„Ich fürchte", erwiderte Flambeau, „es werden jetzt nur wenige Leute das Vergnügen haben, hierher ihre Zuflucht zu nehmen. Man hat versucht, diese Orte auch im Winter populär zu machen, aber das ist nirgends gelungen, ausgenommen in Brighton und an einigen wenigen anderen, altrenommierten Orten. Das hier muß Seawood sein, glaube ich – ein Versuch Lord Pooleys; er will zu Weihnachten sizilianische Sänger herkommen lassen, und es geht das Gerücht, daß hier einer der größten Boxkämpfe veranstaltet werden soll. Aber man wird das ganze verfallene Nest ins Meer werfen müssen; es sieht ebenso trübselig aus wie ein verlassener Eisenbahnwaggon."

Sie waren nun bis an das Orchesterpodium herangekommen, und der Priester sah, den Kopf wie ein Vogel leicht zur Seite geneigt, mit einer ganz merkwürdig berührenden Neugier dazu empor. Es war das konventionelle, geschmacklos-prunkvolle Podium, das man für solche Zwecke zu errichten pflegt; ein abgeflachtes, zum Teil vergoldetes Dach, das wie ein Baldachin auf sechs schlanken Pfeilern aus buntbemaltem Holze ruhte; das Ganze etwa fünf Fuß oberhalb der Esplanade auf einer runden, hölzernen, trommelartigen Tribüne. Aber in dieser Kombination von Schnee und Gold lag etwas Phantastisches und Künstliches zugleich, das sowohl Flambeau wie seinem Freund auffiel, es rief irgendeine Vorstellung in ihnen wach, über die sie sich nicht ganz klarwerden konnten; aber jedenfalls hatte es etwas Kunstvolles und zugleich Fremdartiges an sich.

„Ich weiß schon", sagte Flambeau endlich. „Es wirkt japanisch. Wie auf jenen japanischen Holzschnitten, wo der Schnee auf den Bergen wie Zucker aussieht und das Gold auf den Pagoden wie das von vergoldetem Lebkuchen. Es sieht ganz wie ein kleiner heidnischer Tempel aus."

„Ja", sagte Pater Brown. „Wir wollen uns einmal den Götzen darin ansehen." Und mit einer Behendigkeit, die man ihm kaum zugetraut hätte, hüpfte er auf die Tribüne hinauf.

„Oh, sehr gut“, rief Flambeau lachend, und im nächsten Augenblick war auch seine Riesengestalt auf der seltsamen Erhöhung zu sehen.

So gering der Höhenunterschied auch war, erweckte er in dieser weiten Ebene doch die Vorstellung, als könnte man von hier aus weiter und immer weiter über Land und Meer sehen. Landeinwärts ging die kleine winterliche Gartenanlage in ein wirres graues Gehölz über, dahinter sah man die langen niedrigen Scheunen und Schuppen eines seltsamen Bauernhauses und dahinter wieder nichts als die weiten Ebenen Ostenglands. Seewärts war weder ein Segel noch sonst irgendein Lebenszeichen zu sehen bis auf ein paar Seemöwen, und sogar diese sahen wie verspätete Schneeflocken aus und schienen mehr zu flattern als zu fliegen.

Flambeau hörte plötzlich hinter sich einen Ausruf und fuhr herum. Das Geräusch schien von tiefer unten zu kommen, als er erwartet hatte, und schien eher an seine Fersen gerichtet worden zu sein als an seinen Kopf. Er streckte sofort die Hand aus, doch konnte er nicht umhin, bei dem, was er sah, in heftiges Lachen auszubrechen. Aus irgendeinem Grund war der Boden unter Pater Browns Füßen gewichen, und der unglückselige kleine Mann war bis auf den Erdboden eingebrochen. Er war gerade so groß oder so klein, daß eben noch sein Kopf aus dem Loch zwischen den gebrochenen Bretterplanken herausguckte wie das Haupt Johannes des Täufers auf dem Becken. Der Kopf zeigte einen verstörten Gesichtsausdruck, wie vielleicht der Johannes des Täufers.

Einen Augenblick später fing er ein wenig zu lachen an. „Das Holz muß verfault sein“, sagte Flambeau; „obwohl es merkwürdig erscheinen mag, daß es mich trägt und gerade Sie an einer schwachen Stelle eingebrochen sind. Kommen Sie, ich will Ihnen heraushelfen.“

Doch der kleine Priester blickte ein wenig neugierig die Ecken und Ränder des Holzes an, das man als verfault bezeichnet hatte, und irgend etwas schien seinen Geist zu bekümmern.

„Kommen Sie“, rief Flambeau ungeduldig, die große, braune Hand immer noch ausgestreckt. „Wollen Sie nicht herauskommen?“

Der Priester hielt einen abgebrochenen Splitter des Holzes zwischen Zeigefinger und Daumen und antwortete nicht gleich. Endlich sagte er nachdenklich: „Ob ich herauskommen will? Eigentlich nein. Ich glaube, ich möchte lieber hineingehen.“ Und er tauchte so plötzlich in die Dunkelheit unter dem Holzboden nieder, daß er seinen breitkrempigen kirchlichen Hut herunterstieß, der nun, ohne ein kirchliches Haupt darunter, oben auf den Brettern liegenblieb.

Flambeau blickte nochmals erst landeinwärts, dann seewärts, und wieder konnte er nichts anderes sehen als die Meeresflächen, die ebenso winterlich aussahen wie der Schnee, und Schneeflächen, die dem Meere glichen.

Er hörte ein flüchtiges Geräusch hinter sich und sah den kleinen Priester weit schneller aus dem Loch herauskriechen, als er hineingefallen war. Sein Gesichtsausdruck war nicht mehr verstört, sondern eher entschlossen und – vielleicht nur durch den Widerschein des Schnees – ein wenig blässer als sonst.

„Nun?“ fragte sein großer Freund. „Haben Sie den Götzen dieses Tempels gefunden?“

„Nein“, sagte Pater Brown. „Ich habe etwas Wichtigeres gefunden. Das Opfer.“

„Was, zum Teufel, meinen Sie?“ rief Flambeau ganz erschrocken.

Pater Brown antwortete nicht. Er starrte mit einer tiefen Furche auf der Stirn in die Landschaft, und plötzlich deutete er auf etwas hin und fragte: „Was ist das dort drüben für ein Haus?“

Der Richtung des Zeigefingers folgend, sah Flambeau jetzt erst die Ecke eines Gebäudes, das näher lag als das Bauernhaus, doch zum größten Teil von einer Baumreihe verdeckt war. Es war kein großes Gebäude und stand ein gutes Stück abseits vom Ufer; doch der Schimmer einer Verzierung daran rief die Vermutung wach, daß es einem ähnlichen Verschönerungszweck in diesem Badeorte diente wie der Musikpavillon, die kleine Gartenanlage und die schwarzen Eisenbänke mit den reichverzierten Rückenlehnen.

Pater Brown sprang von dem Podium des Musikpavillons herunter, sein Freund folgte ihm; und als sie in der angegebenen Richtung weitergingen, wichen die Bäume bald nach rechts und links zurück, und sie erblickten ein kleines, geschmackloses und auffallendes Gebäude – das gewohnte Hotel ähnlicher Badeorte. Beinahe die ganze Front war vergoldet und aus bemaltem Glas, und diese kitschige Art wirkte inmitten dieser grauen Seelandschaft und der grauen Bäume geisterhaft und schwermütig. Die beiden Männer hatten die Empfindung, als dürfe man in einer solchen Gastwirtschaft an Speisen und Getränken nur den Papiermaché-Schinken und den leeren Becher eines Pantomimenspiels erwarten.

Darin jedoch hatten sie, wie es schien, nicht recht. Im Näherkommen sahen sie vor dem Büfett, das augenscheinlich geschlossen war, eine jener eisernen Sitzgelegenheiten mit geschwungenen Rückenlehnen stehen, wie sie auch die Gartenanlage geschmückt hatten; doch war diese Bank hier viel länger als alle anderen. Sie hatte wahrscheinlich den Zweck, daß vor dem Hause sitzende Gäste von dort aus aufs Meer hinausschauen konnten; aber bei einem solchen Wetter war nicht anzunehmen, daß irgend jemand dies auch wirklich täte.

Nichtsdestoweniger stand gerade vor dem äußersten Ende der eisernen Bank ein kleiner runder Wirtstisch und darauf eine kleine Flasche Wein und ein Schüsselchen mit Mandeln und Rosinen. Auf der Bank hinter dem Tisch saß barhaupt ein schwarzhaariger junger Mann und starrte in einem Zustande beinahe erstaunlicher Unbeweglichkeit auf das Meer hinaus.

Doch obwohl er, aus einer Entfernung von vier Ellen gesehen, eine Wachspuppe hätte sein können, sprang er wie ein Stehaufmännchen in die Höhe, als die beiden Ankömmlinge nur mehr drei Ellen weit von ihm waren, und sagte in ehrerbietiger, wenn auch nicht unterwürfiger Art:

„Wollen Sie bitte nähertreten, meine Herren? Meine Leute sind augenblicklich nicht hier, aber ich kann Ihnen selbst eine Kleinigkeit bringen."

„Danke vielmals", sagte Flambeau. „Sie sind wahrscheinlich der Besitzer?"

„Ja", sagte der Mann mit einem kleinen Rückfall in seinen vorherigen Zustand der Unbeweglichkeit. „Meine Kellner sind alle Italiener, wissen Sie, und da habe ich eingesehen, daß sie dabei sein müssen, wenn ihr Landsmann den Schwarzen schlägt, vorausgesetzt, daß er es wirklich fertigbringt. Sie wissen, der große Kampf zwischen Malvoli und dem Neger Ned soll doch heute stattfinden."

„Ich fürchte, wir haben nicht genug Zeit, um Ihre Gastfreundschaft ernstlich in Anspruch zu nehmen", sagte Pater Brown. „Aber ich glaube, mein Freund würde gerne ein Glas Sherry trinken, um sich zu erwärmen und auf das Wohl des lateinischen Champions zu trinken."

Flambeau verstand nicht recht, was für eine Bewandtnis es mit dem Sherry hatte, aber er erhob nicht den mindesten Einspruch. Er sagte nur liebenswürdig: „Oh, danke sehr."

„Sherry, Herr – ja, gewiß", sagte der Wirt und wendete sich dem Hotel zu. „Entschuldigen Sie mich, wenn ich Sie einen Augenblick warten lasse. Ich habe Ihnen ja bereits gesagt, meine Leute sind nicht da ..." Und er ging auf die schwarzen Fenster seines Gasthauses zu, dessen Läden verschlossen waren und in dem kein Licht brannte.

„Oh, es ist gar nicht so wichtig“, fing Flambeau an, doch der Mann drehte sich um und versicherte ihm:

„Ich habe die Schlüssel, und ich finde mich schon im Finstern zurecht.“

„Ich wollte wirklich nicht ...“ fing Pater Brown an.

Da wurde er von einer bellenden, kaum menschlich zu nennenden Stimme unterbrochen, die aus dem Innern des unbewohnten Hauses kam. Sie rief laut, doch unverständlich einen fremden Namen, worauf der Hotelbesitzer sich weit schneller dem Hause näherte, als er es um Flambeaus Sherry willen getan hatte. Wie sich sofort erwies, hatte der Besitzer damals und auch nachher nur die lautere Wahrheit gesprochen, doch sowohl Flambeau wie Pater Brown haben oft versichert, bei all ihren oft sehr wilden Abenteuern noch nie so sehr erschrocken zu sein wie bei dem Klang dieser Menschenfresserstimme, die so plötzlich aus der Stille eines leeren Wirtshauses drang.

„Mein Koch!“ beeilte sich der Besitzer zu erklären. „Ich hatte ihn vergessen. Er wird gleich fortgehen. Sherry, mein Herr, nicht wahr?“

Und tatsächlich erschien in der Türöffnung ein großer, weißer Körper mit einer weißen Schürze, wie es sich für einen Koch gehört, doch mit der nicht unbedingt notwendigen Zugabe eines schwarzen Gesichtes. Flambeau hatte oft gehört, daß Neger gute Köche seien. Doch irgendwie vermehrte der Gegensatz zwischen der Farbe des Gesichtes und der Berufskleidung sein Erstaunen darüber, daß der Besitzer dem Ruf des Kochs folgen sollte und nicht der Koch dem des Besitzers. Aber er überlegte, daß Küchenchefs immer anmaßend sind – und außerdem kam der Wirt eben mit dem Sherry zurück, und das war die Hauptsache.

„Ich wundere mich“, sagte Pater Brown, „daß so wenige Leute hier zu sehen sind, wenn dieser berühmte Zweikampf nun doch zustande kommen soll. Wir sind Meilen und Meilen im Umkreis nur einem einzigen Menschen begegnet.“

Der Hotelbesitzer zuckte die Achseln. „Die Leute kommen vom anderen Ende der Stadt, wissen Sie, von der Eisenbahnstation, das ist drei Meilen weit von hier. Sie gehen nur zum Boxkampf und bleiben bloß über Nacht hier. Es ist auch nicht das richtige Wetter, um sich am Strand zu sonnen.“

„Oder hier auf der Bank“, sagte Flambeau und deutete zu dem Tischchen hin.

„Ich muß Umschau halten“, sagte der Mann mit dem unbeweglichen Gesicht. Er war ein stiller, unauffälliger, etwas bleicher Mensch, an dessen schwarzer Kleidung nichts Bemerkenswertes war, nur war die schwarze Krawatte etwas hoch gebunden und mit einer Krawattennadel, die einen grotesken Goldkopf hatte, befestigt. Auch an seinem Gesicht war nichts Ungewöhnliches, bis auf einen gewissen nervösen Tick, die Gewohnheit nämlich, das eine Auge nicht so weit zu öffnen wie das andere, was den Eindruck erweckte, als ob das andere größer oder vielleicht künstlich sei.

Das einsetzende Schweigen wurde von dem Wirt mit der ruhigen Frage unterbrochen: „Wo ungefähr sind Sie auf Ihrem Marsche dem einen Mann begegnet, von dem Sie sprechen?“

„Merkwürdigerweise“, sagte der Priester, „ganz nahe von hier – dort drüben bei dem Musikpavillon.“

Flambeau, der auf der langen eisernen Bank saß, um seinen Sherry auszutrinken, stellte das Glas nieder und erhob sich. Er starrte seinen Freund voll Verwunderung an. Er öffnete den Mund, um zu sprechen, schloß ihn jedoch wieder.

„Merkwürdig“, sagte der schwarzhaarige Mann nachdenklich. „Wie sah er denn aus?“

„Es war ein wenig dunkel, als ich ihn sah“, fing Pater Brown an, „aber er war …“

Wie schon gesagt, zeigte es sich, daß der Hotelbesitzer die lautere Wahrheit gesprochen hatte. Seine Angabe, daß der Koch gleich fortgehen würde, stimmte genau; denn dieser trat eben aus dem Hause und stand im Begriff, sich die Handschuhe anzuziehen, während die anderen miteinander sprachen.

Doch diesmal war es eine ganz andere Erscheinung als jene schwarze und weiße Masse, die vorhin einen Augenblick in der Türöffnung aufgetaucht war. Er war geschniegelt und gebügelt und bis zu seinen hervorstehenden Augäpfeln hinauf nach der allerletzten Mode gekleidet. Ein hoher schwarzer Zylinderhut saß auf seinem breiten schwarzen Kopf – ein Hut, den französischer Humor mit acht Spiegeln verglichen hat. Der schwarze Mann glich überhaupt einigermaßen diesem schwarzen Hut. Er war nicht nur ebenfalls schwarz, sondern seine glänzende Haut spiegelte auch das Licht in mindestens acht Reflexwinkeln wider. Es ist unnötig zu sagen, daß er weiße Gamaschen trug und einen weißen

Vorstoß an der Innenseite seiner Weste. Die rote Blume in seinem Knopfloch stand herausfordernd in die Höhe, als wäre sie dort plötzlich emporgewachsen. Und in der Art, wie er in der einen Hand den Spazierstock und in der anderen die Zigarette trug, lag eine gewisse Haltung – eine Haltung, die wir nie außer acht lassen dürfen, wenn wir von Rassevorurteilen sprechen: etwas Unschuldiges und zugleich Unverschämtes – der cake-walk.

„Manchmal", sagte Flambeau ihm nachblickend, „wundert es mich gar nicht, daß man sie lyncht."

„Ich wundere mich niemals", antwortete Pater Brown, „über irgendein Werk der Hölle. Aber, wie ich eben sagte", fuhr er zusammenfassend fort, während der Neger, immer noch mit prahlerischer Gebärde seine gelben Handschuhe anziehend, sich schnell in der Richtung des Kurortes entfernte – eine seltsame Varietéfigur, die sich scharf gegen den grauen, winterlichen Hintergrund abhob – „wie ich eben sagte, ich könnte den Mann nicht sehr genau beschreiben, aber er hatte einen wohlgepflegten, altmodischen Backen- und Schnurrbart, dunkel oder gefärbt, wie man es auf Bildnissen ausländischer Finanziers sieht; um seinen Hals war eine lange purpurrote Binde geschlungen, die beim Gehen im Winde flatterte. Sie war auf eine Weise befestigt, wie Kinderfrauen kleinen Kindern die Schals mit einer Sicherheitsnadel zu befestigen pflegen. Nur trug er", sagte der Priester, während er gelassen auf das Meer hinausschaute, „keine Sicherheitsnadel."

Auch der Mann, der auf der langen eisernen Bank saß, sah gelassen auf das Meer hinaus. Jetzt, da er sich wieder ganz in Ruhe befand, bemerkte Flambeau ganz deutlich, daß eines seiner Augen von Natur aus größer war als das andere. Beide standen nun weit offen, und es wollte beinahe scheinen, als würde das linke Auge zusehends größer, während der Mann vor sich hinstarrte.

„Es war vielmehr eine sehr lange Goldnadel, und der Kopf stellte einen geschnitzten Affen dar oder etwas Ähnliches", fuhr der Priester fort; „sie war auch in merkwürdiger Weise befestigt – der Mann trug einen Zwicker und einen breiten, schwarzen ..."

Der unbewegliche Mann starrte immer noch auf das Meer hinaus, und die beiden Augen in seinem Kopfe hätten zwei verschiedenen Leuten gehören können. Dann machte er eine Bewegung von blitzartiger Schnelligkeit.

Pater Brown stand vor ihm und wendete ihm den Rücken zu, und der Priester hätte in der Sekunde dieses Aufzuckens tot vornüber fallen können. Flambeau hatte keine Waffe, doch seine großen, braunen Hände ruhten auf dem Ende der langen Eisenbank. Seine Schultern veränderten plötzlich ihre Form, und er schwang das ganze riesige Ding hoch über seinen Kopf, wie ein Scharfrichter das Beil, bevor er es niedersausen läßt. Die Länge der senkrecht hochgehaltenen Bank erweckte die Vorstellung, als hielte er eine eiserne Leiter und lade die Menschen ein, darauf zu den Sternen emporzusteigen. Doch sein langer Schatten in dem beinahe horizontal einfallenden Abendlicht glich einem Riesen, der den Eiffelturm schwingt. Überwältigt vor Schreck beim Anblick dieses Schattens, sprang der Fremde beiseite noch vor dem drohenden Niedersausen des Eisens; dann stürzte er in sein Wirtshaus und ließ den flachen, glitzernden Dolch genau an der Stelle liegen, wo er ihn hatte fallen lassen.

„Wir müssen augenblicklich von hier fort“, rief Flambeau und schleuderte die riesige Bank mit wütender Gleichgültigkeit irgendwohin zu Boden. Dann packte er den Priester beim Arm und rannte mit ihm quer durch einen öde daliegenden Hintergarten, an dessen Ende sich eine geschlossene Gartentür befand. Flambeau stand einen Augenblick lang in wütendem Schweigen gebückt vor dieser Tür, dann sagte er: „Das Tor ist versperrt.“

Bei diesen Worten fiel ein Zweig der hier zum Schmuck gepflanzten Föhrenbäumchen nieder und fegte über die Krempe seines Hutes hin. Dies schreckte ihn unmittelbarer auf als die kleine Detonation, die knapp vorher an sein Ohr gedrungen war. Dann hörte man eine zweite Detonation in der Ferne, und die Tür, die Flambeau zu öffnen versuchte, bebte unter dem Anprall einer Kugel, die im Holze steckenblieb. Wieder wölbten sich Flambeaus Schultern und änderten plötzlich ihre Form. Drei Riegel und ein Schloß brachen im selben Augenblick, und er schoß auf den leeren Pfad hinter dem Tor hinaus, die große Gartentür mit sich reißend, wie Simson die Tore von Gaza trug.

Dann warf er die Tür über die Gartenmauer zurück, eben als ein dritter Schuß eine Handvoll Schnee und Erde hinter seiner Ferse aufwirbelte. Ohne viel Umstände packte er den kleinen Priester, schwang ihn rittlings auf seine Schultern und rannte in der Richtung auf Seawood zu, so schnell ihn seine langen Beine trugen. Erst etwa zwei Meilen weiter setzte er seinen kleinen Begleiter nieder. Es war zwar kein würdevoller Abgang gewesen, trotz dem klassischen Beispiel von Anchises, doch auf Pater Browns Antlitz war nichts als ein breites Grinsen zu sehen.

„Nun“, sagte Flambeau nach einem ungeduldigen Schweigen, währenddem sie in etwas konventionellerer Art durch die äußeren Straßen der Stadt wanderten, wo kein Überfall mehr zu befürchten war, „ich weiß zwar nicht, was das alles bedeuten soll, aber ich meine, ich kann meinen eigenen Augen wohl soweit trauen, um zu wissen, daß Sie dem Mann, den Sie so genau beschrieben haben, niemals begegnet sind.“

„Ich bin ihm gewissermaßen begegnet“, sagte Pater Brown, etwas nervös an seinen Fingern nagend – „ja, wirklich. Auch war es zu dunkel, um ihn genau zu sehen, denn es war unter jenem Musikpavillon. Aber ich fürchte, ich habe ihn doch nicht präzise genug beschrieben, denn sein Zwicker war gebrochen, und die lange goldene Nadel steckte nicht in der roten Krawatte, sondern in seinem Herzen.“

„Und ich nehme an“, sagte der andere mit gesenkter Stimme, „daß dieser Bursche mit dem Glasauge etwas damit zu tun hatte.“

„Ich hatte gehofft, daß er nur entfernt damit zu tun hätte“, antwortete Brown betrübt, „und was ich getan habe, war vielleicht nicht gut. Ich handelte auf Grund eines Impulses. Aber ich fürchte, diese Geschichte hat tiefe und dunkle Wurzeln.“

Sie gingen schweigend noch durch einige Straßen weiter. Man hatte angefangen, in dem blauen Abendlicht die gelben Laternenlichter anzuzünden, und die beiden näherten sich augenscheinlich dem inneren Stadtviertel. An den Mauern waren grellfarbige Plakate angeschlagen, auf denen der Boxkampf zwischen dem Nigger Ned und Malvoli angekündigt war.

„Nun“, sagte Flambeau endlich, „ich habe noch niemals einen Menschen erschlagen, auch nicht in meiner Verbrecherzeit, aber ich kann beinahe verstehen, wie man an einem so trostlosen Ort in Versuchung kommt, es zu tun. Von allen gottverlassenen Kehrichthaufen dieser Welt sind, glaube ich, die herzzerbrechendsten Orte die, welche wie jener Musikpavillon dort ursprünglich für festliche Zwecke bestimmt waren und dann verödet stehen. Ich kann mir vorstellen, wie ein angekränkelter Mann unter dem Eindruck der Einsamkeit und Ironie eines solchen Schauspiels das Gefühl hat, seinen Gegner umbringen zu müssen. Ich erinnere mich, daß ich einmal auf einer Fußtour durch euer wundervolles Hügelland von Surrey – als ich an nichts anderes dachte als an Stechginster und Feldlerchen – plötzlich auf einen weiten, kreisförmig abgegrenzten Platz herauskam, wo sich in weiten stummen Reihen Sitzplätze an

Sitzplätze hoch übereinandertürmten, riesengroß wie ein römisches Amphitheater und leer wie ein neuer Briefkasten. Ein Vogel segelte hoch am Himmel darüber hin. Es war der große Wettrennplatz in Epsom. Und ich hatte das Gefühl, als könnte dort kein Mensch je wieder vergnügt sein."

„Es ist merkwürdig, daß Sie Epsom erwähnen", sagte der Priester. „Erinnern Sie sich jener Affäre, die man das Sutton-Mysterium nannte, weil zwei verdächtige Männer zufällig in Sutton wohnten – zwei Eiswagen-Männer waren es, glaube ich. Die beiden wurden schließlich freigesprochen. Man hatte einen erwürgten Mann, wie es hieß, auf den Wiesenhügeln jener Gegend gefunden. Tatsächlich aber, wie ich von einem irischen Polizeibeamten, einem meiner Freunde, erfuhr, hatte man ihn unmittelbar am Wettrennplatz gefunden – und zwar, nicht eben sehr sorglich versteckt, sondern einfach hinter einer der unteren Türen, die offengeblieben war."

„Das ist sonderbar", gab Flambeau zu. „Aber es bestätigt nur meine Ansicht, daß solche Vergnügungsorte außer der Saison entsetzlich verlassen aussehen, sonst wäre der Mann dort nicht ermordet worden."

„Ich bin nicht so sehr überzeugt davon, daß er ...", fing Brown an und hielt dann plötzlich inne.

„Nicht so überzeugt, daß er ermordet worden ist?" fragte sein Begleiter.

„Nicht so überzeugt, daß er nicht während der Saison ermordet worden ist", antwortete der Priester schlicht. „Finden Sie nicht auch, Flambeau, daß es mit dieser Einsamkeit so eine merkwürdige Bewandtnis hat? Sind Sie ganz überzeugt davon, daß ein kluger Mörder immer einen wirklich verlassenen Ort sucht? Es kommt doch sehr, sehr selten vor, daß man ganz allein ist. Und darum, je mehr er allein ist, um so eher wird er gesehen. Nein, ich glaube, da muß ein anderer ... Nun, hier sind wir ja beim Pavillon oder Palast oder wie man das nennt."

Sie waren auf einen kleinen Platz herausgekommen, der hell erleuchtet war. Das Hauptgebäude strahlte vor Vergoldung und prangte voll Plakaten; zu beiden Seiten der Eingangstür hingen Riesenfotografien von Malvoli und dem Neger Ned.

„Hallo!" schrie Flambeau, als sein kirchlicher Freund zu seiner großen Verwunderung geradewegs die breite Treppe hinaufstapfte. „Ich wußte nicht, daß Boxen Ihre neueste Liebhaberei sei. Wollen Sie dem Kampf beiwohnen?"

„Ich glaube nicht, daß ein Kampf stattfinden wird", antwortete Pater Brown.

Sie schritten schnell durch Vorräume und innere Räume; sie schritten sogar durch die Halle des Kampfschauplatzes, in der unzählige Sitze aufgeschlagen, Schnüre gespannt und ein Podium errichtet war, und immer noch sah der Kirchenmann weder rechts noch links und hielt nicht eher an, als bis sie zu einem Beamten kamen, der vor einer Tür mit der Aufschrift „Komiteeraum" saß. Dort blieb Brown stehen und verlangte Lord Pooley zu sprechen. Der Diener bemerkte, Seine Lordschaft sei sehr beschäftigt, da der Boxkampf bald beginnen solle, doch Pater Brown fuhr fort, mit einer so unerträglichen Gelassenheit sein Ansuchen immer von neuem zu wiederholen, daß ihr kein Angestellter gewachsen war. In wenigen Augenblicken befand sich der etwas verdutzte Flambeau in Gegenwart eines Herrn, der einem aus dem Zimmer gehenden Mann eben noch einige Weisungen nachschrie: „Seien Sie vorsichtig bezüglich der Schnüre, Sie wissen ja, nach der vierten ... Ja, und was wollen Sie, wenn ich bitten darf?"

Lord Pooley war ein Gentleman und, wie die meisten von den wenigen, die uns erhalten geblieben sind, geplagt, insbesondere von Geldsorgen. Er war halb grau und halb blond, hatte fiebrige Augen und eine geschwungene, erfrorene Nase.

„Nur ein Wort", sagte Pater Brown. „Ich bin gekommen, um zu verhüten, daß ein Mann getötet werde."

Lord Pooley sprang von seinem Stuhl auf, als wäre er von einer Feder in die Höhe geschleudert worden. „Ich will verdammt sein, wenn ich so etwas noch länger dulde!" rief er. „Sie, mit Ihren Komitees und Geistlichen und Bittstellern! Gab es nicht auch früher, als man noch ohne Handschuhe focht, Geistliche? Und jetzt boxt man mit den vorschriftsmäßigen Handschuhen, und es besteht nicht der leiseste Schimmer einer Möglichkeit, daß einer von den beiden Boxern getötet wird!"

„Ich dachte nicht an einen der beiden Boxer", sagte der kleine Priester.

„Nun, nun!" sagte der Edelmann ein wenig ablehnend, doch belustigt. „Wer denn soll getötet werden? Der Schiedsrichter?"

„Ich weiß nicht, wer getötet werden wird", erwiderte Pater Brown, nachdenklich vor sich hinstarrend. „Wüßte ichs, so müßte ich Sie nicht hier stören. Ich könnte dem Mann einfach zur Flucht verhelfen. Ich habe nie etwas gegen den Boxkampf gehabt. Aber wie die Sache nun einmal steht, muß ich Sie bitten, ankündigen zu lassen, daß der Kampf für den Augenblick verschoben werden muß."

„Weiter nichts?“ höhnte der Mann mit den fieberglänzenden Augen. „Und was halten Sie von den zweitausend Menschen, die hergekommen sind, um dem Kampf beizuwohnen?“

„Ich sage, daß eintausendneunhundertneunundneunzig von ihnen lebend davonkommen werden, wenn sie dem Kampf beigewohnt haben werden“, sagte Pater Brown.

Lord Pooley sah Flambeau an. „Ist Ihr Freund verrückt?“ fragte er.

„Ganz gewiß nicht“, lautete die Antwort.

„Und schauen Sie einmal“, fuhr Lord Pooley in seiner zerfahrenen Art fort, „was noch schlimmer ist, es ist da eine ganze Bande von Italienern aufgetaucht, die auf Seiten Malvolis stehen – schwarze, wilde Kerle aus irgendeinem fremden Land. Sie wissen ja, wie diese Mittelmeervölker sind. Wenn ich die Nachricht hinausschicke, daß der Kampf verschoben werde, so wird dieser Malvoli an der Spitze seines ganzen korsikanischen Klans hier hereinstürmen.“

„Mein Lord, es ist eine Frage von Tod und Leben“, sagte der Priester. „Läuten Sie bitte. Lassen Sie Ihre Nachricht verkünden. Und sehen Sie dann zu, ob Malvoli erscheinen wird.“

Der Edelmann läutete mit einem merkwürdigen Ausdruck der Neugier an der Tischglocke. Er sagte zu dem Diener, der beinahe im selben Augenblick in der Türöffnung erschien: „Ich werde den Zuschauern draußen bald eine wichtige Mitteilung zu machen haben. Wollen Sie, bitte, inzwischen den beiden Champions sagen, daß der Kampf verschoben werden muß.“

Der Diener starrte den Sprecher einen Augenblick lang wie einen bösen Geist an und verschwand dann.

„Was für Beweise haben Sie für das, was Sie sagen?“ fragte Lord Pooley plötzlich. „Von wem haben Sie Ihre Informationen?“

„Von einem Musikpavillon“, sagte Pater Brown und kratzte sich den Kopf. „Aber nein, das ist falsch; ich habe sie auch aus einem Buch. Das habe ich in London in einem Buchladen gefunden – sehr billig, wirklich.“

Er hatte ein kleines Lederbändchen aus der Tasche gezogen, und Flambeau, der über seine Schultern blickte, konnte sehen, daß es eine alte Reisebeschreibung war und daß die Ecke eines Blattes als Merkzeichen umgebogen war.

„›Die einzige Form, in der Voodoo ...‹“, fing Pater Brown an, laut vorzulesen.

„In der was?“ fragte Seine Lordschaft.

„In der Voodoo“, wiederholte der Leser beinahe mit Erleichterung, „außerhalb Jamaikas weitere Verbreitung findet, ist die Form des Affen oder des Gottes des Gongs, die in vielen Teilen der beiden amerikanischen Kontinente Macht und Verehrung genießt, insbesondere unter den Halbblütigen, von denen viele wie Weiße aussehen. Diese Form der Teufelsanbetung und Menschenopferung unterscheidet sich von vielen anderen durch die Tatsache, daß das Blut nicht öffentlich auf dem Altar vergossen wird, sondern durch eine Art Ermordung einzelner in einer Menschenmenge. Der Gong wird mit betäubendem Lärm geschlagen, während die Türen des Schreins geöffnet werden und der Affengott enthüllt wird; beinahe die ganze Versammlung starrt mit ekstatischen Blicken darauf. Doch nachher ...“

Die Türe des Zimmers wurde aufgerissen, und der fashionabel gekleidete Neger stand im Rahmen der Öffnung, mit rollenden Augen, den Zylinderhut immer noch unverschämt auf den Kopf gestülpt. „Ho!“ brüllte er, die Zähne entblößend. „Was soll das? Huh! Huh! Sie stehlen einem Schwarzen den Preis – Preis ist es schon – Sie glauben, Sie können den italienischen Lumpen retten ...“

„Die Sache wird ja nur verschoben“, sagte der Edelmann ruhig. „Ich werde Ihnen alles in einigen Minuten erklären können.“

„Wer sind Sie, daß ...“, schrie der Neger Ned jetzt und fing an, in Wut zu geraten.

„Mein Name ist Pooley“, erwiderte der andere mit anerkennenswerter Gelassenheit. „Ich bin der Sekretär der Veranstaltung, und ich rate Ihnen, sofort das Zimmer zu verlassen.“

„Wer der Kerl?“ fragte der schwarze Champion und deutete verächtlich auf den Priester.

„Mein Name ist Brown“, lautete die Antwort. „Und ich rate Ihnen, sofort das Land zu verlassen.“

Der Boxkämpfer stand einige Augenblicke still und starrte ihn an, dann, zum höchsten Erstaunen Flambeaus und der anderen, schritt er hinaus und schlug die Türe krachend hinter sich zu.

„Nun“, fragte Pater Brown und fuhr mit der Hand über sein verstaubtes Haar, „was halten Sie von Leonardo da Vinci? Schöner italienischer Kopf, nicht?“

„Schauen Sie“, sagte Lord Pooley, „ich habe auf Ihr bloßes Wort hin eine ziemliche Verantwortung auf mich genommen. Ich meine, Sie sollten mir jetzt mehr hierüber erzählen.“

„Sie haben ganz recht, mein Lord“, antwortete Brown. „Und es wird keine lange Geschichte werden.“ Er steckte das kleine Lederbändchen in die Tasche seines Überrockes. „Ich glaube, wir wissen alles, was hieraus zu entnehmen ist, aber Sie sollen selbst sehen, ob ich recht habe. Dieser Neger, der eben hier hinausschwankte, ist einer der gefährlichsten Menschen von der ganzen Welt, denn er hat den Verstand eines Europäers zusammen mit dem Instinkt eines Kannibalen. Er hat das, was unter seinen barbarischen Genossen reines, gesundes Schlächterhandwerk war, zu einer ganz modernen, wissenschaftlichen und geheimen Gesellschaft von Mördern gemacht. Er weiß nicht, daß ich es weiß, auch nicht, daß ich es beweisen kann.“

Es entstand ein Schweigen, dann fuhr der kleine Mann fort:

„Doch, wenn ich einen Menschen ermorden wollte, wäre es da wirklich der klügste Plan, mich soweit wie möglich zu vergewissern, daß ich mit ihm allein bin?“

Lord Pooley maß den Geistlichen wieder mit ablehnenden Blicken und sagte nur: „Wenn Sie wirklich jemanden ermorden wollten, so würde ich Ihnen dies wohl empfehlen.“

Pater Brown schüttelte den Kopf wie ein Mörder von weit größerer Erfahrung. „Das hat Flambeau auch gesagt“, antwortete er seufzend. „Aber überlegen Sie doch nur einmal. Je einsamer sich ein Mensch fühlt, um so weniger sicher ist er, allein zu sein. Das müßte weite, leere Ebenen rings um ihn bedeuten, und eben das würde ihn so leicht sichtbar machen. Haben Sie noch nie von der Höhe eines Hügels aus einen einzelnen Bauern auf einem Acker pflügen sehen oder vom Tale aus einen einsamen Hirten beobachtet? Sind Sie nie auf einer Klippe gestanden und haben einen einzelnen Menschen die Küste entlang wandern sehen? Hätten Sie es nicht bemerkt, wenn er eine Krabbe getötet hätte? Nein! Nein! Nein! Ein kluger Mörder, wie etwa Sie oder ich, würde die Sache nie so anpacken, daß er sich zu vergewissern suchte, ob ihn niemand sähe.“

„Wie denn kann man es anstellen?“

„Es gibt nur eines“, sagte der Priester. „Sich zu vergewissern, daß alle Leute auf etwas anderes hinschauen. Ein Mann wurde am Wettrennplatz in Epsom erdrosselt. Jeder hätte es sehen können, wenn der Platz leer gewesen wäre – jeder Fußgänger hinter der Hecke, jeder Automobilist auf den Hügeln. Aber niemand hatte es gesehen, als der Platz von Menschen voll war und alle schrien und schauten, weil der Favorit als erster durchs Ziel kam – oder auch nicht. Ein Halstuch zuziehen oder einen Körper hinter eine Türe schleudern, das kann in einem Augenblick geschehen wenn es nur der richtige Augenblick ist. Es war natürlich dasselbe“, fuhr er, zu Flambeau gewendet, fort, „mit jenem armen Kerl unter dem Musikpavillon. Man hatte ihn durch das Loch fallen lassen, denn das war keine zufällig eingebrochene Stelle, gerade an irgendeinem dramatischen Höhepunkt der Unterhaltung, beim ersten Bogenstrich eines berühmten Violinkünstlers, oder beim ersten Ton einer großen Sängerin. Und hier natürlich, wenn der Knock-out-Schlag gekommen wäre – wäre es nicht der einzige gewesen. Das ist der kleine Trick, den Neger Ned von seinem alten Gott des Gongs gelernt hat.“

„Bei der Gelegenheit, Malvoli ...“, begann Pooley.

„Malvoli“, sagte der Priester, „hat nichts damit zu tun. Es ist wohl wahr, daß er einige Italiener hinter sich hat, doch unsere lieben Freunde sind nicht Italiener. Sie sind Mischlinge, afrikanisches Halbblut verschiedenster Nuancen; doch ich fürchte, wir Engländer halten alle Ausländer, insofern sie schwarz und schmutzig sind, für ein und dasselbe.“ Und mit einem Lächeln fügte er hinzu: „Ich fürchte sogar, die Engländer lehnen es auch ab, irgendwelche feineren Unterscheidungen zu machen zwischen dem moralischen Charakter, den meine Religion schafft, und jenem, der aus Voodoo erblüht.“

***

Die Frühjahrssaison hatte ihre ganze Pracht über Seawood ausgeschüttet, das Ufer mit Menschen und Badekarren bestreut, mit Wanderpredigern und Negerkapellen, bevor unsere beiden Freunde den Ort wiedersahen und lange bevor die Verfolgungsjagd gegen die seltsame, geheime Gesellschaft zur Ruhe gekommen war. Beinahe überall ging das Geheimnis ihrer Absicht mit ihnen selbst zugrunde. Der Besitzer des Hotels war tot an die Küste gespült worden wie ein Klumpen Seegras; sein rechtes Auge war friedlich geschlossen, doch das linke stand weit offen und glitzerte wie Glas im Mondenschein. Neger Ned war eine oder zwei Meilen weit entfernt eingeholt worden, hatte mit der linken Faust drei

Polizeibeamte erschlagen, und der Neger war auf diese Weise entkommen. Aber das genügte, um alle englischen Zeitungen in Bewegung zu setzen, und einen oder zwei Monate lang widmete die englische Regierung beinahe ausschließlich ihre ganze Kraft dem Bestreben, den Neger-Leithammel – was er in des Wortes zwiefacher Bedeutung war – an seinem Entkommen aus einem englischen Hafen zu hindern. Alle Leute, die ihm an Gestalt nur im entferntesten glichen, wurden zu ganz ungewöhnlichen Untersuchungen herangezogen, sie mußten sich das Gesicht abreiben lassen, bevor man sie an Deck eines Schiffes ließ, als ob alle weißen Gesichter wie Masken geschminkt wären. Jeder Neger in England erhielt bestimmte Verhaltungsmaßregeln und mußte sich melden; die auslaufenden Schiffe hätten eher einen Basilisken an Bord genommen als einen Neger. Denn man hatte herausgefunden, wie entsetzlich, wie weitverbreitet und verborgen die Macht der wilden, geheimen Gesellschaft war, und um die Zeit, da Flambeau und Pater Brown in der warmen Aprilsonne ans Geländer der Promenade gelehnt standen, hatte der „schwarze Mann" in England beinahe dieselbe Bedeutung bekommen wie einst in Schottland.

„Er muß immer noch in England sein", bemerkte Flambeau, „und verteufelt gut versteckt. Man hätte ihn in einem Hafen finden müssen, wenn er nur sein Gesicht weiß angemalt hätte."

„Ja, sehen Sie, er ist eben ein wirklich kluger Mann", sagte Pater Brown entschuldigend. „Und ich bin ganz überzeugt davon, daß er sein Gesicht niemals weiß anstreichen würde."

„Aber was könnte er denn sonst machen?"

„Ich glaube", sagte Pater Brown, „er würde sein Gesicht schwärzen."

Flambeau stand regungslos ans Geländer gelehnt da und lachte.

Pater Brown lehnte auch regungslos am Geländer, hob einen Augenblick den Finger und deutete in die Richtung der maskierten Negersänger mit rußgeschwärzten Gesichtern, die am Ufer eine Vorstellung gaben.

Der Salat des Oberst Cray

Pater Brown schritt an einem geisterhaft weißen Morgen von der Messe heimwärts. Der Nebel stieg langsam empor – es war einer jener Morgen, da das Licht selbst wie ein geheimnisvolles Element auf uns wirkt. Die Umrisse einzelner Bäume traten immer deutlicher aus diesen wallenden Dämpfen hervor, als wären sie zuerst mit grauer Kreide und dann in Kohle gezeichnet worden. In noch weiterer Entfernung tauchten nun zeitweise die Häuser aus der zerrissenen Kette der äußersten Vorstadtgrenze auf. Auch ihre Umrisse wurden immer klarer, bis Pater Brown die einzelnen Häuser unterschied, deren Besitzer er zum Teil flüchtig kannte oder doch zumindest größtenteils dem Namen nach. Doch alle Türen und Fenster waren geschlossen; jene Leute dort pflegten um diese Stunde noch nicht auf zu sein, geschweige denn um eines solchen Zweckes willen unterwegs wie er. Doch als er an einer hübschen Villa mit Veranda und großem, schön angelegtem Garten vorbeiging, vernahm er ein Geräusch, das ihn beinahe unwillkürlich haltmachen ließ. Es war das unverkennbare Geräusch einer abgeschossenen Pistole oder einer kleinen Büchse oder sonstigen leichten Feuerwaffe; aber es war nicht dies, was den Priester am meisten stutzig machte. Auf das erste starke Geräusch folgten augenblicklich eine Reihe schwächerer Geräusche – er zählte ungefähr sechs. Erst vermutete er, es sei das Echo; doch das Merkwürdige war, daß das Echo dem ursprünglichen Geräusch nicht im mindesten glich. Es glich auch nichts anderem, was er sich vorstellen konnte; die drei Dinge, die der Sache noch am nächsten kamen, waren das Geräusch beim Öffnen einer Sodawasserflasche oder eines der vielen Geräusche, die ein Tier macht, oder das Geräusch, das entsteht, wenn ein Mensch das Lachen zurückzuhalten versucht. Keines von diesen schien hier irgendeinen Sinn zu ergeben.

Pater Brown bestand aus zwei Menschen. Da gab es einen Mann des praktischen Lebens, der, bescheiden wie eine Primel und pünktlich wie eine Uhr, die kleine Runde seiner Pflichten machte und niemals davon träumte, etwas daran zu ändern. Dann gab es da noch einen Mann der theoretischen Überlegung, der noch viel schlichter, aber auch viel stärker war und sich nicht leicht aufhalten ließ; ein Mann, dessen Gedanken immer in dem einzig vernünftigen Sinn des Wortes freie Gedanken waren. Er konnte nicht umhin, sich, wenn auch nur unbewußt, alle irgendwie möglichen Fragen zu stellen und so viele davon zu beantworten, wie er eben konnte; all dies ging mit der Selbstverständlichkeit des Atmens oder der Blutzirkulation vor sich. Aber vorbedachterweise ließ er sich durch seine Handlungen niemals über den Bereich seiner Pflichten hinausführen; in diesem Falle jedoch wurden seine beiden Fähigkeiten hart auf die Probe gestellt. Er entschloß sich, wieder durch die Dämmerung weiterzuwandern, mit der Begründung, daß ihn die Sache nichts anginge, aber er konnte doch nicht umhin, instinktiv zwanzig verschiedene Theorien im Geiste zu erwägen, was für ein merkwürdiges Geräusch das gewesen sein mochte. Dann plötzlich glänzte die graue Horizontlinie silberfarben auf, und Pater Brown erkannte, daß jenes Haus einem anglo-indischen Major namens Putnam gehöre, dessen aus Malta stammender Koch Pater Browns Kirchengemeinde angehörte. Er erinnerte sich jetzt auch langsam, daß Pistolenschüsse oft eine gefährliche Sache sind und Folgen nach sich ziehen, die legitimerweise in seinen Pflichtenbereich fielen. Er drehte um und schritt durch das Gartentor auf die Tür des Hauses zu.

An der Seitenmauer des Hauses, ungefähr in der Mitte derselben, ragte ein Vorsprung heraus, der wie ein sehr niedriger Schuppen aussah; es war, wie Pater Brown später herausfand, ein großer Kehrichtbehälter. Dort um die Ecke kam eine Gestalt, die erst wie ein bloßer Schatten im Nebel sich anscheinend vorbeugte und suchend umherschaute. Im Näherkommen verdichtete sich die Gestalt zu einem Körper, der allerdings ungewöhnlich kompakt zu nennen war. Major Putnam war ein kahlköpfiger Mann mit einem Stiernacken, klein und sehr breit, mit einem jener apoplektisch wirkenden Gesichter, die durch den dauernden Versuch entstehen, orientalisches Klima mit okzidentalem Wohlleben zu vereinen. Doch war es ein gutmütiges Gesicht und zeigte sogar jetzt, da es einen offenkundig bestürzten und fragenden Ausdruck trug, ein gewisses unschuldiges Grinsen. Der Mann hatte einen großen Hut aus Palmblättern auf den Hinterkopf zurückgeschoben, was wie ein zu diesem Gesicht keineswegs passender Heiligenschein wirkte, doch sonst trug er nur ein sehr grellfarbiges, rot und gelb gestreiftes Pyjama, das zwar sehr prächtig anzusehen war, an einem so frischen Morgen jedoch ziemlich kühl sein mochte. Er war offenbar in großer Eile aus dem Hause gestürzt, und der Priester war gar nicht erstaunt, ohne weitere Umstände von ihm angerufen zu werden: „Haben Sie das Geräusch gehört?“

„Ja“, antwortete Pater Brown. „Ich bin darum hereingekommen; ist vielleicht etwas nicht in Ordnung?“

Der Major sah ihn ein wenig merkwürdig mit seinen gutmütigen Stachelbeeraugen an. „Was für ein Geräusch, glauben Sie, war das?“ fragte er.

„Es klang wie ein Gewehr oder etwas dergleichen“, antwortete der andere etwas zögernd; „aber es schien von einem so eigentümlichen Widerhall gefolgt.“

Der Major sah ihn immer noch ruhig, doch ein wenig neugierig an, als die Haustüre aufgerissen wurde und eine Flut von Gaslicht sich in den schwindenden Morgennebel ergoß. Eine zweite Gestalt im Pyjama sprang oder stolperte in den Garten hinaus. Es war eine längere, schlankere und mehr athletische Gestalt; das Pyjama, obwohl gleichfalls von tropischer Färbung, war verhältnismäßig geschmackvoll, nämlich weiß mit hellen, zitronengelben Streifen. Der Mann sah verstört aus; doch war er hübsch zu nennen, und sein Gesicht war sonnverbrannter als das des anderen. Er hatte ein Adlerprofil und tiefliegende Augen; seltsam wirkte das schwarze Haar zusammen mit dem viel helleren Schnurrbart. Pater Brown beobachtete all diese Details später in größerer Muße. Für den Augenblick fiel ihm an dem Mann nur ein einziges Ding auf: er trug nämlich einen Revolver in der Hand.

„Cray!“ rief der Major aus und starrte ihn an, „hast du den Schuß abgefeuert?“

„Ja“, antwortete der schwarzhaarige Mann aufgeregt, „und du hättest an meiner Stelle dasselbe getan. Wenn du überall von Teufeln verfolgt und gejagt wärest und beinahe ...“

Der Major unterbrach ihn schnell. „Das hier ist mein Freund, Pater Brown“, sagte er. Und dann zu Brown gewendet: „Ich weiß nicht, ob Sie Oberst Cray von der Königlichen Artillerie kennen?“

„Ich habe natürlich schon von ihm gehört“, sagte Pater Brown schlicht. „Haben Sie – haben Sie etwas getroffen?“

„Ich hätte es eigentlich angenommen“, sagte Cray ernsthaft.

„Ist er ...“, fragte Major Putnam leise, „ist er niedergefallen oder hat er aufgeschrien oder etwas dergleichen?“

Oberst Cray sah seinen Gastgeber mit seltsamen, festen Blicken an. „Ich werde dir genau sagen, was er getan hat“, erwiderte er. „Er hat geniest.“

Pater Brown hob die Hand, als wollte er sich an den Kopf greifen. Es war die Gebärde eines Menschen, der sich eines entfallenen Namens erinnert. Jetzt wußte er, was jenes Geräusch war, das weder mit Sodawasser noch mit dem Schnaufen eines Hundes ganz übereinstimmte.

„Nun“, äußerte der Major, „ich dachte nie, daß ein Dienstrevolver einen Menschen zum Niesen bringt.“

„Ich auch nicht“, sagte Pater Brown leichthin. „Es ist ein Glück, daß Sie nicht Ihre Kanonen gegen ihn gerichtet haben; er hätte sich sonst leicht tüchtig verkühlen können.“ Dann sagte er nach einem verlegenen Schweigen: „War es ein Einbrecher?“

„Gehen wir hinein“, sagte Major Putnam etwas scharf und führte die Gesellschaft ins Haus.

Drinnen wurden sie von der widerspruchsvollen Tatsache überrascht, die zu solcher Morgenstunde schon viele Leute in Erstaunen gesetzt hat, daß das Zimmer nämlich, selbst nachdem der Major in der Halle das Gaslicht abgedreht hatte, heller zu sein schien als der Himmel draußen. Pater Brown bemerkte voll Verwunderung, daß der Speisetisch wie zu einem Festmahl gedeckt war; die Servietten steckten in Ringen, und neben jedem Teller standen Weingläser von etwa sechs ungebräuchlichen Formen. Es wäre ziemlich selbstverständlich gewesen, zu einer solchen Stunde die Überreste eines Banketts der vergangenen Nacht vorzufinden; doch so zeitig in der Frühe alles für ein Festmahl vorbereitet zu finden, war ungewöhnlich.

Während Brown unschlüssig in der Halle stand, eilte Major Putnam an ihm vorbei und ließ seinen prüfenden Blick über den ganzen länglichen Tisch gleiten. Endlich stieß er hastig hervor: „Das ganze Silber ist fort! Die Fischbestecke und alle Gabeln fehlen. Das alte Essig-und-Öl-Gestell fehlt. Sogar das alte silberne Sahnekännchen fehlt. Und jetzt, Pater Brown, kann ich auch Ihre Frage beantworten, ob es ein Einbrecher war.“

„Das ist nur ein Blendwerk“, sagte Cray eigensinnig. „Ich weiß besser als ihr, warum dieses Haus verfolgt wird; ich weiß besser, warum ...“

Der Major klopfte ihm mit einer Gebärde auf die Schulter, welche an den Versuch erinnerte, ein krankes Kind zu beruhigen. Er sagte: „Es war ein Einbrecher. Es war offenbar ein Einbrecher.“

„Ein Einbrecher, der einen Schnupfen hatte“, bemerkte Pater Brown, „das kann Ihnen helfen, seine Spur in der Umgebung zu verfolgen.“

Der Major schüttelte mit trübseliger Miene den Kopf. „Der muß schon viel zu weit sein, fürchte ich, als daß man seine Spur noch verfolgen könnte“, sagte er.

Dann, als der ruhelose Mann mit dem Revolver sich wieder dem Garten zuwendete, fügte der Major mit leiser Stimme vertraulich hinzu: „Ich weiß nicht, ob ich nach der Polizei schicken soll, denn ich fürchte, mein Freund ist ein wenig zu leichtsinnig mit seiner Kugel umgegangen und hat sich nicht innerhalb der Schranken des Gesetzes gehalten. Er hat bisher in sehr wilden Gegenden gelebt und, um aufrichtig zu sein, ich glaube, er bildet sich gewisse Dinge oft nur ein."

„Sie haben mir einmal, wenn ich mich recht erinnere, erzählt, er bilde sich ein, von einer geheimen indischen Sekte verfolgt zu werden."

Major Putnam nickte, doch zuckte er gleichzeitig die Achseln. „Ich meine, wir täten jetzt besser, ihm zu folgen", sagte er, „ich möchte nicht, daß noch mehr – sagen wir, geniest wird."

Sie traten nun in das helle Morgenlicht hinaus, das jetzt schon eine Spur Sonnenschein in sich trug, und sahen die hohe Gestalt des Oberst Cray so tief gebeugt, daß sie beinahe in der Mitte zusammengefaltet schien; er war damit beschäftigt, den Kiesweg und den Rasen um das Haus genau zu untersuchen. Während der Major unauffällig auf ihn zuschlenderte, wendete sich der Priester, gleichfalls wie von ungefähr, nach einer anderen Richtung, die ihn um die Ecke des Hauses führte, etwa eine Elle von jenem hervorstehenden Kehrichtbehälter entfernt.

Er stand und starrte dieses trübselige Ding einige Sekunden lang an, dann schritt er näher hinzu, öffnete den Deckel und steckte den Kopf hinein, Staub und andere farblose Dinge wurden dabei emporgewirbelt, aber auf seine äußere Erscheinung achtete Pater Brown niemals, was immer sonst er auch beachtete. So blieb er eine geraume Zeit, wie in irgendwelche mystischen Gebete versunken. Dann tauchte er wieder hervor, ein wenig Asche im Haar, und schritt unbekümmert hinweg.

Als er wieder zu der Gartentüre kam, fand er dort eine kleine Menschenansammlung, die alles Krankhafte fortzufegen schien, wie das Sonnenlicht den Nebel verscheucht hatte. Der Anblick wirkte in keiner Weise durch irgendwelche Vernunftgründe beruhigend, er war nur einfach so grotesk komisch wie eine Gruppe von Dickens-Figuren. Major Putnam hatte inzwischen Zeit gefunden, ins Haus zu schlüpfen und ein vernünftiges Hemd, eine Hose und eine kurze, leichte Bluse anzuziehen. In dieser normalen Kleidung schien sein rotes, wohlgenährtes Gesicht vor Alltags -Herzlichkeit schier platzen zu wollen. Er redete mit großer Nachdrücklichkeit, aber das geschah darum, weil er mit seinem Koch sprach – jenem dunkelfarbenen Sohne Maltas, dessen gelbes, schmales und beinahe sorgenvolles Gesicht seltsam von seiner schneeweißen Mütze abstach. Der Koch hatte auch allen Grund, bekümmert und sorgenvoll auszusehen, denn die Kochkunst war des Majors Steckenpferd. Er war einer jener Amateure, die immer mehr verstehen als Professionals. Dem einzigen Menschen, dem er ein Urteil über eine Omelette zubilligte, war sein Freund Cray – und bei diesem Gedanken sah sich Brown nach jenem anderen Offizier um. In dem neuen Morgenlicht und in Gegenwart ordentlich gekleideter Leute, die mit vernünftigen Dingen beschäftigt waren, wirkte der Anblick wie ein Schock. Die hohe, elegante Gestalt Crays war immer noch im Nachtgewand, und so kroch er mit zerzaustem Haar auf Händen und Knien im Garten herum und suchte die Spur des Diebes; von Zeit zu Zeit schlug er vor Ärger, sie nicht gefunden zu haben, mit der Faust gegen den Boden. Als der Priester den Mann gleich einem Vierfüßler im Grase erblickte, zog er bekümmert die Brauen in die Höhe, und es fiel ihm zum ersten Mal ein, daß jenes Wort des Majors, „Cray bilde sich gewisse Dinge ein", vielleicht nur ein beschönigender Ausdruck gewesen sein mochte.

Die dritte Person in der Gruppe des Kochs und des Epikureers war gleichfalls eine dem Priester bekannte Erscheinung. Es war Audrey Watson, des Majors Mündel und Wirtschafterin; in diesem Augenblick nach ihrer Schürze, den aufgerollten Ärmeln und ihrem entschlossenen Benehmen zu urteilen, viel mehr seine Wirtschafterin als sein Mündel.

„Das geschieht dir recht", sagte sie; „ich habe dir immer gesagt, daß du das altmodische Essig-und-Öl-Gestell nicht verwenden sollst."

„Ich hab' es aber lieber als das andere", sagte Putnam versöhnlich. „Ich bin selbst altmodisch, und die Dinge sollen zusammenpassen."

„Und zusammen verschwinden, wie du siehst", erwiderte sie. „Nun, wenn du dir aus dem Einbruch nichts machst, so würde ich mir wegen des Lunchs keine Sorgen machen. Aber es ist Sonntag, und man kann nicht um Essig und all das Zeug in die Stadt schicken; und ihr Herren aus Indien könnt ein Essen ohne diese Zutaten nie recht genießen. Ich wollte jetzt, du hättest meinen Vetter Oliver nicht gebeten, mich zu dem musikalischen Gottesdienst zu begleiten. Der ist sicher nicht vor halb ein Uhr zu Ende, und der Oberst muß vor dieser Zeit von hier fort. Ich glaube wirklich nicht, daß ihr Männer allein fertig werden könnt."

„O ja, ganz gewiß, meine Liebe", sagte der Major und sah sie liebevoll an. „Marco hat alle möglichen sauren Soßen, und wir haben es uns schon oft in sehr wilden Gegenden einzurichten verstanden, wie du eigentlich wissen solltest. Auch ist es Zeit, daß du endlich einmal eine Unterhaltung hast, Audrey, du darfst doch nicht den ganzen Tag nur Wirtschafterin sein, und ich weiß, daß du gerne Musik hörst."

„Ich möchte gerne in die Kirche gehen", sagte sie und warf ihm einen strengen Blick zu.

Sie war eine jener schönen Frauen, die immer schön sind, weil ihre Schönheit nicht von einer gewissen Beleuchtung oder einer besonderen Haltung und Gebärde abhängt, sondern in der Form ihres Kopfes und der Linie ihrer Gesichtszüge liegt. Doch obwohl sie noch jung zu sein schien und ihr kastanienbraunes Haar von tizianischer Fülle und Schattierung war, lag um ihren Mund und um ihre Augen ein Zug, der den Eindruck erweckte, als wäre sie von einem geheimen Kummer frühzeitig verbraucht, wie der Wind mit der Zeit die Kanten und Ecken eines griechischen Tempels verwüstet. Denn die kleine häusliche Schwierigkeit, der sie jetzt so große Bedeutung zuzumessen schien, war eher komisch als tragisch. Pater Brown entnahm aus der Unterhaltung, daß Cray, der andere „gourmet", vor der gewöhnlichen Speisestunde abreisen mußte, und daß Putnam, sein Gastgeber, sich nicht um ein Abschiedsfest für den alten Busenfreund bringen lassen wollte und darum ein eigenes „déjeuner" bestellt hatte, das im Laufe des Vormittags, während Audrey und andere ernsthafte Leute dem Gottesdienst beiwohnten, serviert und eingenommen werden sollte. Audrey sollte zur Kirche gehen in Begleitung eines Verwandten und alten Freundes, Doktor Oliver Oman, der zwar ein etwas vertrockneter Wissenschaftler, aber ein begeisterter Musikliebhaber war, bereit, sogar in die Kirche zu gehen, wenn es galt, ein Orgelkonzert zu hören. An all dem war nichts zu finden, was auf den Grund der Traurigkeit in Fräulein Watsons Gesicht hätte schließen lassen können, und Pater Brown wendete sich instinktiv und halb unbewußt wieder dem anscheinend verrückten Mann zu, der im Grase herumkroch.

Als er sich Cray näherte, wendete dieser plötzlich den zerzausten Kopf zu ihm empor, als wundere er sich über die verlängerte Anwesenheit des anderen. Und wirklich war Pater Brown, aus Gründen, die wohl nur ihm selbst bekannt waren, länger geblieben, als es die Höflichkeit verlangte, ja sogar im gewöhnlichen Sinne länger, als eigentlich nach den Regeln der Höflichkeit zulässig gewesen wäre.

„Nun!“ rief Cray und sah ihn zornig an. „Ich vermute, Sie halten mich auch für verrückt, so wie alle anderen hier es tun?“

„Ich habe diese Annahme freilich erwogen“, antwortete der kleine Priester ruhig und gefaßt. „Aber ich bin geneigt, Sie nicht dafür zu halten.“

„Was wollen Sie damit sagen?“ schnauzte Cray ihn wütend an.

„Verrückte Leute“, erklärte Pater Brown, „versuchen ihre Krankheit immer zu stützen und zu nähren, sie sträuben sich niemals dagegen. Sie aber wollen Spuren des Einbrechers finden, selbst wenn keine vorhanden sind. Sie kämpfen dagegen an. Sie suchen, was kein Wahnsinniger sucht.“

„Und was ist das?“

„Sie suchen, eines Irrtums überführt zu werden“, sagte Brown.

Während der letzten Worte war Cray auf die Beine gesprungen oder hatte sich, besser gesagt, taumelnd aufgerichtet und starrte den Priester aufgeregt an. „Zum Teufel, das ist wahr!“ rief er. „Sie wollen mich hier alle davon überzeugen, daß der Kerl nur nach dem Silber aus war – als ob ich es nicht gar zu gerne selbst glauben möchte! Sie wollte mich auch davon überzeugen“, und er deutete mit seinem zerrauften schwarzen Kopf nach Audrey hin, „sie hat mir Vorwürfe gemacht, wie grausam es von mir sei, einen harmlosen Einbrecher niederzuschießen, und daß ich den leibhaftigen Teufel im Leibe hätte in meiner Verfolgungssucht gegen harmlose Eingeborene. Aber ich war früher ganz gutmütig – ebenso gutmütig wie Putnam.“

Nach einer Pause fügte er noch hinzu: „Schaun Sie, ich habe Sie nie zuvor gesehen, aber Sie sollen selbst über diese ganze Geschichte urteilen. Der alte Putnam und ich waren Regimentskameraden, doch dank irgendeines Vorfalls an der Grenze von Afghanistan bekam ich viel früher als alle anderen ein eigenes Regiment; dann wurden wir beide für einige Zeit auf Krankenurlaub nach Hause geschickt. Dort draußen hatte ich mich mit Audrey verlobt, und später reisten wir alle gemeinsam wieder zurück. Doch auf der Rückreise ereigneten sich seltsame Dinge. Infolge davon will Putnam die Verlobung rückgängig machen, und sogar Audrey zieht die Sache hin und ist unentschlossen – und ich weiß, was sie glauben. Ich weiß, wofür sie mich halten. Und Sie wissen es auch.

Nun, das sind die Tatsachen: Wir waren einmal in einer indischen Stadt, und ich bat Putnam, mir einige Zigarren zu verschaffen. Er sagte mir, ich würde sie seinem Hause gegenüber bekommen. Ich habe später erfahren, daß er recht hatte, aber ›gegenüber‹ ist eine gefährliche Bezeichnung, wenn ein anständiges Haus sechs elenden Hütten gegenübersteht, und ich muß mich eben in der Türe geirrt haben. Ich konnte sie nur mit Mühe öffnen, und, als es mir endlich gelang, befand ich mich in einem finsteren Raum. Als ich mich jedoch umwendete, hatte sich die Türe langsam wieder geschlossen und war endlich mit einem Geräusch wie von unzähligen Riegeln ins Schloß gefallen. Es blieb mir nichts anderes übrig, als vorwärts zu gehen, was ich auch tat. Ich schritt durch stockfinstere Gänge, dann gelangte ich an eine Treppe und endlich an eine geschlossene Türe, deren Klinke ich tastend fand und endlich öffnete. Wieder trat ich ins Halbdunkel heraus, das durch eine Unmenge kleiner, doch ruhig brennender Lampen in einen grünlichen Dämmerschein verwandelt wurde. Die Lampen brannten tief unten am Boden und erhellten nur den Fußboden oder den Saum irgendeines riesigen, leeren Raumes. Knapp vor mir befand sich etwas, das wie ein Berg aussah. Offengestanden wäre ich beinahe umgefallen, als ich erkannte, daß es ein Götzenbildnis war. Und was noch schlimmer war, ein Götzenbildnis, das mir den Rücken zukehrte.

Es war wohl kaum eine menschenähnliche Gestalt, soviel ich nach dem kleinen, plattgedrückten Kopf und mehr noch nach dem Schwanz oder dem schwanzähnlichen Glied urteilen konnte, das, hinten hinaufgedreht, wie ein widerlicher, großer Finger auf irgendwelche mystischen, in der Mitte des riesigen Steinrückens eingeschnitzte Zeichen deutete. Ich wollte, nicht ohne leises Entsetzen, eben versuchen, die Hieroglyphenschrift in der trüben Beleuchtung zu entziffern, als sich etwas noch Entsetzlicheres ereignete. Eine Türe öffnete sich leise in der Tempelmauer hinter mir, und ein Mann mit einem braunen Gesicht und in einem schwarzen Rock trat herein. Auf seinem Gesicht lag ein starres Lächeln, er hatte eine kupferfarbene Haut und elfenbeinfarbene Zähne; doch ich glaube, das Schrecklichste an ihm war, daß er europäische Kleider trug. Ich wäre vielleicht darauf gefaßt gewesen, glaube ich, vermummte Priester oder nackte Fakire zu erblicken. Aber dies schien zu besagen, daß die Teufelei über die ganze Welt verbreitet sei. Was sich auch später als wahr erwies.

›Hättest du nur des Affen Füße erblickt‹, sagte der Mann ohne jede Einleitung, immer noch mit jenem starren Lächeln, ›so wären wir sanft mit dir umgegangen, du wärest einfach gemartert worden und wärest endlich gestorben. Hättest du des Affen Antlitz erblickt, wären wir immer noch milde und tolerant geblieben – du wärest nur gemartert worden und hättest weitergelebt. Doch da du des

Affen Schwanz gesehen hast, müssen wir das schrecklichste Urteil sprechen. Das heißt: Zieh frei von hinnen!‹

Als er diese Worte gesprochen hatte, hörte ich, wie die eiserne Klinke, mit der ich mich geplagt hatte, sich automatisch öffnete und wie dann weit draußen am Ende des Ganges, den ich durchschritten hatte, die Straßentüre ihre eigenen Riegel zurückschob.

›Es wäre vergebens, um Gnade zu bitten; du bist frei und mußt gehen‹, sagte der Mann mit dem Lächeln. ›Von nun an soll dich ein Haar wie ein Schwert treffen und ein Atemzug wie Schlangenbisse brennen; die Waffen sollen aus dem Nichts auf dich eindringen, und du sollst tausend Tode sterben.‹ Und damit verschlang ihn die Mauer wieder; und ich ging auf die Straße hinaus."

Cray schwieg, und Pater Brown setzte sich unbefangen ins Gras und fing an, mit den Gänseblumen zu spielen.

Dann fuhr der Offizier fort: „Putnam machte sich natürlich mit seinem heiteren gesunden Menschenverstand über alle meine Befürchtungen lustig, und von jenem Tage an hat er angefangen, an meinem normalen Geisteszustand zu zweifeln. Nun, ich will Ihnen einfach mit möglichst wenigen Worten die drei Dinge erzählen, die sich seither zugetragen haben, und Sie sollen selbst urteilen, wer von uns beiden recht hat.

Das erste ereignete sich in einem indischen Dorfe am Rande des Dschungels, doch viele hundert Meilen von jenem Tempel entfernt, wo der Fluch über mich gesprochen worden war. Ich wachte mitten in der Nacht auf und lag im Bett, ohne an etwas Besonderes zu denken. Da fühlte ich ein leises Kitzeln, als würde ein Faden oder ein Haar über meinem Halse vorbeigezogen. Ich fuhr ausweichend zurück und konnte nicht umhin, an jene Worte im Tempel zu denken. Doch als ich aufstand, Licht machte und einen Spiegel zur Hand nahm, sah ich, daß eine blutrote Linie über meinen Hals lief.

Das zweite ereignete sich in einem Quartier in Port Said, einige Zeit später, auf unserer gemeinsamen Heimreise. Es war ein Zwischending zwischen Herberge und Raritätenladen, und, obwohl dort nichts zu sehen war, was auch nur im entferntesten an den Affenkult erinnerte, ist es natürlich doch möglich, daß sich einige Bildnisse oder Talismane dieser Art von Götzenverehrung an einem solchen Ort befanden. Jedenfalls war der Fluch dort wirksam. Wieder wachte ich in der Dunkelheit der Nacht auf mit einer Empfindung, die man durch kein nüchterneres und treffenderes Wort wiedergeben kann, als daß ein Atemhauch wie Schlangenbisse brannte. Alles Leben in mir war nur noch der Todeskampf vor dem Verlöschen. Ich stieß mit dem Kopf gegen viele Mauern, bevor ich gegen ein Fenster stieß und in den darunter befindlichen Garten mehr fiel als sprang. Putnam, der arme Kerl, der das andere einen zufälligen Kratzer genannt hatte, wurde nun gezwungen, die Tatsache, daß er mich am nächsten Morgen halb bewußtlos im Grase liegen fand, etwas ernster zu nehmen. Doch ich fürchte, er hat nur meinen Geisteszustand ernst genommen, nicht aber meine Geschichte.

Das dritte Ereignis trug sich in Malta zu. Wir befanden uns dort in einer Festung, und unsere Schlafzimmer hatten zufällig die Aussicht aufs Meer, das beinahe bis zu unseren Fenstersimsen herangereicht hätte, wäre nicht die flache weiße äußere Festungsmauer gewesen, die ebenso kahl war wie das Meer. Wieder erwachte ich, aber diesmal war es nicht dunkel. Heller Mondenschein erleuchtete das Zimmer, als ich zum Fenster schritt. Ich hätte einen Vogel auf der kahlen Mauer sehen können oder ein Segel am Horizont. Was ich jedoch sah, war eine Art Stock oder ein Zweig, der in kreisförmigen Linien frei im leeren Raume schwebte. Dann schoß das Ding plötzlich schnurgerade in mein Fenster und zertrümmerte die Lampe neben meinem Bett, das ich eben verlassen hatte. Es war eine jener seltsam geformten Keulen, die von einigen Stämmen des Ostens als Waffen verwendet werden. Doch war sie von keiner Menschenhand geschleudert worden ..."

Pater Brown warf einige abgerissene Gänseblümchen fort und erhob sich mit nachdenklichem Gesichtsausdruck. „Besitzt Major Putnam", fragte er, „irgendwelche Sehenswürdigkeiten oder Götzenbilder oder exotische Waffen, die man flüchtig sehen könnte?"

„Ja, eine ganze Menge, obwohl das nicht viel nützen dürfte, fürchte ich", erwiderte Cray, „aber kommen Sie auf alle Fälle in sein Arbeitszimmer."

Beim Betreten des Hauses begegneten sie Fräulein Watson, die im Begriffe war, die Handschuhe zuzuknöpfen, und von weiter unten hörten sie die Stimme Putnams, die dem Koch immer noch eine Vorlesung hielt über irgendeine Kochkunst. Im Arbeitszimmer des Majors stießen sie plötzlich auf einen neuen Gast, der im Zylinderhut und Straßenanzug am Rauchtischchen saß, über ein offenes Buch gebeugt – ein Buch, das er ein wenig schuldbewußt fallen ließ, um sich den Eintretenden zuzuwenden. Cray stellte ihn höflich als Doktor Oman vor, doch sein Gesicht zeigte so deutlich alle Anzeichen einer tiefen Abneigung, daß Brown die Rivalität der beiden – ob Audrey nun davon wußte oder nicht –

auf den ersten Blick erkannte. Doktor Oman war ein auffallend gut gekleideter Herr; er hatte angenehme Gesichtszüge, wenn seine Haut auch beinahe so dunkel war wie die eines Asiaten.

Cray schien das kleine Gebetbuch in Omans behandschuhter Hand besonders aufreizend zu finden.

„Ich wußte nicht, daß Ihnen dergleichen liege", sagte er ein wenig unhöflich.

Oman lachte milde, doch wirkte seine Art nicht beleidigend. „Das hier gehört mehr in mein Fach, ich weiß", sagte er und legte die Hand auf das Buch, das er hatte fallen lassen, „es ist ein Nachschlagwerk über betäubende Getränke und ähnliches. Aber es ist ein wenig zu groß, um es mit in die Kirche zu nehmen." Damit schlug er das Buch zu, und wieder lag etwas wie Eile oder Verlegenheit in dieser Gebärde.

„Ich nehme an", sagte der Priester, der das Gesprächsthema wechseln wollte, „daß alle diese Speere und die übrigen Dinge hier aus Indien stammen?"

„Oh, die sind von überall", antwortete der Doktor. „Putnam ist ein alter Soldat und war, soviel ich weiß, in Mexiko und in Australien und auf den Inseln der Kannibalen."

„Ich hoffe, daß er zumindest seine Kochkunst nicht bei den Kannibalen gelernt hat", sagte Pater Brown. Und er ließ seine Blicke über die Bratpfannen und anderen seltsamen Gegenstände schweifen, die an der Wand hingen.

In diesem Augenblick steckte der heitere Gegenstand ihrer Unterhaltung sein lachendes, krebsrotes Gesicht zur Türe herein. „Komm, Cray!" rief er. „Das Essen ist fertig. Und die Glocken läuten für jene, die zur Kirche gehen wollen."

Cray schlüpfte hinauf, um sich umzukleiden; Doktor Oman und Fräulein Watson gingen gemessenen Schrittes die Straße hinab und schlossen sich einem Strom anderer Kirchgänger an; doch Pater Brown bemerkte, daß der Doktor sich zweimal umsah, ja sogar, bei der Ecke der Straße angelangt, wieder umkehrte und nochmals scharf prüfend zu dem Hause hinaufblickte.

Der Priester war ein wenig verwirrt. „Er kann doch nicht bei dem Kehrichtbehälter gewesen sein", brummte er leise vor sich hin. „Zumindest nicht in diesen Kleidern. Oder ist er zu einer noch früheren Morgenstunde da gewesen?"

Pater Brown war in bezug auf andere Menschen so empfindlich wie ein Barometer; doch heute schien er die Empfindsamkeit eines Rhinozerosses zu haben. Nach keiner Regel gesellschaftlicher Konvention, weder nach der strengsten noch nach der selbstverständlichsten, konnte man annehmen, daß er auch noch während des Essens der beiden Freunde weiter bleibe. Doch er blieb und verbarg die merkwürdige Situation unter einem Schwall zwar amüsanten, doch ganz zwecklosen Unterhaltungsgeredes. Sein Bleiben wurde um so verwunderlicher, als er nichts essen wollte. Es wurden nacheinander die gewähltesten und köstlichst bereiteten Gerichte aufgetragen, doch Pater Brown wiederholte immer nur, daß er einen Fasttag habe, und knabberte an einem Stückchen trockenem Brot. Doch in seinen Reden war er von übersprudelnder Laune.

„Ich werde Ihnen etwas sagen", rief er; „wissen Sie, was ich für Sie tun werde? Ich werde Ihnen einen Salat anmachen! Ich darf ihn nicht essen, aber ich will ihn wie ein Engel zubereiten! Da haben Sie ja einen Kopfsalat."

„Es ist leider das einzige, was wir haben", antwortete der gutmütige Major. „Sie dürfen nicht vergessen, daß Senf, Essig, Öl und so weiter alles zusammen mit dem Ständer und dem Einbrecher verschwunden sind."

„Ich weiß", sagte Pater Brown ein wenig gleichgültig. „Das war es, was ich schon stets befürchtete. Darum trage ich diese Dinge immer bei mir. Ich esse Salat nämlich sehr gerne."

Und zum Erstaunen der beiden Männer nahm er aus seiner Westentasche eine Pfefferdose und stellte sie auf den Tisch.

„Ich wundere mich, wozu der Einbrecher auch den Senf mitnahm", fuhr er fort und holte aus einer anderen Tasche einen Senftiegel hervor, „Wahrscheinlich für ein Senfpflaster. Und Essig", er zog diese Würze hervor, „ich glaube, ich habe einmal etwas über Essig und Packpapier gehört? Was nun das Öl anbelangt, so habe ich dieses, wenn ich nicht irre, in die linke ..."

Er hielt plötzlich einen Augenblick lang mitten in seinem Geschwätz inne, denn als er zufällig die Augen hob, sah er, was keiner von den anderen sah: die schwarze Gestalt des Doktor Oman, die auf dem sonnbeschienenen Rasen draußen stand und angestrengt ins Zimmer starrte. Bevor er sich wieder gesammelt hatte, war Cray ihm ins Wort gefallen.

„Sie sind ein merkwürdiger Kauz“, sagte er. „Ich werde mir Ihre Predigten anhören kommen, wenn diese ebenso unterhaltend sind wie Ihr Benehmen.“ Da schlug seine Stimme um, und er lehnte sich in seinem Stuhl zurück.

„Oh, man kann auch über einen Gewürzständer predigen“, sagte Pater Brown ernsthaft. „Haben Sie nie von dem Glauben gehört, der wie ein Senfkorn war, oder von einer Salbung mit Öl? Und was den Essig anbelangt, kann denn ein Soldat jemals jenen Soldaten vergessen, der, als die Sonne sich verdunkelte ...“

Oberst Cray beugte sich ein wenig vor und griff nach dem Tischtuch.

Pater Brown, der den Salat bereitete, tat schnell zwei Löffel Senf in ein Glas Wasser, das neben ihm stand, erhob sich und sagte mit plötzlich veränderter, lauter Stimme, „Trinken Sie das!“

In demselben Augenblick kam der Doktor, der bisher regungslos im Garten gestanden hatte, angerannt und riß ein Fenster auf. „Werde ich benötigt?“ rief er. „Ist er vergiftet worden?“

„Beinahe“, sagte Brown mit einem ganz schwachen Lächeln; denn das Brechmittel hatte sofort gewirkt. Cray lag in einem Lehnsessel, keuchend, als schnappte er nach Luft, aber lebendig.

Major Putnam war aufgesprungen, sein purpurfarbenes Gesicht war weiß gefleckt. „Ein Verbrechen!“ schrie er heiser. „Ich werde die Polizei holen!“

Der Priester hörte, wie er seinen Hut vom Kleiderhaken riß und zur Türe hinausstürzte; dann wurde die Gartentüre zugeschlagen. Doch Brown stand ruhig da, sah Cray an und sagte nach einer Pause leise:

„Ich werde jetzt nicht viel mit Ihnen reden; aber ich werde Ihnen sagen, was Sie wissen wollen. Es liegt kein Fluch auf Ihnen. Der Tempel des Affen war entweder ein Zufall oder ein Teil der Vorspiegelungen, und diese waren das Werk eines weißen Mannes. Es gibt nur eine Waffe, die bei federleiser Berührung Blut hervorbringt: eine Rasierklinge, von der Hand eines Weißen geführt. Es gibt nur eine Methode, einen gewöhnlichen Raum mit unsichtbaren, überwältigenden Giftdämpfen zu erfüllen: das Gas aufzudrehen – das Verbrechen eines Weißen. Und es gibt nur eine Keule, die, aus einem Fenster geschleudert, sich mitten in der Luft umdrehen wird und in das benachbarte Fenster fliegen: ein australischer Bumerang. Sie können einige davon im Arbeitszimmer des Majors sehen.“

Damit ging er hinaus und sprach einen Augenblick lang mit dem Doktor. Im nächsten Augenblick stürzte Audrey Watson ins Haus und sank vor Crays Stuhl auf die Knie. Brown konnte nicht hören, was die beiden miteinander sprachen, doch in ihren Gesichtern malte sich reines Erstaunen, keine Spur von Traurigkeit. Der Doktor und der Priester gingen langsam miteinander auf die Gartentüre zu.

„Ich nehme an, daß der Major auch in sie verliebt war", sagte Brown seufzend, und als der andere nickte, bemerkte er: „Sie haben sich großmütig benommen, Doktor, das war schön von Ihnen. Aber wieso haben Sie Verdacht geschöpft?"

„Aus einer Kleinigkeit", sagte Oman; „doch ich konnte in der Kirche keine Ruhe finden und mußte zurückkommen und sehen, ob alles in Ordnung sei. Jenes Buch auf seinem Tische war ein Werk über Gifte und lag an einer Stelle aufgeschlagen, wo erklärt wird, daß ein gewisses indisches Gift zwar tödlich wirke und schwer nachzuweisen sei, aber durch das einfachste Brechmittel besonders leicht unschädlich gemacht werden kann. Ich nehme an, daß er das im letzten Augenblick las ..."

„Und sich erinnerte, daß im Gewürzständer Brechmittel zur Hand wären", sagte Pater Brown. „Ganz richtig. Er hat, um einen Einbruch zu fingieren, das Silber zusammen mit dem Ständer in die Kehrichtkiste geworfen, wo ich alles fand. Doch wenn Sie die Pfefferdose genau ansehen, die ich auf den Tisch gestellt habe, so werden Sie ein kleines Loch darin finden. Dort hat Crays Kugel eingeschlagen, den Pfeffer in die Luft geblasen und den Verbrecher zum Niesen gezwungen."

Es entstand eine Pause. Dann sagte Doktor Oman boshaft: „Der Major sucht aber lange nach der Polizei."

„Oder die Polizei sucht ihn", sagte der Priester. „Nun, leben Sie wohl."

John Boulnois' seltsames Verbrechen

Herr Calhoun Kidd war ein sehr junger Mann mit einem sehr alten Gesicht, einem Gesicht, das von seinem eigenen Eifer verzehrt und von bläulichschwarzem Haar sowie einer schwarzen wehenden Krawatte umrahmt war. Er war der englische Reporter der riesigen amerikanischen Tageszeitung namens „Die Sonne des Westens" – die auch den Spitznamen „Der Aufgehende Sonnenuntergang" hatte. Das war eine Anspielung auf die bedeutungsvolle journalistische Erklärung, die man Herrn Kidd selbst unterschob: er glaube, die Sonne würde doch noch im Westen aufgehen, wenn nur die Amerikaner noch ein wenig mehr eilen und drängen und treiben würden. Jene Leute jedoch, die sich vom Standpunkte etwas gesetzterer Traditionen aus über den amerikanischen Journalismus lustig machen, vergessen dabei einen gewissen Widerspruch, der alles zum Teil wiedergutmacht. Denn wenn der Journalismus der amerikanischen Staaten an Drastik und Gewöhnlichkeit alles überbietet, was englisch ist, so zeigt er doch auch eine aufgeregte Anteilnahme an den ernstesten geistigen Problemen und eine wirkliche Begeisterungsfähigkeit, deren englische Zeitungen bar oder, besser gesagt, unfähig sind. Die „Sonne" war voll von den feierlichsten Dingen, die in der possenhaftesten Weise behandelt wurden, und in der unendlichen Reihe der Abbildungen wechselten Gelehrte mit Boxkämpfern ab.

So kam es, daß zum Beispiel keine englische Zeitung auch nur flüchtig davon Notiz nahm, als ein bescheidenes Mitglied der Oxforder Universität namens John Boulnois in einer wenig gelesenen naturwissenschaftlichen Zeitschrift einige Artikel über bestimmte schwache Punkte der Darwinschen Entwicklungstheorie veröffentlichte. Übrigens ist noch zu bemerken, daß Boulnois' Theorie, ausgehend von der Vorstellung eines verhältnismäßig stationären, nur gelegentlich von katastrophalen Veränderungen heimgesuchten Universums, sich in Oxford einer gewissen Modeberühmtheit erfreute und infolgedessen sogar den Namen „Katastrophentheorie" erhielt. Die englischen Zeitungen nahmen hiervon, wie gesagt, keine Notiz. Doch viele amerikanische Blätter griffen diese Herausforderung wie ein großes Ereignis auf, und die „Sonne" warf den Schatten des Herrn Boulnois in riesenhafter Größe über ihre Seiten. Durch den schon vorhin erwähnten Widerspruch wurden Artikel von anerkennenswerter Klugheit und Begeisterungsfähigkeit mit Überschriften gebracht wie: „Darwin kaut Unsinn! Kritiker Boulnois sagt, Welterschütterungen lassen ihn unerschüttert." – „Haltet euch an die

Katastrophen, sagt Denker Boulnois!" Und Herr Calhoun Kidd erhielt den Auftrag, sich mit seiner wehenden Krawatte und seiner finsteren Miene in das kleine Häuschen außerhalb Oxfords zu begeben, wo der Denker Boulnois in glücklicher Unkenntnis dieses Titels wohnte.

Dieser vom Schicksal gezeichnete Gelehrte hatte in einem Augenblick der Verwirrung eingewilligt, den Interviewer zu empfangen, und die Stunde des Besuches für neun Uhr abends desselben Tages festgesetzt. Der letzte Schimmer eines sommerlichen Sonnenunterganges hing in den niedrigen bewaldeten Hügeln um Cumnor. Der romantische Yankee war zunächst des Weges nicht ganz sicher, zugleich aber auch neugierig, etwas aus der Umgebung zu erfahren, und da er die Türe eines echten alten Bauernwirtshauses, wie sie in der Nähe herrschaftlicher Landsitze meist zu finden sind, offen fand, trat er ein, um Erkundigungen einzuziehen.

In der Wirtsstube mußte er läuten und einige Zeit warten, bevor jemand kam. Es war außer ihm noch ein anderer Gast anwesend, ein Mann mit fest zurückgebürstetem rotem Haar und einem weiten Anzug aus haarigem Stoff; der Mann trank einen sehr schlechten Whisky und rauchte eine sehr gute Zigarre. Der Whisky war natürlich das auserwählte Getränk des Wirtshauses; die Zigarre hatte er wahrscheinlich aus London mitgebracht. Die zynische Saloppheit seiner Erscheinung stach gegen die trockene Adrettheit des Amerikaners in auffallender Weise ab; doch irgend etwas Undefinierbares – der Bleistift mit dem offenen Notizbuch, vielleicht auch der Ausdruck neugieriger Wachsamkeit in den blauen Augen des Mannes, veranlaßten Kidd zu der richtigen, Annahme, daß jener ein Berufskollege sei.

„Würden Sie die Liebenswürdigkeit haben", fragte Kidd mit der seiner Nation eigenen Höflichkeit, „mir zu sagen, wo das ›Graue Häuschen‹ ist, in dem Herr Boulnois wohnen soll?"

„Einige Ellen weiter die Straße hinunter", sagte der rothaarige Mann, indem er die Zigarre aus dem Munde nahm; „ich gehe auch dort vorbei in ein paar Minuten; aber ich gehe nach Pendragon Park und werde versuchen, mir dort den Spaß anzusehen."

„Was ist Pendragon Park?" fragte Calhoun Kidd.

„Der Besitz Claude Champions – sind Sie nicht auch darum hierher gekommen?" fragte der andere Zeitungsmann und sah erstaunt auf. „Sie sind doch Journalist, nicht?"

„Ich bin hierher gekommen, um Herrn Boulnois aufzusuchen“, erwiderte Kidd.

„Nun, und ich will Frau Boulnois aufsuchen“, sagte der andere. „Aber ich werde sie wohl nicht zu Hause antreffen“, und er brach in ein unangenehmes Lachen aus.

„Interessieren Sie sich für die Katastrophentheorie?“ fragte der verwunderte Yankee.

„Ich interessiere mich für Katastrophen, und es werden sich hier welche ereignen“, erwiderte der Mann düster. „Ich betreibe ein schmutziges Gewerbe, und ich habe auch nie das Gegenteil behauptet.“

Bei diesen Worten spuckte er auf den Boden; doch sogar an der Art, wie er dies tat, konnte man sehen, daß der Mann eine gute Erziehung genossen hatte.

Der Amerikaner beobachtete ihn mit wachsender Aufmerksamkeit. Das Gesicht des Rothaarigen war blaß und erweckte den Eindruck von Liederlichkeit; doch war es ein kluges und lebendiges Gesicht, ein Gesicht, hinter dem wilde Leidenschaftlichkeit verborgen zu sein schien, bereit, jeden Augenblick hervorzubrechen. Seine Kleidung war derb und ungepflegt, doch trug er einen schönen Siegelring an einem seiner langen, schlanken Finger. Sein Name war, wie sich im Laufe der Unterhaltung herausstellte, James Dalroy. Er war der Sohn eines zugrunde gegangenen irischen Gutsbesitzers und arbeitete für ein vielgelesenes Blatt, das ihm in der Seele zuwider war; es hieß „Die elegante Gesellschaft“, und er war Reporter, was der Tätigkeit eines Spions peinlich nahekam.

Ich muß leider sagen, daß „Die elegante Gesellschaft“ sich nicht im mindesten für Boulnois' Ideen interessierte, die doch anerkennenswerterweise für Herz und Hirn der „Sonne des Westens“ von so großer Bedeutung waren. Dalroy war anscheinend hierher gekommen, um einer Skandalaffäre nachzuschnüffeln, die wahrscheinlich beim Scheidungsgericht enden würde, sich aber augenblicklich zwischen dem Grauen Häuschen und Pendragon Park abspielte.

Sir Claude Champion war den Lesern der „Sonne des Westens“ ebenso gut bekannt wie Herr Boulnois oder genauso wie der Papst und der Sieger des letzten Derbys. Doch der Gedanke an eine intime Bekanntschaft der beiden wäre Kidd ebenso unangemessen vorgekommen wie die der zuletzt erwähnten Persönlichkeiten. Er hatte von Sir Claude Champion gehört, daher auch über ihn geschrieben, ja fälschlicherweise sogar vorgegeben, daß er ihn kenne, „als einen der reichsten und berühmtesten von Englands obersten Zehn"; als den großen Sportsmann, der Jacht-Wettfahrten um die Welt veranstaltete; als den großen Weltreisenden, der Bücher über das Himalayagebirge schrieb; als den großen Politiker, der Wählerschaften an sich zu reißen verstünde mit einer ganz neuen Art von Tory-Demokratie und als den großen Kunstamateur in Musik und Literatur, vor allem aber auf dem Gebiete der Schauspielkunst. Sir Claude war wirklich nicht nur in den Augen der Amerikaner eine glänzende Erscheinung. Es lag etwas von dem Glänze eines Renaissancefürsten über dieser allesverschlingenden, mitreißenden Persönlichkeit mit ihrer nicht zu befriedigenden Sucht nach öffentlicher Wirkung. Sir Claude war nicht nur ein großer, sondern auch ein ehrgeiziger Amateur. Er hatte nichts von jener veralteten Frivolität an sich, die in dem Wort Dilettant inbegriffen ist.

Dieses tadellose Falkenprofil mit den leuchtend schwarzen Italieneraugen, das so oft sowohl in der „Eleganten Gesellschaft" wie auch in der „Sonne des Westens" abgebildet gewesen war, erweckte in jedermann den Eindruck eines Menschen, der von Ehrgeiz, einem inneren Feuer oder vielleicht auch einer Krankheit verzehrt wird. Doch, obwohl Kidd gar viel über Sir Claude wußte – eigentlich weit mehr, als wirklich zu wissen war -, so wäre es ihm doch in seinen wildesten Träumen niemals eingefallen, eine so auffällig aristokratische Erscheinung mit dem erst kürzlich ans Tageslicht geförderten Begründer der Katastrophentheorie in Zusammenhang zu bringen oder auch nur zu ahnen, daß Sir Claude Champion und John Boulnois intime Freunde wären. Doch nach Dalroys Bericht war dies tatsächlich der Fall. Die beiden hatten als unzertrennliche Busenfreunde ihre Schuljahre miteinander verbracht, und, obwohl ihre soziale Laufbahn sich sehr verschieden gestaltete – denn Champion war ein großer Gutsbesitzer und beinahe Millionär, während Boulnois ein armer und bisher sogar ganz unbekannter Gelehrter war –, so blieben die beiden doch stets in enger Fühlung miteinander. Boulnois' Häuschen stand sogar unmittelbar vor den Mauern von Pendragon Park.

Doch, ob die beiden Leute auch in Zukunft würden Freunde bleiben können, war eine schwierige und häßliche Frage. Ein oder zwei Jahre zuvor hatte Boulnois eine schöne und erfolgreiche Schauspielerin geheiratet, der er in seiner scheuen und schwerfälligen Art zugetan war. Doch die Nachbarschaft der Besitzung von Claude Champion gab diesem berüchtigten Phantasten Gelegenheit, sich in einer Weise zu benehmen, die peinliches und beschämendes Aufsehen erregen mußte. Sir Claude hatte es zu einer gewissen Vorbildlichkeit darin gebracht, mit allem, was er tat, in die Öffentlichkeit zu dringen, und er schien eine perverse Freude daran zu haben, auch eine Affäre, die ihm keineswegs zur Ehre gereichen konnte, möglichst aufsehenerregend durchzuführen. Unaufhörlich brachten Diener aus Schloß Pendragon Frau Boulnois Buketts ins Haus; Wagen und Automobile hielten immerfort vor dem Grauen Häuschen, um Frau Boulnois abzuholen; ununterbrochen wurden auf dem Schlosse Bälle und Maskenfeste abgehalten, auf denen der Baron mit Frau Boulnois paradierte wie ein Ritter mit der Königin der Liebe und Schönheit auf einem Turnier. Und diesen selben Abend, für den Herr Boulnois Herrn Kidd bestellt hatte, um ihm seine Katastrophentheorie zu erläutern, hatte Sir Claude Champion für eine Freilichtaufführung von „Romeo und Julia“ bestimmt, in der er den Romeo spielen sollte mit einer Julia, deren Darstellerin zu nennen unnötig war.

„Ich glaube, es muß unbedingt zu einem Krach kommen“, sagte James Dalroy, stand auf und schüttelte sich. „Der alte Boulnois mag ein einfacher, leicht zu behandelnder Bursche sein, aber dafür ist er wieder schwer von seiner geraden Richtung abzubringen.“

„Er ist ein Mann von tiefem Verstand und Wissen“, sagte Calhoun Kidd mit dem Brustton der Überzeugung.

„Ja“, antwortete Dalroy. „Aber selbst ein Mann von tiefem Verstand und Wissen kann nicht so ein Narr sein. Müssen Sie schon gehen? Ich komme auch in einigen Minuten.“

Doch Calhoun Kidd schritt, sobald er sein Glas Milch mit Soda ausgetrunken hatte, schnell und entschlossen die Straße entlang auf das Graue Häuschen zu, während er den zynischen Informator bei Whisky und Zigarre zurückließ. Das letzte Tageslicht war nun geschwunden; der Himmel, hie und da von einem Stern geziert, war von dunkler, grünlichgrauer Färbung wie Schiefer und nur im Osten etwas heller, eine Vorahnung des aufgehenden Mondes.

Das Graue Häuschen, wie verschanzt in einem Viereck steifer, hoher Dornenhecken, stand so dicht unterhalb der Fichtenbäume und Gitterstangen des Parkes, daß Kidd es erst irrtümlich für das Portiergebäude hielt. Doch, nachdem er den Namen auf dem kleinen hölzernen Gittertor gesehen und nach seiner Taschenuhr festgestellt hatte, daß die ihm von dem „Denker“ bestimmte Stunde eben geschlagen habe, trat er durch das Gartentor ein und klopfte an der Eingangstüre des Hauses. Vom Garten aus konnte er sehen, daß das Häuschen zwar immerhin bescheiden, aber doch weit größer und luxuriöser war, als es auf den ersten Blick hin wirkte, und jedenfalls mit einem Portiergebäude gar nichts gemein hatte. Eine Hundehütte und ein Bienenstock standen wie Symbole des alten englischen Landlebens im Vorgärtchen. Der Mond ging hinter ein paar schönen Birnbäumen auf; der Hund kam aus seiner Hütte hervor, sah prüfend drein und bellte nicht; der schlichte, ältlich aussehende Diener, der die Türe öffnete, sprach wenig, doch höflich und würdevoll.

„Herr Boulnois läßt sich entschuldigen, Herr", sagte er, „doch er war unerwarteterweise gezwungen, das Haus zu verlassen."

„Aber es war doch verabredet, daß ich um diese Zeit herkommen sollte", sagte der Journalist mit verärgerter Stimme. „Wissen Sie vielleicht, wohin er gegangen ist?"

„Nach Pendragon Park, Herr", sagte der Diener mit trauriger Stimme, schon im Begriff, die Türe zu schließen.

Kidd schaute ein wenig erstaunt auf. „Ist er mit Frau ... mit der übrigen Gesellschaft hingegangen?" fragte er etwas zögernd.

„Nein, Herr", antwortete der Mann kurz, „er blieb zurück und ging dann später allein fort." Und damit schloß der Diener plötzlich die Türe, als hätte er ein schlechtes Gewissen.

Der Amerikaner, jenes seltsame Gemisch von Unverschämtheit und Empfindlichkeit, war verärgert. Er hatte das starke Verlangen, sie alle ein wenig aufzurütteln, den Leuten ein bißchen Geschäftsmanieren beizubringen; dem zottigen alten Hund da und diesem grauen alten Diener mit seinem ernsten Gesicht und seiner vorsintflutlichen steifen Hemdbrust, dann diesem schläfrigen alten Mond und vor allem diesem zerstreuten alten Gelehrten, der seine Verabredungen nicht einhielt.

„Wenn er sich so benimmt, geschieht es ihm schon recht, daß ihm seine Frau untreu wird", sagte Herr Calhoun Kidd. „Aber vielleicht ist er auch hingegangen, um einen Skandal zu machen. In diesem Falle wäre, glaube ich, ein Mann von der ›Sonne des Westens‹ am Platz."

Und mit dieser Überlegung bog er bei der offenstehenden Parktüre ein und stapfte die lange Fichtenallee entlang, die schnurgerade in das Garteninnere von Pendragon Park führte. Die Bäume standen so schwarz und wohlgeordnet wie die Federn auf einem Leichenwagen empor; am Himmel leuchteten immer noch ein paar Sterne. Kidd assoziierte leichter literarische Zusammenhänge als rein natürliche, und so kam das Wort „Ravenswood" ihm immer wieder in den Sinn. Zum Teil war es die rabenschwarze Farbe der Fichten, zum Teil auch die nicht wiederzugebende Atmosphäre, die Scott in seiner großen Tragödie beinahe wiedergegeben hat: der Hauch von etwas Unbestimmtem, das im achtzehnten Jahrhundert gestorben ist; der Geruch eines feuchten Gartens und zerbrochener Urnen; von geschehenen Untaten, die nicht mehr gutzumachen sind; von einer seltsam unwirklichen, aber darum nicht weniger schmerzvoll traurigen Erinnerung.

Kidd blieb mehr als einmal auf diesem wohlgepflegten, schwarzen Weg, der traurig und kunstvoll zugleich anmutete, erschreckt stehen in der Meinung, Schritte vor sich zu hören. Doch er konnte niemals etwas anderes vor sich erblicken als die beiden düsteren Mauern der Fichtenreihen und den Keil sternerhellten Himmels darüber. Zuerst hielt er es für Einbildung oder eine Täuschung durch den Widerhall der eigenen Schritte. Doch je weiter er vorwärts kam, um so mehr neigte er mit den spärlichen Resten seines gesunden Menschenverstandes zu der Annahme, daß sich wirklich noch andere Füße auf dem Wege fortbewegten. Flüchtig ging ihm der Gedanke an Geister durch den Sinn, und er war erstaunt zu finden, wie schnell er sich das Bild eines der Situation entsprechenden Geistes vorstellen konnte, das kreideweiße Gesicht eines Pierrots mit schwarzen Pflästerchen. Der Scheitelpunkt des dunkelblauen Himmelsdreieckes wurde nun heller und blauer, doch Kidd erkannte nicht gleich, daß dies von den Lichtern des großen Hauses herrührte, dem er sich näherte. Er fühlte nur, wie die Luft immer erstickender wurde, wie das Gefühl der Traurigkeit mehr und mehr durchsetzt erschien von Heimlichkeiten und Gewalttätigkeiten, von – er scheute sich, das Wort zu wählen, und schloß dann, als er das richtige gefunden hatte, mit kurzem Lachen – von der Vorahnung kommender Katastrophen.

Immer weitere Fichten und weitere Gartenpfade glitten an ihm vorbei, bis er plötzlich, wie von einem Zauber gebannt, stehenblieb. Es wäre unnötig zu sagen, daß er zu träumen glaubte; diesmal war er ganz überzeugt davon, in einem Buch zu leben. Denn wir Menschenkinder sind an nicht zueinander stimmende Dinge gewöhnt; das mißtönige Geklapper des Ungereimten ist uns selbstverständlich; es ist eine Melodie, die uns in den Schlaf wiegt. Treffen die zueinander passenden Ereignisse zusammen, so durchzuckt es uns wie der schmerzliche Wohlklang eines vollendeten Akkordes. Es ereignete sich das, was sich an einem solchen Ort in einem längstvergessenen Märchen ereignet hätte.

Über den schwarzen Fichtenwald kam eine nackte Degenklinge geflogen, hellglitzernd im Mondenschein, ein schlankes, funkelndes Rapier, das in diesem alten Park schon manch ungerechtes Duell gefochten haben mochte. Der Degen fiel ziemlich weit vor Kidd mitten auf den Weg nieder und lag dort glitzernd wie eine große Nadel. Kidd lief wie ein Hase und beugte sich nieder, um das Ding zu besehen. Aus der Nähe machte es einen gar prunkvollen Eindruck. Die großen roten Juwelen am Griff waren freilich ein wenig verdächtig, auf der Klinge aber waren andere rote Tropfen, über die kein Zweifel bestehen konnte.

Kidd blickte sich unschlüssig um und sah, daß in der Richtung, aus der das blendende Wurfgeschoß gekommen war, die düstere Fassade der Fichten und Tannenbäume durch einen im rechten Winkel abzweigenden Pfad unterbrochen war; als er dahin einbog, stand er plötzlich dem Herrenhaus gegenüber und genoß die volle Aussicht auf das langgestreckte, hellerleuchtete Gebäude mit einem kleinen Teich und zahlreichen Springbrunnen davor. Doch er sah nicht lange hin, da er anderes, Interessanteres zu sehen bekam. Gerade vor ihm erhob sich eine steile Wiesenwand, die zu einer jener malerischen Überraschungen führte, wie sie in jenem alten, gezierten Gartenbaustil üblich waren. Es war ein kleiner runder Hügel wie ein Riesenmaulwurfshaufen, von drei konzentrischen Rosenhecken umringt, auf dessen höchstem Punkt in der Mitte eine Sonnenuhr stand. Kidd konnte den Uhrzeiger sehen, der sich schwarz gegen den hellen Himmel abhob, ähnlich der Hinterflosse eines Haifisches; das schwache Mondenlicht hing spielend an Stange und Zifferblatt dieser nun müßigen Uhr. Doch einen kurzen Augenblick sah er noch etwas anderes an der Uhr hängen – die Gestalt eines Mannes.

Obwohl er sie nur einen Augenblick lang dort sah, obwohl sie in einem fremdländischen und unwahrscheinlichen Gewände steckte – sie war von Kopf bis zu Fuß in rotes Trikot gekleidet, das stellenweise mit Gold durchwirkt war – wußte Kidd doch sofort, wer der Mann war. Dieses weiße, gen Himmel gerichtete Gesicht mit der römischen Nase, das so unwahrscheinlich jung aussah wie Byron, diese schwarzen, an den Schläfen ein wenig ergrauten Locken – er hatte unzählige Male die Fotografien von Sir Claude Champion gesehen. Die märchenhafte rote Gestalt schwankte einen Augenblick lang an der Sonnenuhr, in der nächsten Sekunde rollte sie die steile Böschung hinab und lag, nur schwach den Arm bewegend, zu Füßen des Amerikaners. Eine grelle, unnatürlich goldfarbene Zeichnung erinnerte Kidd plötzlich an "Romeo und Julia"; natürlich gehörte das rote Trikot zum Theaterstück. Doch längs des steilen Wiesenhanges, den der Mann herabgeglitten war, lief ein anderer roter Streifen – der gehörte nicht zum Theaterstück. Dem Mann war ein Degen in den Leib gerannt worden.

Herr Calhoun Kidd schrie und schrie immer wieder, um Leute herbeizurufen. Wieder schien es ihm, als höre er Schritte von Phantomen, und er fuhr erschreckt auf, als er plötzlich die Gestalt eines anderen Mannes neben sich erblickte. Er kannte den Mann, und doch erschreckte ihn dessen Erscheinen. Der liederliche Jüngling, der sich Dalroy genannt hatte, stand mit schauerlicher Ruhe da. Wenn Boulnois die getroffene Verabredung versäumt hatte, so hatte Dalroy eine geisterhaft anmutende Art, Verabredungen zu halten, die nicht getroffen worden waren. Das Mondlicht verlieh allen Dingen eine seltsame Färbung: Dalroys bleiches Gesicht erschien unter dem roten Haar nicht weiß, sondern blaßgrün.

All diese schauerlichen Eindrücke mögen Kidd zur Entschuldigung gereichen, wenn er gegen alle Vernunft brutal aufbrüllte: „Haben Sie das getan, Sie Teufel?"

James Dalroy lächelte sein unangenehmes Lächeln, doch ehe er sprechen konnte, hatte die gefallene Gestalt schwach den Arm gehoben und deutete nach der Richtung, in die das Schwert gefallen war; dann stöhnte er laut und sagte mit sichtlicher Anstrengung:

„Boulnois ... Boulnois, sage ich ... Boulnois hat es getan ... er war eifersüchtig ... er war eifersüchtig, ja, das war er ..."

Kidd beugte den Kopf tief hinab, um besser zu hören, und vernahm noch die schwachen Worte:

„Boulnois ... mit meinem eigenen Schwert ... er warf es ..."

Wieder hob sich die beinahe versagende Hand und deutete nach dem Schwert, dann fiel sie mit einem dumpfen kleinen Schlag steif auf den Boden nieder. In Kidd stieg plötzlich all der scharfe Humor auf, der dem inneren Ernst seiner Rasse die seltsame Würze gibt.

„Schaun Sie", sagte er scharf und in befehlendem Tone, „Sie müssen einen Arzt holen. Der Mann ist tot."

„Und einen Priester auch, glaube ich", sagte Dalroy in seiner zweideutigen Art. „Diese Champions sind alle Papisten."

Der Amerikaner kniete neben dem Leichnam nieder, befühlte das Herz, bettete den Kopf etwas höher und stellte einige letzte Belebungsversuche an; doch ehe der andere Journalist in Begleitung eines Arztes und eines Priesters zurückkehrte, konnte er ihnen bereits mit Gewißheit sagen, daß sie zu spät gekommen wären.

„Kamen Sie auch zu spät?“ fragte der Arzt, ein kräftiger, gutaussehender Mann mit konventionellem Backen- und Schnurrbart, doch mit lebhaften Augen, die Kidd fragend und ein wenig zweifelnd ansahen.

„In gewissem Sinne, ja“, antwortete der Repräsentant der „Sonne“ in dem gedehnten Tonfall der Amerikaner. „Ich kam zu spät, um den Mann zu retten, aber ich kam noch zurecht, meine ich, um etwas Wichtiges zu hören. Ich hörte noch, wie der tote Mann seinen Mörder beschuldigte.“

„Und wer war der Mörder?“ fragte der Arzt und zog die Stirne in Falten.

„Boulnois“, sagte Calhoun Kidd mit einem leise pfeifenden Geräusch. Der Arzt starrte ihn in düsterem Schweigen an; sein Gesicht rötete sich langsam, aber er widersprach nicht. Dann sagte der Priester, ein Mann von viel kleinerer Gestalt, sanft: „Ich habe gehört, daß Herr Boulnois heute abend nicht zum Fest kommen sollte.“

„Hier wieder“, sagte der Yankee grimmig, „bin ich in der glücklichen Lage, dem alten Lande einige Aufklärungen zu geben. Ja, mein Herr, John Boulnois wollte heute abend zu Hause bleiben; er hatte dort eine richtige Verabredung mit mir. Aber John Boulnois hat es sich inzwischen anders überlegt. John Boulnois verließ plötzlich ganz allein das Haus und ging vor etwa einer Stunde in diesen verfluchten Park. Das hat mir sein Diener gesagt. Ich glaube, damit haben wir einen bestimmten Anhaltspunkt – wie die allwissende Polizei zu sagen pflegt; hat man sie übrigens schon gerufen?“

„Ja“, sagte der Arzt. „Aber sonst haben wir hier noch niemand beunruhigt.“

„Weiß es Frau Boulnois?“ fragte James Dalroy; und wieder empfand Kidd das unbegründete Verlangen, ihn auf den leicht gekräuselten Mund zu schlagen.

„Ich habe es ihr nicht mitgeteilt“, sagte der Arzt grob. „Aber da kommt die Polizei.“

Der kleine Priester war in die breite Allee eingebogen und kehrte nun mit dem fortgeschleuderten Schwert zurück, das zu seiner gedrungenen Gestalt lächerlich groß aussah. „Nur noch schnell, bevor die Polizei kommt“, sagte er entschuldigend. „Hat vielleicht jemand ein Licht?“

Der amerikanische Journalist zog eine elektrische Taschenlampe hervor, und der Priester hielt sie dicht über den mittleren Teil der Klinge, die er blinzelnd und mit großer Sorgfalt beschaute. Dann, ohne auch nur einen Blick auf die Spitze oder den Griff des Degens zu werfen, reichte er dem Arzt die Waffe und sagte mit einem kurzen Seufzer:

„Ich fürchte, daß ich hier nicht mehr nötig bin. Gute Nacht, meine Herren.“ Er schritt die dunkle Allee hinauf, dem Hause zu, die Hände auf dem Rücken verschränkt und den großen Kopf wie in tiefem Nachdenken zu Boden geneigt.

Die Zurückgebliebenen eilten in der Richtung des Portiergebäudes davon, wo bereits ein Polizeiinspektor in Begleitung zweier Polizisten stand und mit dem Portier verhandelte. Aber der Priester schritt langsamer und immer langsamer im Dunkel der Fichten dahin, bis er plötzlich an der Treppe stehenblieb, die zum Hause hinaufführte. Dies war seine stillschweigende Art, Kenntnis zu nehmen von einer gleichfalls stillschweigend sich ihm nähernden Gestalt; denn ihm entgegen kam ein Wesen, das sogar Calhoun Kidds Vorstellungen von einer lieblichen, aristokratischen Erscheinung aus der Geisterwelt genügt hätte. Es war eine junge Frau in einem Renaissancekleid aus silberfarbener Seide; ihr Gesicht zwischen den zwei langen goldenen Flechten war von so erstaunlicher Blässe, als wäre sie ein altes griechisches Bildnis, aus Gold und Elfenbein geschnitzt. Doch ihre Augen leuchteten hell, und ihre Stimme klang vertrauensvoll, obwohl sie leise sprach.

„Pater Brown?“ fragte sie.

„Frau Boulnois?“ erwiderte er ernst. Dann sah er sie an und sagte sofort: „Ich sehe, daß Sie von Sir Claude wissen.“

„Woher wissen Sie, daß ich es weiß?“ fragte sie ruhig.

Er beantwortete die Frage nicht, sondern stellte eine andere: „Haben Sie Ihren Gatten gesehen?“

„Mein Mann ist zu Hause“, sagte sie. „Er hat nichts mit all dem zu tun.“

Wieder antwortete der Priester nicht, und die Frau näherte sich ihm mit einem seltsam eifrigen Gesichtsausdruck.

„Soll ich Ihnen noch mehr sagen?" fragte sie mit einem beinahe erschreckenden Lächeln. „Ich glaube nicht, daß er es tat, und Sie glauben es auch nicht."

Pater Brown erwiderte ihren Blick, dann nickte er und wurde noch ernster.

„Pater Brown", sagte die Dame, „ich werde Ihnen alles sagen, was ich weiß, aber vorerst erbitte ich eine Gefälligkeit von Ihnen. Wollen Sie mir, bitte, sagen, warum Sie nicht wie alle anderen von der Schuld John Boulnois' überzeugt sind? Reden Sie ungeniert; ich ... ich weiß von den Tratschgeschichten und dem Schein, die gegen ihn sind."

Pater Brown sah ungemein verlegen drein und fuhr sich mit der Hand über die Stirne. „Zwei Kleinigkeiten", sagte er. „Zumindest ist die eine Sache sehr trivial und die andere sehr vage. Aber immerhin stimmen sie nicht mit der Annahme überein, daß John Boulnois das Verbrechen begangen haben sollte."

Er wendete sein einfältiges, rundes Gesicht den Sternen zu und fuhr zerstreut fort: „Ich will zuerst von der vagen Idee sprechen, die nicht zu der Annahme paßt. Ich halte viel von vagen Ideen. Alle jene Dinge, die nicht ›Beweismaterial‹ sind, sind für mich die überzeugendsten. Ich halte eine moralische Unmöglichkeit für die größte, unüberwindlichste Unmöglichkeit. Ich kenne Ihren Gatten nur flüchtig, aber ich halte es für moralisch unmöglich, daß er dieses Verbrechen, dessen man ihn zeiht, begangen hat. Glauben Sie bitte ja nicht, daß ich annehme, Boulnois könnte etwas so Schlechtes nicht tun. Jedermann kann schlecht sein – so schlecht, wie er will. Wir können den Willen zu unserem moralischen Handeln frei lenken; aber wir können gewöhnlich unseren instinktiven Geschmack, wie wir die Dinge tun, nicht ändern. Boulnois könnte einen Mord begehen, aber niemals diesen Mord. Er würde nicht Romeos Schwert aus der romantischen Scheide reißen oder seinen Feind vor der Sonnenuhr wie am Fuße eines Altars erschlagen oder die Leiche auf Rosen betten oder das Schwert in die Fichtenbäume schleudern. Würde Boulnois einen Menschen töten, so täte er es ruhig und mit festem, sicherem Schlag, so wie er jede andere zweifelhafte Sache täte ..., etwa das zehnte Glas eines schweren Portweins trinken oder einen schlüpfrigen griechischen Dichter lesen. Nein, die romantische Staffage sieht Boulnois nicht gleich. Sie entspricht mehr dem Wesen Champions."

„Ah!" sagte sie und sah ihn mit Augen an, die wie Diamanten leuchteten.

„Und das Triviale ist folgendes“, sagte Brown, „an dem Schwerte waren Fingerabdrücke. Auf glattem Material, wie Glas oder Stahl, bemerkt man Fingerabdrücke ziemlich lange, nachdem sie gemacht worden sind. Diese waren auf einer glatten Fläche zu finden. Sie waren nämlich ungefähr in der Mitte der Schwertklinge. Ich habe keine Ahnung, wessen Fingerabdrücke es waren, aber warum sollte jemand das Schwert in der Mitte der Klinge gehalten haben? Es war wohl ein langes Schwert, doch Länge ist ein Vorteil im Kampf gegen einen Gegner. Zumindest gegen die meisten Gegner. Gegen alle Gegner eigentlich, mit einer einzigen Ausnahme.“

„Mit einer einzigen Ausnahme!“ wiederholte sie.

„Es gibt nur einen Feind“, sagte Pater Brown, „den man leichter mit einem Dolch töten kann als mit einem Schwert.“

„Ich weiß“, sagte die Frau. „Sich selbst.“

Es entstand eine lange Pause, dann sagte der Priester unvermittelt, doch ruhig: „Habe ich also recht? Hat Sir Claude sich selbst getötet?“

„Ja“, sagte sie, und ihr Gesicht war so ruhig, als wäre es aus Marmor. „Ich sah, wie er es tat.“

„Starb er“, fragte Pater Brown, „aus Liebe zu Ihnen?“

Ein sonderbarer Ausdruck huschte über ihr Gesicht, aber es war darin nichts von Bescheidenheit oder Mitleid oder Reue oder sonst irgendeinem Gefühl, das ihr Begleiter erwarten mochte; und ihre Stimme klang plötzlich stark und voll. „Ich glaube nicht“, sagte sie, „daß er sich das geringste aus mir machte. Er haßte meinen Mann.“

„Warum?“ fragte der andere und wendete sein rundes Gesicht von den Sternen ab und der Dame zu.

„Er haßte meinen Mann, weil ... es ist so merkwürdig, ich weiß gar nicht, wie ich es sagen soll ... weil ...“

„Ja?“ sagte Pater Brown geduldig.

„Weil mein Mann ihn nicht hassen wollte.“

Pater Brown nickte nur und schien noch immer zu lauschen. Er unterschied sich von allen wirklichen und erfundenen Detektiven dadurch, daß er nie vorgab, nicht zu verstehen, wenn er genau verstand.

Frau Boulnois näherte sich ihm mit dem zufriedenen Gesichtsausdruck eines Menschen, der seiner Sache sicher ist. „Mein John“, sagte sie, „ist ein großer Mann. Sir Claude Champion war kein großer Mann; er war ein gefeierter und erfolgreicher Mann. Mein John ist niemals gefeiert worden und hatte niemals Erfolg, und es ist wirklich wahr, daß er auch niemals davon geträumt hat. Er erwartete ebensowenig, durch sein Denken berühmt zu werden wie etwa durch Rauchen. Er ist in all diesen Dingen von einer wundervollen Einfalt. Er ist ein Kind geblieben. Er liebte Champion genauso, wie er ihn als Bub liebhatte, und bewunderte ihn, wie er ein Zauberkunststück bewundert hätte, das in einer Gesellschaft vorgeführt wird. Aber er konnte einfach nicht dazu gebracht werden, auch nur den Gedanken zu fassen, Champion zu beneiden. Und Champion wollte beneidet werden. Er ist darüber verrückt geworden und hat sich umgebracht.“

„Ja“, sagte Pater Brown, „ich glaube, ich fange an zu verstehen.“

„Ja, sehen Sie!“ rief sie. „Die ganze Szenerie ist daraufhin eingerichtet worden – es war der Ort und alles genau vorbereitet. Champion logierte John in ein kleines Häuschen unmittelbar vor seinen Toren ein – wie einen Untertanen –, um ihm das Gefühl zu geben, daß sein Leben ein Mißerfolg sei. Aber John hatte dieses Gefühl niemals. Er denkt an derlei Dinge überhaupt nicht, ebensowenig wie ein zerstreuter Löwe. Champion pflegte zu den bei Johns einfacher Lebensweise beschämendsten Stunden oder zu den intimsten Mahlzeiten hereinzuplatzen, entweder mit einem prunkvollen Geschenk oder einer unwahrscheinlichen Ankündigung oder einem märchenhaften Unternehmen, was der Situation den Anschein eines Besuches von Harun al Raschid gab, und John pflegte anzunehmen oder abzulehnen in seiner liebenswürdigen, uninteressierten Art wie ein Schulbub, der mit einem Kameraden einer Meinung ist oder auch nicht. Nach fünf Jahren dieser Lebensweise hatte sich John nicht im geringsten geändert; und Sir Claude war ein Monomane.“

„Und Haman fing an, ihnen zu erzählen“, sagte Pater Brown, „von all den Dingen, mit denen der König ihn geehrt hatte; und er sprach: ›Aber an dem allen habe ich keine Genüge, solange ich sehe den Juden Mardochai am Königstor sitzen.‹“

„Die Krisis kam“, fuhr Frau Boulnois fort, „als ich John dazu brachte, einige seiner Abhandlungen an eine Zeitschrift einzusenden. Man wurde darauf aufmerksam, insbesondere in Amerika, und eine Zeitung wünschte ihn zu interviewen. Als Champion, der beinahe täglich interviewt wurde, von diesen letzten kleinen Brosamen des Erfolges hörte, die seinem Rivalen zugefallen waren, da schnappte das letzte Glied ein, das seinen teuflischen Haß noch zurückhielt. Da fing er an, meiner Liebe und Ehre in jener verrückten Weise Fallen zu legen, die das Getratsch der ganzen Umgebung geworden sind. Sie werden mich wahrscheinlich fragen, warum ich diese aufsehenerregenden Aufmerksamkeiten duldete. Darauf muß ich Ihnen antworten, daß ich sie nicht gut hätte ablehnen können, ohne meinem Mann alles zu erklären; und es gibt gewisse Dinge, welche die Seele nicht tun kann, so wie der Körper nicht fliegen kann. Niemand wäre übrigens imstande gewesen, es meinem Mann zu erklären. Ebensowenig wie man es ihm jetzt erklären könnte. Wenn Sie ihm mit noch so vielen Worten sagen würden: ›Champion will dir deine Frau wegnehmen‹, so hielte er den Scherz vielleicht für ein wenig derb, doch daß es irgend etwas anderes als ein Scherz sein könnte – diese Vorstellung fände keinen Eingang in sein Denkvermögen. Nun, John sollte heute abend kommen und zusehen, wie wir Theater spielten; doch eben, als wir anfangen sollten, sagte er, daß er nicht kommen wolle. Er hatte ein interessantes Buch und eine Zigarre gefunden. Ich erzählte es Sir Claude, und das war sein Todesstoß. Der Monomane wurde plötzlich von Verzweiflung ergriffen. Er rannte sich den Degen in den Leib und schrie, Boulnois habe ihn ermordet. Dort drüben im Garten liegt er nun tot; er ist an der Eifersucht gestorben, Eifersucht hervorzurufen. Und John sitzt im Speisezimmer und liest ein Buch."

Wieder entstand ein Schweigen, dann sagte der kleine Priester: „Frau Boulnois, Ihre so lebhafte Schilderung hat nur einen schwachen Punkt: Ihr Gatte sitzt nicht im Speisezimmer bei einem Buche. Dieser amerikanische Reporter erzählte mir, daß er bei Ihnen zu Hause war, und daß Ihr Diener ihm gesagt habe, Herr Boulnois sei schließlich doch nach Pendragon Park gegangen."

Ihre leuchtenden Augen wurden noch größer, und sie starrte ihn an, mehr verwirrt als beunruhigt oder erschreckt. „Ja, was soll denn das bedeuten?" rief sie. „Alle unsere Leute waren außer Haus, sie waren herübergekommen, um die Aufführung zu sehen. Und einen Diener haben wir überhaupt nicht, Gott sei Dank!"

Pater Brown fuhr herum und drehte sich wie ein Kreisel um sich selbst. „Was? Was?" schrie er und schien wie elektrisiert und zu plötzlichem Leben erwacht. „Schauen Sie einmal ... ja ... glauben Sie, Ihr Gatte wird mich hören, wenn ich zu ihm hinübergehe?"

„Oh, jetzt dürften unsere Leute schon zurück sein“, sagte sie verwundert.

„Gut, gut!“ erwiderte der Priester eifrig und machte sich schleunigst auf den Weg zum Parktor. Unterwegs drehte er sich nochmals um und rief: „Schauen Sie, daß Sie den Yankee erwischen, sonst geht der Ruf ›John Boulnois' Verbrechen‹ morgen in großen Lettern über die ganze Republik.“

„Ach, Sie verstehen doch nicht“, sagte Frau Boulnois. „Das wäre ihm vollständig gleichgültig. Ich glaube, er weiß gar nicht, daß es Amerika wirklich gibt.“

Als Pater Brown das Häuschen mit dem Bienenstock und dem schläfrigen Hund erreicht hatte, öffnete ihm ein kleines, nettes Stubenmädchen die Türe und führte ihn ins Speisezimmer, wo Boulnois neben einer Stehlampe saß und in einem Buch las, genau wie seine Frau es beschrieben hatte. Eine kleine Flasche Wein und ein Glas standen neben ihm auf dem Tisch, und der Priester bemerkte sofort beim Eintreten, daß die Asche von John Boulnois' Zigarre nicht abgefallen, sondern in einem langen Stück unversehrt stehengeblieben war.

„Er sitzt zumindest seit einer halben Stunde hier“, dachte Pater Brown. Tatsächlich sah es so aus, als säße John Boulnois noch so da wie zu der Zeit, da sein Abendessen abgeräumt worden war.

„Lassen Sie sich bitte nicht stören, Herr Boulnois“, sagte der Priester in seiner freundlichen, sachlichen Art. „Ich werde Sie nur einen Augenblick unterbrechen. Ich fürchte, ich störe Sie bei einer wissenschaftlichen Lektüre.“

„Nein“, sagte Boulnois. „Ich habe ›Der blutige Daumen‹ gelesen.“ Er sagte es, ohne die Stirne zu runzeln und ohne zu lächeln, und dem Besucher fiel in der ganzen Art und Haltung des Mannes eine gewisse männliche Gleichgültigkeit auf, die seine Frau Größe genannt hatte. Boulnois legte einen grellgelben Band nieder und hatte so wenig das Gefühl einer gewissen Unangemessenheit, daß er nicht einmal einen Scherz darüber machte. John Boulnois war ein großer Mann mit langsamen Bewegungen und einem mächtigen, halb kahlen, halb grauhaarigen Schädel; seine Gesichtszüge waren ein wenig derb und stumpf. Er trug einen schäbigen, sehr unmodernen Frack mit einem kleinen dreieckigen Hemdausschnitt; er hatte diese Kleidung wohl in der Absicht angelegt, seine Frau als Julia spielen zu sehen.

„Ich werde Sie nicht lange vom ›blutigen Daumen‹ oder irgendeiner anderen katastrophalen Angelegenheit abhalten“, sagte Pater Brown lächelnd. „Ich bin nur gekommen, um Sie über das Verbrechen zu befragen, das Sie heute abend begangen haben."

Boulnois sah ihn ruhig an, doch auf seiner Stirne wurde ein roter Streifen sichtbar: er glich einem Mann, der zum ersten Mal das Gefühl der Verlegenheit entdeckt.

„Ich weiß, es war ein seltsames Verbrechen", fuhr Pater Brown fort. „Seltsamer vielleicht als Mord – für Sie. Es ist manchmal schwerer, die kleinen Sünden zu beichten als die großen – aber darum eben ist es so wichtig, sie zu beichten. Jeder gesellige Gastgeber begeht Ihr heutiges Verbrechen sechsmal in der Woche; und doch schnürt es Ihnen die Kehle zu wie eine unaussprechliche Verruchtheit."

„Man hat das Gefühl", sagte der Gelehrte langsam, „so ein schrecklicher Esel zu sein."

„Ich weiß", gab der andere zu, „aber man muß oft wählen zwischen diesem peinlichen Gefühl und der Tatsache, wirklich ein Esel zu sein."

„Ich kann meine Gefühle nicht so genau analysieren"; fuhr Boulnois schließlich fort; „aber als ich hier in diesem Stuhl saß und dieses Buch las, fühlte ich mich so glücklich wie ein Schulbub an einem Ferientag. Es war Sicherheit, Ewigkeit ... ich kann es nicht genau erklären ... die Zigarren lagen in Reichweite ... die Streichhölzer lagen in Reichweite ... der ›Daumen‹ mußte noch viermal erscheinen ... es war nicht nur Friede, es war ein Übermaß. Da läutete diese Glocke, und ich dachte einen entsetzlichen, endlosen Augenblick lang, daß ich von dem Stuhl hier nicht aufstehen könne ... buchstäblich, physisch nicht aufstehen könne. Dann endlich gelang es mir wie einem, der die Last der Welt auf seinen Schultern trägt, denn ich wußte, daß alle unsere Leute fort waren. Ich öffnete die Eingangstüre, und da stand ein kleiner Mann, bereit, den Mund zum Sprechen und das Notizbuch zum Schreiben zu öffnen. Da erinnerte ich mich jenes amerikanischen Journalisten, den ich vergessen hatte. Er trug das Haar in der Mitte gescheitelt, und ich sage Ihnen, ich hätte einen Mord ..."

„Ich verstehe", sagte Pater Brown. „Ich habe ihn gesehen."

„Ich habe keinen Mord begangen", fuhr der Lehrer der Katastrophentheorie sanft fort, „nur Meineid. Ich sagte, ich wäre nach Pendragon Park gegangen und machte ihm die Türe vor der Nase zu. Das ist mein Verbrechen, Pater Brown, und ich weiß nicht, was für eine Buße Sie mir auferlegen werden."

„Ich werde Ihnen keine Buße auferlegen“, sagte der Kirchenmann und raffte mit unverkennbarer Heiterkeit Hut und Schirm zusammen; „nein, ganz im Gegenteil. Ich bin eigens dazu hergekommen, um Sie von einer kleinen Strafe zu befreien, der Sie sonst um dieser kleinen Schuld willen nicht hätten entgehen können.“

„Und was ist denn das für eine kleine Strafe“, fragte Boulnois lächelnd, „der ich so glücklich entwischt bin?“

„Gehängt zu werden“, sagte Pater Brown.

Pater Browns Märchen

Das malerische Städtchen Heiligwaldenstein bildet mit dem gleichnamigen Staate eines jener Duodez-Fürstentümer, aus denen das Deutsche Reich zum Teil noch so lange bestand. Es war der preußischen Hegemonie erst verhältnismäßig spät angegliedert worden – kaum fünfzig Jahre vor dem Tage, da Flambeau und Pater Brown in einem der Wirtsgärten des Städtchens zusammensaßen und von dem köstlichen einheimischen Biere tranken. Die Erinnerung an Krieg und Vergewaltigung des Rechtes lebte noch frisch im Herzen der Bevölkerung, wie hier gleich gezeigt werden soll. Doch konnte man sich, dem äußeren Anschein des Ortes nach, jenes Eindruckes von Kindlichkeit nicht erwehren, der den größten Reiz Deutschlands bildet – jener kleinen patriarchalischen Monarchien, in denen ein König ebenso häuslich erscheint wie ein Koch. Die deutschen Soldaten vor ihren unzähligen Schilderhäuschen sahen Zinnsoldaten merkwürdig ähnlich, und die sauberen Konturen des festungsartigen Schlosses, die im goldenen Sonnenschein glitzerten, sahen noch mehr wie vergoldeter Lebkuchen aus. Das Wetter war strahlend schön, der Himmel von so reinem Preußischblau, wie Potsdam selbst es nicht besser hätte verlangen können, doch schien die Farbe so verschwenderisch aufgetragen worden zu sein, wie Kinder dies mit ihren Ein-Schilling-Malkästen zu tun pflegen. Sogar die grau gerippten Bäume muteten jugendlich an, denn die spitzen Knospen daran waren noch rosafarben und sahen gegen den dunkelblauen Himmel wie eine Kinderzeichnung aus. Obwohl Pater Brown höchst prosaisch aussah und sich beinahe ausschließlich mit höchst praktischen Dingen beschäftigte, ermangelte sein Wesen nicht einer gewissen Romantik, wenn er auch seine Wachträume meist für sich behielt, wie Kinder dies gewöhnlich zu tun pflegen. Inmitten der klaren, leuchtenden Farben eines solchen Tages und in dem Rahmen einer solchen Stadt hatte er ein wenig das Gefühl, als wäre er in einem Märchenland. Er empfand eine kindliche Freude an dem mächtigen Stockdegen, den Flambeau beim Gehen immer zu schwingen pflegte und der nun aufrecht neben seinem hohen Bierkrug stand. Ja, in dieser verspielten, träumerischen Stimmung sah er sogar in dem knotigen plumpen Griff seines eigenen schäbigen Schirmes eine schwache Ähnlichkeit mit der Keule irgendeines Ungeheuers, deren er sich aus einem Bilderbuch erinnerte. Doch niemals hatte er mit Ausnahme der folgenden Erzählung Märchen gedichtet.

„Ich möchte gerne wissen", sagte er, „ob man an einem solchen Ort wirkliche Abenteuer erleben könnte, wenn man es darauf anlegt. Es wäre der richtige Hintergrund dafür, aber ich habe immer irgendwie das Gefühl, als ob die Leute hier mit Pappendeckelsäbeln auf einen losgingen, nicht mit wirklichen, schrecklichen Schwertern."

„Sie irren sich", sagte sein Freund. „Man kämpft hier nicht nur mit Schwertern, sondern man tötet sogar ohne sie. Ja, es gibt sogar noch schlimmere Dinge."

„Wieso, was meinen Sie?" fragte Pater Brown.

„Nun", erwiderte der andere, „ich möchte behaupten, daß dies der einzige Ort in Europa ist, an dem ein Mensch jemals ohne Feuerwaffe erschossen wurde."

„Meinen Sie Pfeil und Bogen?" fragte Pater Brown verwundert.

„Ich meine, eine Kugel durch den Kopf schießen", erwiderte Flambeau. „Kennen Sie nicht die Geschichte des letzten Fürsten hier? Das war vor etwa zwanzig Jahren einer der großen unaufgeklärten Kriminalfälle. Wie Sie sich gewiß erinnern, wurde dieser Staat gleich zu Beginn von Bismarcks Konsolidierungspolitik gewaltsam annektiert – wenn ich sage ›gewaltsam‹, so bedeutet das nicht, daß es gar so leicht war. Das Reich, oder was damals erst eines werden wollte, schickte einen Fürsten Otto von Großenmark hierher, um das Land nach den imperialistischen Grundsätzen des Reiches zu regieren. Wir haben das Porträt dieses Fürsten drüben in der Galerie gesehen; er wäre ein hübscher alter Herr zu nennen, wenn er nur eine Spur von Haaren oder Augenbrauen hätte und das Gesicht nicht gar so verrunzelt wäre; doch daran waren wohl die aufreibenden Dinge schuld, die er mitzumachen hatte und von denen ich Ihnen gleich erzählen werde. Er war ein erfolgreicher und geschickter

Soldat, aber es war eben keine leichte Aufgabe, mit diesem kleinen Land hier fertig zu werden. Er wurde auch in mehreren Schlachten von den berühmten Brüdern Arnhold geschlagen – jenen drei kriegerischen Patrioten, denen Swinburne, wie Sie sich vielleicht erinnern werden, ein Gedicht widmete. Ja, es ist sogar höchst zweifelhaft, ob die Besetzung je hätte durchgeführt werden können, wenn nicht einer dieser drei Brüder, Paul, plötzlich niederträchtigerweise erklärt hätte, er wolle nicht mehr mittun; er hat dann auch tatsächlich alle Geheimnisse der Aufständischen verraten und es durchzusetzen verstanden, daß ihre Partei gestürzt und er schließlich zum Kämmerer des Fürsten Otto ernannt wurde. Danach wurde Ludwig, der einzige wirkliche Held unter den dreien, bei Einnahme der Stadt mit dem Schwert in der Hand getötet, während Heinrich, der dritte Bruder, der, wenn auch kein Verräter, doch immer der zahmste und ängstlichste von ihnen gewesen war, sich in eine Art Einsiedelei zurückzog und sich zu einem christlichen Quietismus bekehrte, der beinahe etwas Quäkerhaftes an sich hatte. Er wollte überhaupt nichts mehr mit anderen Menschen zu tun haben, ausgenommen, daß er beinahe alles, was er besaß, den Armen schenkte. Man sagt, er sei noch vor kurzer Zeit gelegentlich hier in der Umgebung gesehen worden, ein Mann in einem schwarzen Mantel, beinahe gänzlich blind, mit weißem, wildflatterndem Haar und einem Antlitz von ganz erstaunlicher Sanftmut."

„Ich weiß", sagte Pater Brown, „ich habe ihn einmal gesehen."

Sein Freund sah ihn erstaunt an, „Ich wußte nicht, daß Sie schon jemals hier gewesen sind", sagte er. „Da wissen Sie vielleicht ebensoviel von diesen Dingen wie ich. Immerhin, das ist die Geschichte der Arnholds, und er war der letzte von ihnen. Ja, und der letzte von all denen, die in diesem Drama eine Rolle spielten."

„Sie meinen, daß auch der Fürst schon vor langem starb?"

„Starb?" wiederholte Flambeau. „Ja, das ist so ziemlich alles, was wir darüber sagen können. Sie müssen nämlich wissen, er wurde gegen Ende seines Lebens von jenen Nervenzuständen geplagt, die bei Tyrannen nichts Seltenes sind. Er vergrößerte die Anzahl der gewöhnlichen Tages- und Nachtwachen rings um sein Schloß, bis es mehr Schilderhäuser in der Stadt zu geben schien als andere Häuser, und zweifelhafte Gestalten wurden ohne Gnade niedergeschossen. Er lebte beinahe ausschließlich in einem der innersten Gemächer des Schlosses, inmitten des ungeheuren Labyrinthes anderer Gemächer, und auch darin noch ließ er eine Art freistehenden Verschlag errichten, dessen Wände aus Stahl waren wie ein Geldschrank oder ein Kriegsschiff. Man erzählt sogar, im Fußboden dieses Kämmerchens sei wieder noch ein geheimes Loch gewesen, kaum größer, als eben für seinen Körper nötig war, so daß er aus Angst vor dem Grab sich schon bei Lebzeiten an einem sehr ähnlichen Ort aufhielt. Aber er ging sogar noch weiter. Die Bevölkerung war seit der Unterdrückung des Aufstandes entwaffnet, doch Otto bestand nun auf einer so gründlichen und absoluten Durchführung dieser Verordnung, wie sie nur höchst selten verlangt wird. Die Sache wurde mit ganz ungewöhnlicher Sorgfalt und Strenge durchgeführt, und zwar durch sehr gut organisierte Beamte, die ein jeweils ganz kleines ihnen bekanntes Gebiet durchsuchten; soweit man nach menschlichem Wissen überhaupt irgendeiner Sache vollkommen sicher sein kann, durfte Fürst Otto sicher sein, daß auch nicht einmal eine Kinderpistole nach Heiligwaldenstein gebracht würde."

„Menschliches Wissen kann niemals einer solchen Sache ganz sicher sein", sagte Pater Brown und sah immer noch nach den roten Knospen an den Zweigen über seinem Kopfe, „und wäre es auch nur wegen der Schwierigkeit einer genauen Definition und Bezeichnung. Was ist eine Waffe? Es wurden schon Leute mit den sanftesten Hausgeräten getötet; sicherlich schon mit Teekesseln, vielleicht auch schon mit Teepuppen. Andererseits, wenn Sie einem alten Briten einen Revolver gezeigt hätten, so mag es zweifelhaft erscheinen, ob er ihn für eine Waffe gehalten hätte – natürlich bevor man den Revolver auf ihn abgeschossen hätte. Vielleicht hat jemand eine so neuartige Waffe eingeführt, daß man sie gar nicht als solche erkannte. Vielleicht sah sie wie ein Fingerhut aus oder so ähnlich. War an der Kugel irgend etwas Besonderes zu bemerken?"

„Nicht, daß ich wüßte", antwortete Flambeau, „aber alle meine Informationen sind nur mangelhaft und stammen von meinem alten Freund Grimm. Er war ein sehr begabter Detektiv in deutschen Diensten und hatte versucht, mich zu verhaften. Statt dessen habe ich ihn verhaftet, und wir hatten manch interessante Unterhaltung miteinander. Er sollte hier Erkundigungen über Fürst Otto einholen, aber ich habe nie nach der Kugel gefragt. Nach den Berichten Grimms hat sich folgendes zugetragen." Flambeau hielt einen Augenblick lang inne, um die größte Hälfte seines Bierkruges zu leeren, und fuhr dann fort:

„An dem betreffenden Abend sollte der Fürst offenbar in einem der äußeren Gemächer erscheinen, um dort einige Besucher zu empfangen, die er sprechen mußte. Es waren geologische Sachverständige, die man hierhergeschickt hatte, um das Gestein der Umgebung auf seinen Goldgehalt hin zu prüfen; denn angeblich hatte der kleine Stadt-Staat auf Grund dieses Reichtums seinen Kredit so lange wahren und sogar während der Belagerung den Handel mit den Nachbarländern weiter aufrechterhalten können. Bisher aber konnte selbst durch die allergenauesten Prüfungen nichts gefunden werden ..."

„Und dabei war man doch ganz sicher, eine Kinderpistole zu finden", sagte Pater Brown lächelnd. „Aber was war mit dem verräterischen Bruder? Konnte der dem Fürsten nichts sagen?"

„Der beteuerte stets, er wisse nichts", erwiderte Flambeau; „dies sei das einzige Geheimnis, das seine Brüder ihm nicht anvertraut hätten. Übrigens wurde diese Aussage, wie man der Gerechtigkeit halber betonen muß, zum Teil durch einen abgebrochenen Satz des großen Ludwigs bestätigt, der in seiner Sterbestunde, zu Heinrich gewandt und auf Paul deutend, sprach: ›Du hast ihm doch nicht gesagt ...‹; bald darauf war er nicht mehr imstande zu sprechen. Immerhin waren die Deputationen der berühmtesten Geologen und Mineralogen von Paris und Berlin in ihren prächtigsten und vorschriftsmäßigsten Gewändern erschienen, denn niemand trägt seine Orden so gerne wie Männer der Wissenschaft – wie jedermann weiß, der je einer Soirée bei Hofe beigewohnt hat. Es war eine glänzende Versammlung, aber erst spät und ganz allmählich entdeckte der Kämmerer – Sie haben auch sein Porträt gesehen, ein Mann mit schwarzen Augenbrauen, ernstem Blick und einem nichtssagenden Lächeln –, entdeckte der Kämmerer, sage ich, daß alle anwesend waren bis auf den Fürsten. Der Kämmerer durchsuchte sämtliche Zimmer und eilte endlich, der wahnsinnigen Angst des Fürsten eingedenk, in das innerste Gemach. Auch dieses war leer, und es dauerte eine Weile, bis man das eiserne Häuschen, das in der Mitte des Raumes stand, geöffnet hatte. Doch dann fand man auch dieses leer. Dann sah er in dem Loch unter dem Boden nach, das ihm, wie er berichtete, tiefer und grabähnlicher vorkam als je zuvor. In diesem Augenblick hörte er von den äußeren Räumen und Gängen her wildes Schreien und Lärmen. Erst klang es wie dumpfes, verwirrtes Rufen aus weiter Ferne oder sogar von außerhalb des Schlosses; dann wieder war es wie wortlose Schreie aus unmittelbarer Nähe und laut genug, um jedes Wort unterscheiden zu können, wenn nicht eines das andere erschlagen hätte. Dann hallten Worte von erschreckender Deutlichkeit näher und immer näher, bis endlich ein Mann ins Zimmer stürzte und die Nachricht so kurz mitteilte, wie eine solche Nachricht eben mitgeteilt werden kann.

Otto, Fürst von Heiligwaldenstein und Großenmark, lag in der einbrechenden Dämmerung des Sonnenunterganges draußen im Wald hinterm Schloß, die Arme weit von sich gestreckt, das Antlitz dem Monde zugekehrt. Das Blut tropfte noch von seiner zerschmetterten Schläfe, aber das war auch das einzige an ihm, was sich bewegte. Er lag in seiner vollen, weiß und gelben Uniform, als stünde er im Begriffe, seine Gäste im Schloß zu empfangen; nur seine Schärpe war losgebunden und lag ein wenig zerknüllt an seiner Seite. Ehe man ihn aufheben konnte, war er tot. Doch, tot oder lebendig, war er ein Rätsel – er, der sich sonst immer in dem allerinnersten Raum versteckt hatte, nun dort draußen im feuchten Wald, unbewaffnet und allein."

„Wer hatte die Leiche gefunden?" fragte Pater Brown.

„Ein Mädchen aus dem Schlosse namens Hedwig von irgend etwas", erwiderte der Freund; „sie war im Wald gewesen, um Blumen zu pflücken."

„Hatte sie welche gepflückt?" fragte der Priester und starrte zerstreut zu den Zweigen hinauf.

„Ja", antwortete Flambeau. „Ich erinnere mich noch genau, der Kämmerer oder Grimm oder sonst jemand sagte, es wäre so schrecklich gewesen, als man auf ihr Rufen herbeikam, das Mädchen mit den Frühlingsblumen über den blutigen Leichnam gebeugt zu sehen. Das wichtigste jedoch ist, daß der Mann tot war, ehe Hilfe herbeigeschafft werden konnte. Die Verwirrung, welche diese Nachricht im Schloß hervorrief, überstieg noch bei weitem all das, was bei Hofe anläßlich des Sturzes eines Potentaten üblich ist. Die ausländischen Herren, insbesondere die Bergwerksexperten, waren in nicht geringerer Erregung als die preußischen Beamten, und es wurde bald klar, daß der Plan, den Schatz zu heben, von weit größerer Bedeutung war, als man angenommen hatte. Den Sachverständigen und Beamten waren hohe Belohnungen und Begünstigungen versprochen worden, und man behauptete sogar, die geheimen Gemächer des Fürsten und seine starke militärische Bewachung seien weniger aus Angst vor der Bevölkerung als zur Verfolgung privater Nachforschungen geschaffen worden ..."

„Hatten die Blumen lange Stengel?" fragte Pater Brown.

Flambeau starrte ihn mit weitaufgerissenen Augen an. „Was Sie doch für ein merkwürdiger Mensch sind!" rief er. „Genau dasselbe hat der alte Grimm gesagt. Er meinte, das Häßlichste an der ganzen Geschichte – häßlicher sogar als das

Blut und die Kugel – sei, daß die Blumen nur mit ganz kurzen Stengeln knapp unterhalb der Blüten abgerissen waren."

„Natürlich", sagte der Priester, „wenn ein erwachsenes Mädchen wirklich Blumen pflücken geht, so pflückt es sie mit langen Stengeln. Wenn nur die Köpfe abgerissen wurden, wie es etwa ein Kind täte, so sieht es so aus, als ..." Er zögerte.

„Nun?" fragte der andere.

„Nun, es sieht beinahe so aus, als hätte das Mädchen sie nur schnell abgerissen, um eine Ausrede für ihr Dortsein zu haben, nachdem ... nun, nachdem sie eben dort war."

„Ich weiß, wo Sie hinauswollen", sagte Flambeau düster. „Aber dieser Verdacht wird so wie alle übrigen durch die eine Tatsache hinfällig, daß keine Waffe gefunden werden konnte. Der Fürst hätte, wie Sie ganz richtig behaupteten, mittels vieler anderer Dinge getötet werden können – sogar mit seiner Schärpe. Aber es soll nicht erklärt werden, wie er getötet wurde, sondern wie er erschossen wurde. Und das eben ist unerklärlich. Man ließ das Mädchen genau durchsuchen, denn, um die Wahrheit zu sagen, war sie ein wenig verdächtig, obwohl sie die Nichte und Haushälterin des bösen alten Kämmerers, Paul Arnhold, war. Doch man kannte ihre romantischen Anschauungen und verdächtigte sie als begeisterte Anhängerin der revolutionären Gesinnung ihrer Familie. So romantisch man aber auch sein mag, so kann man doch ohne Schußwaffe niemandem eine Kugel durch den Kopf jagen. Und man fand keine Schußwaffe, obwohl man zwei Schüsse fand. Was sagen Sie nun, mein Freund?"

„Woher wissen Sie, daß es zwei Schüsse waren?" fragte der kleine Priester.

„Im Kopf fand man nur einen", sagte sein Gefährte, „aber in der Schärpe fand man ein zweites Kugelloch."

Pater Brown zog plötzlich seine glatte Stirn in tiefe Falten. „Fand man auch die zweite Kugel?" fragte er.

Flambeau sah ein wenig verdutzt drein. „Ich erinnere mich nicht", sagte er zögernd.

„Warten Sie, warten Sie, einen Augenblick!" rief Brown und zog die Stirn immer mehr in Falten mit ganz ungewöhnlicher Konzentration oder Neugierde. „Entschuldigen Sie bitte, lassen Sie mich einen Augenblick lang in Ruhe nachdenken."

„Bitte sehr“, sagte Flambeau lachend und trank sein Bier aus. Ein leichter Wind fuhr durch die Zweige und wehte kleine weiße oder rosafarbene Wölkchen in die Luft, die den Himmel blauer und das farbenprächtige Bild noch seltsamer erscheinen ließen. Die bunten Flöckchen glichen kleinen Engeln, die aus einem himmlischen Kindergarten heimwärts flogen. Der älteste Turm des Schlosses, der Drachenturm, ragte ebenso grotesk empor wie der Bierkrug und ebenso gemütlich. Nur hinter dem Turme schimmerte der Wald hervor, in dem man den toten Mann gefunden hatte.

„Was wurde übrigens aus dieser Hedwig?“ fragte endlich der Priester.

„Sie heiratete einen General Schwartz“, sagte Flambeau. „Sie haben doch sicherlich von seiner ziemlich romantischen Karriere gehört. Er hatte sich schon vor seinen Heldentaten bei Sadowa und Gravelotte ausgezeichnet; eigentlich hat er sich vom gemeinen Soldaten emporgearbeitet, was selbst in den allerkleinsten deutschen ...“

Pater Brown richtete sich plötzlich erstaunt auf.

„Vom gemeinen Soldaten emporgearbeitet!“ rief er und spitzte den Mund, als wollte er pfeifen. „Schau, schau! Was für eine merkwürdige Geschichte! Was für eine merkwürdige Art, einen Menschen zu töten! Aber ich glaube, es war die einzige Möglichkeit. Und doch, zu denken, daß Haß so geduldig ...“

„Was meinen Sie?“ fragte der andere. „Wie hat man den Mann getötet?“

„Man hat ihn mit der Schärpe getötet“, sagte Brown vorsichtig; und dann, als Flambeau widersprach: „Ja, ja, ich weiß schon, die Kugel. Vielleicht sollte ich sagen, er starb, weil er eine Schärpe hatte. Ich weiß schon, dies klingt seltsamer als: weil er irgendeine Krankheit hatte.“

„Ich nehme an, Sie haben eine bestimmte Theorie über die Sache im Kopfe“, sagte Flambeau, „aber damit allein bekommen wir die Kugel nicht aus dem Kopf des anderen heraus. Ich habe Ihnen doch schon vorher gesagt, er hätte auch stranguliert werden können. Aber er ist eben erschossen worden. Von wem? Wie?“

„Er wurde auf seinen eigenen Befehl erschossen“, sagte der Priester.

„Sie glauben, er hat Selbstmord begangen?“

„Ich habe nicht gesagt, daß es sein Wunsch war, erschossen zu werden. Ich sagte nur, daß er den Befehl dazu gegeben hat.“

„Nun, was für eine Theorie haben Sie sich zurechtgelegt?“

Pater Brown lachte. „Ich bin auf einer meiner seltenen Urlaubsreisen“, sagte er. „Ich habe mir keine Theorien zurechtgelegt. Nur erinnert mich der Ort hier an ein Märchen, und wenn Sie wollen, werde ich es Ihnen erzählen:

An einem trüben Abend, da der Regen noch von den Bäumen tropfte und der Tau sich schon zu sammeln begann, trat Fürst Otto von Großenmark eilig aus einem Seitentor des Schlosses und schritt schnell in den benachbarten Wald. Einer der unzähligen Wachtposten grüßte ihn, doch er achtete nicht darauf. Er wünschte auch nicht, selbst viel gesehen zu werden, und war daher froh, als die grauen, vom Regen schweren Bäume ihn verschlangen. Er hatte absichtlich die wenigst besuchte Seite des Schlosses gewählt, aber auch hier waren mehr Leute, als ihm lieb war. Doch war es nicht wahrscheinlich, daß jemand ihm nachgehen würde, da er, einem plötzlichen Impuls folgend, das Haus verlassen hatte. All die Diplomaten in voller Uniform, die er dort zurückgelassen hatte, schienen auf einmal ganz unwichtig. Er hatte plötzlich erkannt, daß er ohne sie fertig werden könne. Seine große Leidenschaft war nicht das weitaus edlere Gefühl der Angst vor dem Tode, sondern jene seltsame Gier nach Gold. Um dieser Legende des verborgenen Schatzes willen hatte er Großenmark verlassen und Heiligwaldenstein besetzt. Darum und nur darum hatte er den Verräter gekauft und den Helden erschlagen; um des Goldes willen hatte er den falschen Kämmerer immer wieder mit Fragen bestürmt und bedrängt, bis er zu der Überzeugung gelangte, daß der Verräter diesmal die Wahrheit sprach, wenn er seine Unwissenheit beteuerte. Darum hatte er, ein wenig widerstrebend zwar, viel Geld bezahlt und große Belohnungen versprochen um der Chance willen, des Schatzes habhaft zu werden; und darum hatte er sich schließlich wie ein Dieb im Regen aus seinem eigenen Schloß geschlichen, weil ihm ein anderes Mittel eingefallen war, um in den Besitz seines Herzenswunsches zu gelangen, und zwar auf billigem Wege. Dort oben am Ende eines steilen Bergpfades, auf den er nun zuschritt, unter den aufgetürmten Felsen, welche sich wie eine Bergkuppe hinter der Stadt erheben, stand die Einsiedelei, kaum mehr als eine von Dornenbüschen umzäunte Höhle, in die der dritte Bruder seit langem seine Zuflucht vor der Welt genommen hatte. Der, meinte Fürst Otto, könnte eigentlich keinen rechten Grund haben, ihm das Gold vorzuenthalten.

Dieser dritte Bruder, Heinrich, kannte seit vielen Jahren den Ort, wo das Gold verborgen lag, und hatte doch niemals den Versuch gemacht, es zu heben, auch früher nicht, bevor sein neuer, asketischer Glaube ihm den Besitz von Schätzen und alle weltlichen Vergnügen verbot. Allerdings war er früher ein Feind des Fürsten gewesen; aber nun gehörte es zu seinen Pflichten, keine Feinde mehr zu haben. Einige Konzessionen in bezug auf den Rechtsfall und ein Appell an seine Lehre würden wahrscheinlich genügen, um dem Manne das Geheimnis des Goldes zu entlocken. Otto war kein Feigling trotz dem Netze militärischer Vorsichtsmaßregeln, mit dem er sich umgab; jedenfalls war seine Habsucht größer als seine Angst. Auch gab es nicht viel Grund zur Angst. Er konnte sicher sein, daß im ganzen Fürstentum keine Waffen im Privatbesitz waren; um so weniger also in der kleinen Einsiedelei am Hügel oben, wo der alte Mann seit Jahren von Wurzeln und Kräutern lebte und keines anderen Menschen Stimme hörte als die seiner beiden alten Diener. Fürst Otto blickte mit einem grimmigen Lächeln auf das helle Labyrinth der laternenerleuchteten Stadt zu seinen Füßen nieder. Denn so weit das Auge reichte, herrschten die Waffen seiner Freunde, und seine Feinde besaßen auch nicht einen Fingerhut voll Pulver. Die Gewehre standen so dicht, sogar in der nächsten Umgebung dieses Waldpfades, daß ein Ruf von ihm genügen würde, um die Soldaten den Hügel heraufstürmen zu lassen; außerdem wurde auch der Wald und der ganze Berghang hinter dem Schlosse in regelmäßigen Abständen von Patrouillen begangen. Die Gewehre reichten so weit in den dunklen Wald hinein, bis über den Fluß dort drüben in weiter Ferne, daß kein Feind auf Umwegen oder Schleichwegen in die Stadt hätte gelangen können. Und rings um die vier Seiten des Schlosses standen die Gewehre in geschlossenen Reihen vom westlichen bis zum östlichen Tore und vom nördlichen bis zum südlichen. Er war sicher.

Das wurde ihm nun um so klarer, als er endlich die Höhe erklommen hatte und sah, wie kahl das Nest seines alten Feindes war. Er befand sich auf einem kleinen Felsplateau, das auf drei Seiten von steilen Abhängen begrenzt war. Die dunkle Höhle mit dem grünen Dornengebüsch davor war so niedrig, daß es kaum zu verstehen war, wie ein Mann dort eintreten konnte. Im Vordergrunde stand ein altes Lesepult aus Bronze, auf dem eine schwere, deutsche Bibel lag. Die Bronze des Gestells war unter der Einwirkung der Luft hier im Freien grün geworden, und dem Fürsten fuhr es plötzlich durch den Sinn, daß irgendwelche Waffen, selbst wenn die Leute hier oben welche besaßen, längst verrostet sein müßten. Der Mond war inzwischen aufgegangen und warf sein fahles Licht über die Gipfel und Zacken der Berge; der Regen hatte inzwischen aufgehört. Ein sehr alter Mann stand hinter dem Lesepult und blickte ins Tal hinab; er trug ein schwarzes Gewand, das so senkrecht wie die steilen Felsen des Abhanges an ihm herabfiel; sein weißes Haar und seine schwache Stimme schienen gleicherweise im Winde zu flattern. Er las anscheinend irgendein tägliches Pensum seiner religiösen Übungen. ›Sie vertrauten auf ihre Pferde ...‹

›Mein Herr‹, sagte der Fürst von Heiligwaldenstein mit einer ihm sonst fremden Höflichkeit, ›ich möchte gerne ein Wort mit Ihnen sprechen.‹

›... und auf ihre Streitwagen‹, fuhr der alte Mann mit zitternder Stimme fort, ›doch wir vertrauen auf den Namen des Herrn aller Heerscharen ...‹

Diese letzten Worte waren beinahe unverständlich, doch schloß er das Buch mit ehrfürchtiger Gebärde, und da er beinahe blind war, fuhr er tastend am Lesegestell herum, bevor er es richtig zu fassen bekam. Augenblicklich schlüpften die beiden Diener aus der niedrigen Höhle und halfen ihm. Auch sie trugen dunkle Gewänder, ähnlich dem seinen, doch glänzte ihr Haar nicht in dem silberfarbenen Schimmer des Eises, und ihre Gesichter trugen nicht den eiskalten Zug der Läuterung und Veredelung. Es waren Bauern, Kroaten oder Ungarn, mit breiten, einfältigen Gesichtern und blinzelnden Augen. Zum erstenmal stiegen dem Fürsten bange Zweifel auf, doch sein Mut und sein diplomatischer Sinn blieben stark.

›Ich fürchte‹, sagte er, ›wir sind einander seit der schrecklichen Schlacht, in der Ihr armer Bruder fiel, nicht mehr begegnet.‹

›Alle meine Brüder sind gestorben‹, sagte der alte Mann, und seine Blicke schweiften immer noch über das weite Tal. Dann wendete er Otto einen Augenblick lang sein zartes, abgemagertes Antlitz zu, und das winterlich graue Haar schien ihm wie Eiszapfen über die Augenbrauen zu fallen; er fügte hinzu: ›Sie sehen, auch ich bin tot.‹

›Ich hoffe, Sie verstehen‹, sagte der Fürst, indem er sich zur größten Versöhnlichkeit zwang, ›daß ich nicht hergekommen bin, um Sie wie ein Geist an jenen großen Streit zu mahnen. Wir wollen nicht darüber sprechen, wer darin recht hatte und wer unrecht; aber es gibt einen Punkt zumindest, in dem wir Ihnen nie unrecht taten, weil Sie immer im Rechte waren. Was immer man gegen die Politik Ihrer Familie sagen mag, so kann doch niemand auch nur einen Augenblick lang glauben, daß Sie sich je durch Gold haben bewegen lassen. Sie haben sich über jeden Verdacht erhaben gezeigt ...‹

Die wässerigen blauen Augen des alten Mannes in dem alten schwarzen Gewand hatten den Fürsten bisher mit einem Ausdruck matter Weisheit angestarrt. Doch als das Wort ›Gold‹ ausgesprochen wurde, streckte der Alte seine Hand aus, als wollte er etwas festhalten, und wendete sein Gesicht der Bergwand zu.

›Er hat von Gold gesprochen‹, sagte er. ›Er hat von unerlaubten Dingen gesprochen. Man hindere ihn, weiterzusprechen.‹

Otto besaß den Fehler seiner preußischen Landsleute, nämlich, den Erfolg nicht als ein gelegentliches Ereignis, sondern als eine Charaktereigenschaft anzusehen. Er betrachtete sich und seinesgleichen stets als dauernde Sieger über Leute, die immerwährend besiegt wurden. Darum war Überraschung ein ihm fremdes Gefühl, und er war für das unmittelbar eintretende Ereignis, das ihn erschreckte und erstarren machte, schlecht vorbereitet. Er hatte eben den Mund geöffnet, um dem Einsiedler zu antworten, als die Bewegungsfreiheit seines Mundes plötzlich gehindert und seine Stimme erstickt wurde durch einen dicken, weichen Knebel, den man ihm zwischen die Zähne preßte und mittels einer festen Bandage um den Kopf befestigte. Es dauerte volle vierzig Sekunden, bevor er sich darüber klar wurde, daß die beiden ungarischen Diener dies getan hatten, und zwar mit seiner eigenen Schärpe. Der alte Mann hingegen ging wieder wankenden Schrittes zu seinem großen Lesepult zurück, blätterte mit einer Geduld, die etwas Entsetzliches an sich hatte, in seiner großen Bibel, bis er zur Epistel des heiligen Jakob gekommen war, und begann dann laut zu lesen: ›Also ist auch die Zunge ein klein Glied und richtet große Dinge an …‹

Und irgend etwas in der Stimme des Greises veranlaßte den Fürsten, plötzlich kehrtzumachen und den Bergpfad hinunterzustürmen, den er mühsam heraufgewandert war. Erst auf halbem Wege zu den Gärten seines Schlosses fiel es ihm ein, zu versuchen, die Schärpe von Hals und Mund herunterzureißen. Er versuchte es immer von neuem, doch es war unmöglich. Die Männer, welche den Knebel befestigt hatten, kannten den Unterschied zwischen dem, was ein Mann mit seinen Händen vor sich und was er hinter seinem Kopfe mit ihnen zu tun imstande ist. Seine Beine waren frei, um wie die einer Antilope über die Felsen zu springen; seine Arme waren frei, jede Bewegung zu machen und jedes Zeichen zu geben – aber er konnte nicht reden und nicht rufen. Ein stummer Teufel hauste in ihm. Er kam bis dicht an den Wald heran, der das Schloß umgab, bevor er sich völlig darüber im klaren war, was sein wortloser Zustand eigentlich bedeutete und bedeuten sollte. Wiederum blickte er grimmig über das Labyrinth der laternenerhellten Stadt zu seinen Füßen; doch diesmal lächelte er nicht. Die Worte, die er vorhin gesprochen hatte, gingen ihm wieder durch den Sinn, und ein Gefühl wilder Ironie überkam ihn. So weit das Auge blicken konnte, reichten die Waffen seiner Freunde, und jeder von ihnen würde ihn totschießen, wenn er das Losungswort nicht sagen könnte. Die Gewehre standen so dicht, daß der Wald und die ganze Bergkette in regelmäßigen Zeitabständen von Patrouillen begangen werden konnten; darum war es zwecklos, zu versuchen, bis zum Morgengrauen im Wald versteckt zu bleiben. Die Reihen der Gewehre standen bis in die weite Ferne, so daß kein Feind auf irgendwelchen Umwegen in die Stadt gelangen konnte. Ein Schrei von ihm würde die Soldaten den Hügel heraufstürmen lassen. Doch kein Schrei konnte von seinem Munde ertönen.

Der Mond war höher gestiegen, und sein Silberglanz strahlte heller als zuvor; der Himmel leuchtete in dunklem, nächtlichem Blau zwischen den schwarzen Reihen der Tannen, die das Schloß umrahmten. Blumen von zarter und märchenhafter Gestalt denn er hatte derlei Dinge nie zuvor bemerkt – leuchteten hell, aber farblos im Mondenschein, sie erschienen unwirklich und phantastisch, wie sie sich so um die Wurzeln der Bäume schmiegten, als wollten sie vorwärts kriechen. Vielleicht war sein gesunder Menschenverstand durch den seltsamen Zustand unnatürlicher Unfreiheit etwas beeinträchtigt; jedenfalls erlebte er in diesem Wald etwas Unergründliches, spezifisch Deutsches – das Märchen.

Er hatte die unklare Vorstellung, als ob er sich dem Schlosse eines Ungeheuers nähere – er hatte ganz vergessen, daß er selbst das Ungeheuer war. Er erinnerte sich, einmal seine Mutter gefragt zu haben, ob im Schloßgarten Bären hausten. Da bückte er sich, um eine Blume zu pflücken, als wäre dies ein Schutzmittel gegen Verzauberung. Der Stengel war stärker, als er vermutet hatte, und riß mit einem leichten Knacken ab.

Plötzlich erscholl der Ruf: ›Wer da?‹ Nun erst erinnerte er sich, daß seine Schärpe nicht an ihrer gewohnten Stelle war.

Er versuchte zu schreien, doch er blieb stumm. Zum zweitenmal ertönte der Ruf; dann kam ein Schuß, ein Sausen durch die Luft und plötzliche Stille nach einem Anprall. Otto von Großenmark lag ganz friedlich unter den Bäumen des Märchenwaldes, unfähig, je noch Übel zu stiften, sei es durch Gold oder durch Stahl. Nur der Silberstift des Mondes zeichnete Einzelheiten seiner Uniform und einige Falten auf seiner Stirne mit besonderer Sorgfalt heraus. Möge Gott seiner Seele gnädig sein!

Der Wachtposten, welcher der ausdrücklichen Vorschrift zufolge gefeuert hatte, lief natürlich vor, um die Spuren seines Opfers zu suchen. Es war ein gemeiner Soldat namens Schwartz, und er fand einen alten Mann mit kahlem Kopfe in Uniform; doch das Gesicht des Mannes war wie hinter einer Maske durch seine eigene umgewundene Schärpe so verdeckt, daß man nichts als offenstehende, doch tote Augen sah, die steinern im Mondenlichte glänzten. Die Kugel war durch die Schärpe in den Kopf gedrungen; darum fand man ein Schußloch in der Schärpe, aber nur einen Schuß. Natürlicher-, wenn auch nicht ganz korrekterweise hatte der junge Schwartz nämlich die mysteriöse Seidenmaske heruntergerissen und sie ins Gras geworfen; dann erst sah er, wen er erschossen hatte. Über die nächste Phase sind wir nicht ganz im klaren. Aber ich neige zu der Ansicht, daß sich in dem kleinen Wäldchen, so schauerlich die Gelegenheit auch war, doch ein kleines Märchen abspielte. Wir werden wahrscheinlich nie erfahren, ob die junge Dame namens Hedwig den Soldaten, den sie rettete und später auch heiratete, schon vorher gekannt hatte oder nur zufällig auf dem Schauplatz erschien, wo ihre Freundschaft begann. Aber jedenfalls war diese Hedwig eine Heldin und verdiente, die Gattin eines Mannes zu werden, der später ein Held wurde. Sie tat das Kühnste und Klügste, was zu tun war. Sie überredete den Soldaten, an seinen Posten zurückzukehren, wo nichts ihn mit dem Unglück in Zusammenhang bringen konnte. Er war nur einer der treuesten und gehorsamsten Leute unter fünfzig solcher Wachtposten in nächster Nähe. Und auch Hedwig konnte man mit dem Unglück nicht in Zusammenhang bringen, da sie keine Waffe hatte und keine haben konnte.

„Nun“, schloß Pater Brown und erhob sich vergnügt, „ich hoffe, die beiden sind glücklich.“

„Wohin gehen Sie?“ fragte sein Freund.

„Ich will mir das Porträt dieses Kämmerers noch einmal ansehen, jenes Arnhold, der seine Brüder verriet“, antwortete der Priester. „Ich möchte wissen, welche Rolle ... ich möchte wissen, ob ein Mann darum weniger ein Verräter ist, wenn er es zweimal ist.“

Und lange stand er in Gedanken versunken vor dem Bildnis eines weißhaarigen Mannes mit schwarzen Augenbrauen und einem wie aufgemalten Lächeln, das dem drohenden Blick aus seinen Augen zu widersprechen schien.